俳句鑑賞歳時記

山本健吉

俳句鑑賞歳時記　目次

春

夏

秋

冬

新年

俳句鑑賞歳時記

凡例

一、本書は、平成五年七月に小社より単行本として刊行された『山本健吉俳句読本　第二巻　俳句鑑賞歳時記』を再編集したものである。

一、所収句は、著者の俳句鑑賞の書『現代俳句』『句歌歳時記』『古典詞華集』等より句を選び、四季・季語別に配列した。

一、季語の配列は概《おおむ》ね角川書店版『図説俳句大歳時記』（全五巻）に従った。

一、目次には季題・季語を掲出し、本文中には各頁の柱に季節と時候・天文・地理・人事・動物・植物の分類を記載した。

春

春なれや名もなき山の朝がすみ　松尾《まつお》芭蕉《ばしょう》

これは大和路《やまとじ》の春である。萬葉びとが、春霞《はるがすみ》の情趣を味わい取ったのも、大和盆地においてであった。春の大和路を歩くと、「たたなづく青垣《あをがき》」をなしていると詠まれた四方《よも》の山並が、すべて霞にぼやけて、三山《さんざん》も二上《ふたがみ》も三輪山《みわやま》もうすい帳《とばり》に覆われ、すこし遠くからだと姿を隠してしまう。古代の日本人が発見した霞の情趣は、大和地方へ来てみると、なるほどと納得できるのである。

蟇《ひき》ないて唐招提寺《とうしょうだいじ》春いづこ　水原《みずはら》秋桜子《しゅうおうし》

「この句は山吹のほかに何ひとつ春らしい景物のない講堂のほとりを現わし得ているつもりであるが、『春いづこ』だけは感傷があらわに出すぎていけないと思っている」（俳句になる風景）と作者は言っているが、どんなものであろうか。往々作者が不満に思うところと、鑑賞者がよしとするところとは一致するものであるらしい。「春いづこ」の詠歎が一句を統一ある感銘にさそうのである。春らしい景物のない講堂のほとりに佇《た》って、作者は春の行方を尋ねているのだ。そして南都の春の情趣は、作者の惜春の情趣は、一句に横溢《おういつ》しているではないか。ぶざまな蟇の声が、ものさびしさを倍加する。景物の乏しさの中に、作者は一匹の蟇を点じて、暮春の本意を探り出している。作者の考えとは反対に、私は、「春いづこ」の座五を動かぬと見るのである。

女身仏に春剝落《はくらく》のつづきをり　細見綾子《ほそみあやこ》

昭和四十五年作。詞書「秋篠寺」。集（伎藝天）の「あとがき」に、作者の自注がある。「……この日に見た伎芸天は実にすばらしかった。外は春雪の舞い降る冷え冷えとした堂内でこの像を仰ぎ見たのだが、その立ち姿に脈うてるごときものを感じた。黒い乾漆がはげて下地の赫《あか》い色が出ている。遠いいつからか剝落しつづけ現在も今目の前にも剝落しつづけていることとの生ま生ましさ、もろさ、生きた流転の時間、それ等はすべて新鮮そのものだった。（中略）見事な永遠なものの前での時間の流れを切実に感じた」。付け加える言葉はない。集の名にも選んだ、作者自讃の句である。

春すでに高嶺《たかね》未婚《みこん》のつばくらめ　飯田龍太《いいだりゅうた》

昭和二十八年作。毎年早春に燕《つばめ》の渡来を迎える小黒坂の家での、作者の実感を、「高嶺未婚」と大胆に言ってのけた。山廬《さんろ》の軒端《のきば》にも、年々営巣し、子燕を育てるのだろうが、始めはなかなか人家に近づかず、上空を行き交って鳴き交す。それをフィアンセ同士の清らかな交情であるかも知れぬと、なかばテレ臭げに言う。だがこの句の面白さは、その思いきった断言にあろう。作者の青春と、季節の青春とがここでは重なる。波郷の「初蝶や吾が三十の袖袂《そでたもと》」と相並ぶべき青春俳句。いや、燕に託して、わが青春への袂別《べいべつ》を表白しているのかも知れない。

二月はや天《てん》に影してねこやなぎ　百合山《ゆりやま》羽公《うこう》

早春の日の明るさを見せている。空にかがやく猫柳の銀色の光が、眼にまぶしい。「天に影して」とは、天外の奇想。春を告げる猫柳の光りかがやく芽を、天上のものと見た。

遠くより見えて二月の山羊《やぎ》の尻《しり》　藤田《ふじた》湘子《しょうし》

『狩人』より。暖かい丘の上にでも、つながれている山羊なのか。「尻」を言ったのがユーモラス。早春の季感がある。

畳屋の日向を占めて二月かな　神蔵《かみくら》器《うつわ》

『有今』より。作者は石川桂郎門。錺職《かざりしょく》だけに、職人に対するあたたかい思いやりがある。ある家の畳がえに、畳屋が屋外の日向《ひなた》を占めて、仕事に熱中している。その風景に、二月、早春の気を感じ取った。

木々の瘤《こぶ》空にきらめく二月尽　原《はら》　裕《ゆたか》

『青垣』より。早春の、冷えびえとした中にも、きらめく光を、「木々の瘤」に捉えている。「二月尽」は、二月の終り。

冴《さ》えかへるもののひとつに夜の鼻　加《か》藤《とう》楸《しゅう》邨《そん》

顔のなかのもっともグロテスクなもの、鼻を、龍之介も楸邨も、意識することが多いと見えて、よく句に詠んでいる。冴えかえる夜の寒気のなかに、もっとも寒気にかじかみ冴えかえっているものとしての、一つの大きな鼻である。ユーモラスな句。

鎌倉を驚かしたる余《よ》寒《かん》あり　高《たか》浜《はま》虚《きょ》子《し》

大正三年作。こういう淡々と叙して欲のない句は、説明の言葉がない。もちろん寒波は関東一円を襲ったのであるが、あたかも暖かい湘南《しょうなん》の地鎌倉に落ちてでもきたように、鎌倉人を驚かしたと言っているのだ。鎌倉の位置、小ぢんまりとまとまった大きさ、その三方に山を背負った地形、住民の生態などまで、すべてこの句に奉仕する。試みに東京とでも静岡とでも置いてみて、句になるかを考えてみるとよい。達人の句はおのずからにしてすべての条件にかなっているものなのであろう。

春寒し泊《は》瀬《せ》の廊下の足のうら　炭《たん》太《たい》祇《ぎ》

作者は天明（一七八一～八九）の作家。大和長谷《はせ》詣《もう》でに、長い階段廊下を上がる。山峡を吹く早春の風が冷たい。足裏の感触に知る余寒のひえ。

春さむく海《あ》女《ま》にもの問ふ渚《なぎさ》かな　加藤楸邨

句集『雪後の天』には、昭和十六年初頭の隠岐《おき》紀行の一連の作品がある。「さえざえと雪後の天の怒《ど》濤《とう》かな」に始まり、この作者にとって一つの頂点を形作る作品群である。これは「浦郷湾《うらごう》」と題する中の一句で、「春愁やくらりと海月《くらげ》くつがへる」も同時の作である。

楸邨としては珍しく大時代なかな止め俳句である。『馬酔木《あしび》』をはじめ、新興俳句の人々は、や・かなのマンネリズムをきらって、ほとんど句に用いなかったが、新興俳句に対するアンチ・テーゼとして出発した波郷・楸邨らは、うち棄てられたや・かなを大胆に取り上げて、もう一度新しい生命を吹き込もうとしたのである。それは新興俳句の運動が、近代的な抒情詩として自己を高めようとするあまり、ともすると叙述的・散文的に流れ、俳句的骨格の脆弱《ぜいじゃく》さを来たしたのに対して、もう一度俳句固有の目的と方法とを回復しようとする試みとなって現れた。当時波郷は「猿蓑《さるみの》にかへれ」ということを言ったが、それは決して単なる復古的な要求としてでなく、俳句様式の典型として『猿蓑』の諸作品を意識することによって、詩とも短歌とも違った地点に俳句の方法を打ち立てようとしたのである。波郷はまた当時「俳句は文学ではない」などとも言ったが、彼をしてこのような不敵な言葉を吐かしめた裏には、純粋俳句への郷愁とも言うべきものが彼の胸裡に胎《はら》まれていたはずである。

それに対して楸邨においては、もっと混沌《こんとん》とした欲求が彼の中に渦巻《うずま》いていたようである。彼にあっては、隠岐行のころからや・かなの使用が目立って多くなってきた。この隠岐行は、後鳥羽院配流《はいる》の跡を尋ねようという懐古的な気持が彼に働いていたことは見のがせぬ。だがそれだけではない。楸邨は常に迷える人である。それはいつも胸中に形をなさぬ混沌をはぐくんでいるということだ。芭蕉の正風開眼の歳《とし》に近づいたことへの一種のあせりの気持もあったであろう。そのような混沌に形を与え、揺《ゆる》ぎない足場を築きあげたいという欲求が、彼を隠岐へ誘《いざ》なったのだと思われる。言わばこれも「迷へることありて」である。伊豆の旅先から、矢もたてもたまらない気持で、そのまま隠岐へ直行するのだ。その性急な欲求が、歴史への回想とつながって、格律正しい一種の古調を彼に取らせたのだと思われる。

この句はあまりにもオーソドックスな古調である。だがかな止めの俳句に多いマンネリズムはここにはない。感動もなく、習慣的に、あるいはただ形を整えるために、かなが用いられることが多いのである。かなはもっともヴォリュームのかかった切れ字であり、一句の感動の重さを支えるに十分な貫禄が要請されるのだ。それはすぐ前に接する名詞を載せるばかりでなく、一句全体を載せて安定しなければならぬ。それは治定であり大断定であるとともに、感動であり詠歎《えいたん》である。

春寒に入れり迷路に又入れり　相生垣《あいおいがき》　瓜人《かじん》

『馬酔木』昭和六十年四月号「遺稿」五句より。作者は二月七日逝去。今年の気候は寒暖常ならず、「迷路」ともいうべきジグザグの進行だったが、米寿の作者の病状も、一進一退「迷路」だよとの感慨。作者は洒脱《しやだつ》幽黙（ユーモア）の飄々《ひようひよう》たる俳境の第一人者だった。

さびしさと春の寒さとあるばかり　上村《うえむら》　占魚《せんぎょ》

「さびしさ」が、「春の寒さ」によって、中味を得た。そこはかとない早春の愁《うれ》いがただよう。つぶやきをそのまま、口に出しただけのようで、余韻が深い。虚子、たかしとつながる、抒情の系譜がある。

草よりも影に春めく色を見し　高木《たかぎ》　晴子《はるこ》

影に色があるか。そんな理屈はどうでもよい。萌《も》え出た草の影に、あさみどりの春の色を見出でるのも、詩心である。「帚木に影といふものありにけり」（虚子）の、争われぬ血筋を見る。それに、いっそう女性らしく、春めく色をほのかに出している。

　三月や水をわけゆく風の筋　久保田万太郎《くぼたまんたろう》

水の上をシワ立てて行く春風の筋に目をとめた。こまかい観察の中に、快い三月の季感を感じ取っている。『それからそれ』より。

　いきいきと三月生《うま》る雲の奥　飯田龍太

何か読む者の心をうきうきさせるようなところがある。「三月生る」とは、待ちに待った春の到来を感じ取った歓びの表現である。遠くの雲の、その奥から、三月という季節はやって来る。いや、それはいきいきと生れてくるのだ。雲の奥からもくもくと生れ、こちらにやって来るのだ。作者の胸からは、少年の日にうたった唱歌「春が来た、春が来た、何処に来た」の旋律が、生れ出ているようである。童心の調べというべきか。

　啓《けい》蟄《ちつ》や生きとし生けるものに影　斎《さい》藤《とう》空《くう》華《げ》

啓蟄の候は、三月六日ごろ。土中に眠る虫たちが、穴を出てくる意。生物たちが、それぞれ影をもつことの不思議さに気づいた。影は動き、影が身に添う命とも思われる。

竹の芽も茜《あかね》さしたる彼岸かな　芥川《あくたがわ》龍之介《りゅうのすけ》

『澄江堂句抄』に、「小閑を得たるうれしさに」と詞書がある。この景は、芥川の田端の家の庭前か屋後か、あるいはまた外の場所か知らない。だが、売文生活のいそがしさからしばらく解放されて、漫然と庭さきなどに眼をやったときと、勝手に解釈しておく。
これは竹の葉の芽であろう。「茜さし」は、夕日の当たった景色と見る。彼岸の日に、ことに夕日に思いを寄せるのは、日本人の伝統的感情である。芥川にそういう感情があったと言うのではないが、茜さした夕刻の竹の芽を、彼岸の句としてふさわしい景とする発見には、そういう伝統的背景があるのだ。この句はうれしさの句なのである。

山の端《は》に宝珠《ほうじゅ》のまるき彼岸かな　阿波野《あわの》青畝《せいほ》

彼岸の中日には、日迎え・日送りと言って、一日中、日の影を追って歩く風習が地方にある。この日、入日を拝む習俗は、後に山の端に来迎仏を拝む信仰の基となった。赤々と山の端にくるめき沈む日輪を、「宝珠」と言ったのが、おのずからその民俗伝承を思わせる。この日、太陽は春分点に達し、昼夜の時間が等しいのである。

春《しゅん》暁《げう》のあまたの瀬《せ》音《おと》村を出づ　飯田龍太

昭和二十九年作。作者の好きな、早春三月ごろの、境川村小黒坂を頭に置いて作られている。暁闇《ぎょうあん》の時刻の一種物やわらかな、厳しい中にも春が誕生してくるような季節感が捉えられている。厳密に言えば、明けようとしてまだ暗い時分が「あかつき」で、やや遅れて、物が次第に見分けられるようになる時分が「あけぼの」だが、今日それほど厳密に区別していない。村のあちこちに鶏鳴がきこえ、鴉《からす》や雀《すずめ》が鳴き出し、空がようやく白みそめるころと思えばよい。

「あまたの瀬音」と言ったのが、境川村の自然をよく現しているようだ。小黒坂の山廬《さんろ》に近く、狐川《きつねがわ》が流れ、外に境川、芋沢川、間門川が村を流れて、それぞれ笛吹川にそそぐ。その幾本もの瀬音を胸に描いての作であろう。土着民たる氏の、如何《いか》にも村おさらしい、村全体への挨拶句《あいさつく》である。

春昼の指とどまれば琴もやむ　　野沢《のざわ》節子《せつこ》

この句を見ると、私はなぜか、名人文五郎が人形を遣う「阿古屋の琴責め」の段を思い出す。人形の阿古屋の動作と、実際に弾かれている琴の音色と、ぴったり呼吸が合って、まさに「指とどまれば琴もやむ」なのだ。作者は春の日のつれづれに、琴を取り出して、無心に弾いているのであろう。実際は、「指がとどまったから、琴の音もやむ」のだが、それを「指がとどまれば、同時に琴の音もやむ」と表現したのが、人形のような奏者の無心の状態までもうかがわせる。

春昼や催《もよほ》して鳴る午後一時　渡辺《わたなべ》白泉《はくせん》

昔の柱時計。「催して鳴る」が、うまい。ものうく、けだるい春の昼下り。

みの虫にはなし聞かれて春の昼　宇佐美《うさみ》魚目《ぎよもく》

『天地存問』より。べつにひそひそ話をしているわけでなく、聞かれて困るような話でもない。けだるいような春昼に、みの虫に聞かれているといったのが、作者の諧謔《かいぎやく》。

永き日のにはとり柵《さく》を越えにけり　芝《しば》不器男《ふきお》

これは時間を感じさせる。「永き日」という季語は、春の日の実体であるとともに、その時間を長いと感じる人間の主観でもある（本当に一番長いのは夏なのである）。その長い半日のあいだの事件といえば、にわとりが柵を越えたということだ。その些事《さじ》が、唯一の大事件として作者の胸にきざまれる。ものうい無為の時間が流れる。柵を越えたにわとりも、越えてどうということはない。どこかユーモラスな感じがただよう。

さざなみの日《ひ》永《なが》近江《あふみ》に薬売　鷲谷《わしたに》七菜子《ななこ》

『花寂び』より。琵琶湖に小波《さざなみ》の立つ春の日。「さざなみの」は近江滋賀の枕詞《まくらことば》でもある。はるばる越中から来た薬売か。のんびりと古風な風景。

遅き日のつもりて遠きむかしかな　与謝《よさ》蕪村《ぶそん》

「懐旧」と詞書。遅々たる春の日に、うつらうつら遠い昔の思い出にふけっているのである。その永い春の日が、積りつもった遠い遥かな昔、幼い日の懐古。遅日は永日と同じだが、語感としては、日中の長さより、暮れることのおそさに重点を置いている。『蕪村句集輪講』に、碧梧桐《へきごとう》が「全く主観的の句」と言ったのに対して、鳴雪《めいせつ》が「私の大好きな句です」と言った。鳴雪はこの句のよさを、ひとり解しえていたようだ。

春闌《た》けし牧をいだけど雪の嶺《みね》　石橋《いしばし》辰之助《たつのすけ》

青やかな高原の牧場を抱いて、雪嶺がきびしく光っている。登山者の新鮮な印象。上高地徳沢にあった牧場であろう。雪の嶺は穂高。まだ自動車の便のなかったころ登った、春の穂高。

人入って門のこりたる暮春かな　芝　不器男

横山白虹《よこやまはっこう》の記すところによれば、不器男はこの句を得るまでにノートに四十句以上を消し去っているという。原句は「人入れて門塀のこる遅日かな」であった。「人入れて」と「人入って」では歴然とした違いがある。前者は門を擬人化していて、いかにもこの場合「入れて」と門が人を吸い込んで行ったような感じを出したいところだろうが、「入って」と無心に突き放した効果に及ばない。人入って門がのこったのである。豪華な構えの門である。「門のこりたる」の措辞、的確にこの風光の侘《わび》しい空虚感を描き出している。

春尽きて山みな甲《か》斐《ひ》に走りけり　前《まえ》田《だ》普《ふ》羅《ら》

惜春の句である。作者は甲斐に近い隣国（信濃あたり）にいて、縦走する山々の尾根を眺めている。山はみな夏に向かおうとする生き生きした姿を見せている。この句の調子には、普羅らしい響きがこもっている。大景をすかっと言い下して、強い気《き》魄《はく》がこもっている。

行《ゆく》春《はる》を近江《あふみ》の人とおしみける　松尾芭蕉

元禄三年（一六九〇）作。『猿蓑』に「望湖水惜春」と詞書、『堅田集《かただしゆう》』に真蹟として載せるものには、「志賀辛崎《からさき》に舟をうかべて人々春《はる》の名残をいひけるに」と詞書がある。この句については『去来抄』に有名な挿話がある。この句を見て尚白《しようはく》が、「近江」は「丹波」でもいいし、「行春」は「行歳」でもいい、と言ったので、去来は、そうではない、「湖水朦朧《もうろう》として春をしむに便有《たより》べし。殊に今日の上に侍る」と言ったので、芭蕉はたいそう歓び、「汝は去来、共に風雅をかたるべきもの」と言ったという。

「近江の人と」は、近江の国でその国人とともに、との含意である。だから、この句のイメージとしては、一読、暮春の琵琶湖の景観が浮んで来なければならない。また「近江の人」は、この清遊に招いた人への挨拶の意を含み、三人称にして二人称を兼ね、貴方がた近江の人、という気持が含まれてくる。対詠的な発想の中に、湖南の連衆《れんじゅ》との暖かい連帯感情が匂《にお》い出てくる。

その上に、去来の擁護論に加えて、芭蕉は、古来、風雅の士はこの国の春を惜しむこと、おさおさ都の春に劣らなかったことを言う。芭蕉の伝統論の展開である。芭蕉の詩嚢《しのう》の中には、琵琶湖の春を詠んだ多くの古歌が存在していた。それらとの中に開けていた詩的交通の道から、こういう句が生み出されたのである。

ゆく春やおもたき琵琶《びは》の抱《だき》ごゝろ　　与謝蕪村

天明年間（一七八一〜八九）作。琵琶は昔も今もあるが、句の情趣から言って、やはりこれも王朝趣味であろう。三味線では「おもたき……抱心」にはならない。手馴《てな》れの楽器をさえ重いと感じさせるような、のどかな中に退廃の気味のただよう、暮春のこころのけだるさである。前に「つまみごゝろ」（うつゝなきつまみごゝろの胡蝶《こてふ》哉）とあったが、この「抱ごゝろ」と言い、あるいは「村〳〵の寝ごゝろ更《ふけ》ぬ落し水」と言い、蕪村らしいやわらかい情趣のこもった言いまわしである。

「行春や撰者をうらむ哥《うた》の主」という句もある。同趣のものながら、やはり「おもたき琵琶の抱ごゝろ」の方が、悠揚《ゆうよう》迫らぬなかに深い哀愁が籠《こ》められていて、一段たちまさっている。

行《ゆく》春《はる》や版《はん》木《ぎ》にのこる手《て》毬《まり》唄《うた》　室《むろ》生《う》犀《さい》星《せい》

「『加賀手毬唄集』を読む」と前書がある。美しい句である。加賀の手毬唄であるから、彼の幼時聞きおぼえのある唄も中にあるのであろう。これも蕪村的な句だ。すなわち「行春や撰者をうらむ哥の主」「ゆく春やおもたき琵琶の抱ごゝろ」など。犀星の句としてはもう一句「春待やうはごとまじる子守唄」というのを挙げておこう。「行春」の句の古雅なのに対して、この句は鄙《ひな》びた味わいが深い。手毬唄・子守唄・田植唄などには、悲しい日本の庶民の心が呼吸《いき》づいている。そのようなものに犀星は非常に惹《ひ》かれるものを持っているのである。

行《ゆく》春《はる》や人に閻《えん》魔《ま》にうすほこり　下《しも》村《むら》槐《かい》太《た》

「合邦ヶ辻」と詞書。浄瑠璃《じょうるり》「摂州合邦辻」でおなじみの閻魔堂。如何《いか》にも大阪らしい暮春風景。

春の日やあの世この世と馬車を駆《か》り　中村《なかむら》苑子《そのこ》

『水妖詞館』より。「挽歌《ばんか》」と詞書。現実と超現実のあわいに発想しながら、抒情味横溢《おういつ》。春日、天駆ける馬車を駆る故人の栄光を、たたえているようだ。

春光やさゞなみのごと茶畑あり　森《もり》田《た》峠《とうげ》

春の茶畑の起伏を、波打つ小波のようだと見た。春光あふれ、茶の木も丸く、もくもくと、内からみなぎってくる勢いを見せている。

おもひきや春《しゅん》月《げつ》のぼる藪《やぶ》のひま　水原秋桜子

「おもひきや雪踏み分けて君を見むとは」の業平《なりひら》の古歌が、作者の頭にはあったのであろう。「おもひきや」と言って、間髪を入れず「春月」と強い漢音で、そのものずばりと言い切った続き方の快さはこの上もない。殺風景な田舎家の藪のひまに、驚くばかりに大きい、円い春月を見出したのだ。大胆な叙法が、作者の驚きをよく表している。

外《と》にも出よ触るゝばかりに春の月　中《なか》村《むら》汀《てい》女《じょ》

目がさめるばかり明るい抒情的作品である。この句を読むと、私は秋桜子の、「おもひきや春月のぼる藪《やぶ》のひま」という句を思い出す。どちらも直截《ちょくせつ》で、大胆な叙法であり、大きな明るい春の月を見出したときの驚きが、よく現れている。手に触れるばかりに間近に、大きな月がかかっているのである。俳句は客観的に対象そのものを詠むことが多く、自分の主情は裏に押しつつんでしまうので、「外にも出よ」というような呼びかけの言葉を、句の中に裁ち入れることは、比較的少ないが、汀女の句には、こういった主情をはっきり打ち出した句が多い。

「外にも出よ」とは「早く外に出ていらっしゃい」という、家の中にいる家族たちへの呼びかけの言葉である。自分で自分にうながすような気味合いもある。その呼びかけが、「触るるばかりに春の月」という、いかにも生き生きした言葉の中に、快く余韻を引いて、おおまかな表現ながら、一本に通った快適なリズムとなっている。心に深く透《し》みとおるというのでなく、誦《しょう》してみて、いかにも軽やかで、快適で、素直なよさがある。

紺《こん》絣《がすり》春 月 重 く い で し か な　　飯 田 龍 太

『百戸の谿』より。匂うような紺絣と、潤おった春月との対照が新鮮。「春月重く」で、それが満月、または満月に近い、あえて言えば黄色い朧月《おぼろづき》であることが、想像される。「紺絣」を着ているのは、自他どちらとも取れるが、「いでしかな」という詠嘆は、それがおそらく作者自身であることを思わせる。

湖水の眺望

辛《から》崎《さき》の松は花より朧《おぼろ》にて　　松尾芭蕉

貞享二年（一六八五）三月作。おそらく大津東今颪《ひがしいまおろし》町の千那《せんな》の別院での作。千那は堅田《かただ》の真宗本願寺派本福寺十一世住職。初案は「辛崎の松は小町が身の朧」であったらしく、これは煙雨の中の朦朧《もうろう》とした唐崎《からさき》の一つ松に、孤独な小町の身の行く末を思い寄せたもの。

この句は当初から「慥《たしか》なる切字なし」などと言われ、それに対して其角・去来などが論じたが、それらの弁護論すら芭蕉はよけいな言葉と感じたのか、「角・来が弁、皆理屈なり。我はたゞ花より松の朧にて、おもしろかりしのみ」と言った（去来抄）。「かな」と言い切っていないところに、うち煙る湖上の雨情に触発された気持の余韻が、表れているようだ。また頼政《よりまさ》の「近江路やまのの浜辺に駒とめて比良《ひら》の高嶺《たかね》の花を見るかな」の歌を挙げ、「只眼前なるは」と言った（雑談集）。「眼前なるは」とは、歌論でいう眼前体（見様《みるよう》体）を心に持って言ったので、眼前にただ今さし当たっての景色を、見たままに詠んだということである。前者は元禄二年（一六八九）以前、江戸での言葉、後者は元禄七年、「軽み」を説いていた時、京での言葉である。

句中には、「松」「花」「月」「雨」が、あるいは実景として、あるいは虚像として、あるいは言葉として、あるいは裏にかくれて、存在する。初案の小町の幻影は消えても、濃淡さまざまのイメージによる、幽艶《ゆうえん》な情緒が生み出されている。湖上の風景を幽艶に描き出すことで、千那亭での挨拶《あいさつ》の意も含まれている。

乗鞍《のりくら》のかなた春星《しゅんせい》かぎりなし　前田普羅

『飛驒紬』所収。解を要しない。あまりにもはっきりズバリと言い取られた風景だ。それはもちろん作者の感動の的確さを物語る。「春星かぎりなし」に言うまでもなく高地の空気の清澄さは表現されている。数限りない春星のまたたきを背に負った乗鞍の偉容を、ここでは目に浮べていればよいのである。何か悠久なものへの思慕の情がこの句にはこもっている。

春雨や暮《くれ》なんとしてけふも有《あり》　与謝蕪村

天明二年（一七八二）作。春雨に暮れる一日。暮れようとして、なお逡巡《しゅんじゅん》しているような、もの憂く、長い一日である。初案は「春の雨日暮むとしてけふも有」（天明二年几董初懐紙）か。「暮なんとして」が、蕪村特有の情緒をかもし出す。「春の夕たえなむとする香をつぐ」「橋なくて日暮れんとする春の水」「高燈籠滅《きえ》なんとするあまたゝび」「白蓮を切らんとぞおもふ僧のさま」などの例がある。ものごとが終ろうとして、まだ終末にほんのしばしの間を置いた微妙な瞬間を、彼は好んで捉えるのである。

春の雨博多《はかた》の寿司《すし》のくづれをり　角川《かどかわ》源義《げんよし》

『ロダンの首』より。春雨、博多、寿司、崩れ——と、何気ないようで、動かない。他の季物、地名、食物、状態では、さまにならぬ。博多はさかなのうまいところ。崩れを詠んでも、おのずから賞美の心はある。

吹きはれてまたふる空や春の雪　炭太祇

春の雪といえば、淡い感じのもの。晴れてまた降ると言って、その降りざまの淡々しさが、おのずから浮んでくる。

春雪《しゅんせつ》の暫《しばら》く降るや海の上　前田普羅

単純な景色を単純に言い取ったのだが、それでいて捨てがたいものがある。海の上に音もなく降る春雪——何の奇もないが、何となく人の気をそそるのである。「春更《ふ》けて諸鳥《もろとり》なくや雲の上」と同じく、「海の上」というさりげない結びも利《き》いている。

この道しかない春の雪ふる　種田《たねだ》山頭火《さんとうか》

巡礼行の一筋の道。ひたすら歩く作者の頭上に、春の雪が降りしきる。「この道しかない」とは、同時に作者の生涯の道の象徴とも思われてくる。

春雪《しゅんせつ》三日《みっか》祭《まつり》のごとく過ぎにけり　石田《いしだ》波郷《はきょう》

春の雪が三日降りつづいた。と言っても、豪雪という感じではない。春の雪は沫雪《あわゆき》であり、牡丹《ぼたん》雪とも言い、雪片が大きく、水っぽく、どこかはなやいだ感じがある。病臥《びょうが》している作者は飽きずに窓に降る雪を眺める。少年のように、それは心を浮き浮きさせる。少年の日の村の祭の日がそうであった。作者は降る雪の中に、かつての祭太鼓や笛の音を聞いている。そのような思いがけない三日を、作者の心にもたらして、雪は過ぎて行ったのだ。

夜の町は紺《こん》しぼりつつ牡《ぼ》丹《たん》雪《ゆき》　桂《かつら》信《のぶ》子《こ》

牡丹雪は、近ごろは春の淡雪に許用している。水気を含んで、牡丹雪の大小の雪片が織り出す景色は美しい。「紺しぼりつつ」が、その色感とうるおいとを微妙に捉えている。

ぼたん雪地に近づきて迅《はや》く落つ　鈴木《すずき》六林男《むりお》

ゆるやかに落ちて来た牡丹雪が、地面に近づいて、速度をます。——速度をますように見えたのである。

まぼろしの白き船ゆく牡丹雪《ぼたんゆき》　山川蟬夫《やまかわせみお》

『山川蟬夫句集』より。作者は「安閑たる一句集」と言っているが、彫心鏤骨《ちょうしんるこつ》の句集より、本音を吐いてないとは限らない。上林暁の名作『白い屋形船』を思い出す。この作者名は、前衛俳人高柳重信が伝統的句境に遊ぶ時の名。

みづからを問ひつめゐしが牡丹雪《ぼたんゆき》　上田《うえだ》五千石《ごせんごく》

『田園』より。自分を問いつめている緊迫した一つの空間を、牡丹雪が充している。作者は秋元不死男門。

もろ〳〵の木に降る春の霙《みぞれ》かな　原《はら》石鼎《せきてい》

昭和九年作。これはいっそう淡い感じの句だ。だがこの「春の霙」には、やはりこの作者の往年のあでやかな色彩感覚が名残《なごり》をとどめている。平淡な叙法だが、大家の風韻がどことなくにじみ出ている。

陽炎《かげろふ》や塚《つか》より外《そと》に住《すむ》ばかり　内藤《ないとう》丈草《じょうそう》

『初蟬』に「芭蕉翁塚にまうでゝ」と詞書。『丈草発句集』には、「芭蕉翁の墳《はか》にまふでゝ我《わ》が病身をおもふ」とあって、句意を補っている。

芭蕉の没後、その墓のある近江粟津《あわづ》の義仲寺《ぎちゅうじ》に近い龍ヶ岡に仏幻庵の茅屋《ぼうおく》を営んだ。蒲《ほ》柳《りゅう》の体質で、退隠以後はことにわが病身を思うこと深く、「塚より外に住ばかり」との言葉は、生と死との境に住んでいるという意を籠《こ》めている。

「塚」はもちろん芭蕉の塚であり、その塚に詣でての吟だから、地下の翁に微《かす》かな声で訴えているかのように聞きなされる。「陽炎」ははかないものであり、幻のようなわが身は、師の墓守としての余生でありながら、心ははや塚の中を栖《すみか》としている、というのである。最も丈草の師への真情を語っている。

映画館出て春《しゅん》陰《いん》の影に遇《あ》ふ　西《にし》島《じま》麦《ばく》南《なん》

真っ暗な映画館で、文字どおり影を失っていたのが、まだ日中の街に出て、ふと自分の影を意識したのである。「春陰」はまず「花曇」と思っていて間違いない。だが語感としては、このほうが陰性である。「遇ふ」に軽い驚きがこもっている。一種の錯覚をとらえた心理的な句である。だが句柄が重く、こういう瞬間的な即興句にはも少し「軽み」があるほうが救われよう。

春の山のうしろから煙が出だした　尾崎《おざき》放哉《ほうさい》

『大空』より。べつに何の奇もないが、こう詠まれてみると、何か不思議にユーモラスである。これが「春の山」なのも、よい。

湖《うみ》の町灯ともれば春の山消ゆる　橘《きつ》高《たか》雷《らい》子《し》

私の中学時代の師、哲人橘高倫一先生の句。町の灯に、湖の彼方の春山が没するという、夕霞のこめる頃の隠微な自然の息づかいがきこえるようだ。なつかしさに一句抄した。

斯《か》く迄《まで》に囁《ささや》くものか春の水　高浜虚子

春の水の豊かなせせらぎの音に耳をとめた句。水も囁き、鳥も囀《さえず》る賑《にぎ》やかさ。季節感が横溢《おういつ》している。

春の水すみれつばなをぬらしゆく　与謝蕪村

安永六年（一七七七）以後の作。春の小川。何の説明をも要しない。菫《すみれ》も茅花《つばな》（茅萱《ちがや》の白い花穂。子供が摘んで食べるが、ほんのり甘い）も、子どもたちに親しい可憐《かれん》な草花である。春の水は水量が豊かだから、岸の小草の根をひたす。紫と白と、二つの草花の選択がこの句の眼目であろう。可憐な句だが、やはり絵心が働いている。『堀河百首』の歌「昔見し妹が垣ねは荒れにけりつばな混りのすみれのみして」が、意識にあったか。

春の海終日《ひねもす》のたり〳〵かな　与謝蕪村

『俳諧古選』（三宅嘯山撰）に出ているので、その刊年から宝暦十三年（一七六三）以前の作と推定される。最も有名な蕪村の句の一つ。一日中ものうげに、またのんびりとうねっている春の海原を詠んだもの。空と海と一面の青一色につながる大景に、何の形容も点じていないが、この句の興味は、のどかで豊かなその音調にある。海を見て、ある種の憧《あこが》れごころを呼び起される、少年の感動に似たものがある。

木枕のあかや伊《い》吹《ぶき》にのこる雪　内藤丈草

仏幻庵に丈草を訪ねて二、三日滞在した広瀬惟然坊が故郷美濃へ出立する時にはなむけた句。あらゆる乏しさをいとわぬ惟然が、ただ一つ頭の病を持っていて、枕《まくら》の硬いのをきらったことから、「木枕」を詠みこんだ。道中、「猶《なほ》末遠き山村野亭の枕に、いかなる木のふしをか佗て、残る寒さも一しほにこそと、背《うしろ》見送る岐《わかれみち》に臨《のぞみ》て」という一節が、この句の心を説き明かしている。だが、この木枕の垢《あか》と、伊吹山の残雪との照応は、驚くべき新しさで、作者の詩心の冴《さ》えを見せている。

斑雪《はだれ》照《て》り山家《やまが》一戸《いっこ》に来るはがき　鷲谷　七菜子

『花寂び』より。「はだれ」を近来、春に許用している。春に消える斑雪。山腹の一かたまりの集落の、ただ一戸に配達される端書。

雪とけて村一《いっ》ぱいの子ども哉　小林《こばやし》一茶《いっさ》

文化十一年(一八一四)作。一茶の故郷柏原《かしわばら》は雪国である。雪が解けて春が到来するのを、ことに野外の遊び場を失った子供たちは、千秋の思いで待ち受ける。待ちに待った雪解けとともに、家々からは一斉に子供が飛び出し、村いっぱいに子供があふれる。こんなにも村に子供が多かったのかと思うくらいに——。歓声をあげながら、彼等は遊ぶ。雪国の春の甦《よみがえ》りを、それらの太郎、次郎たちが象徴する。

雪《ゆき》解《げ》川《がは》名山けづる響かな　前田　普羅

蛇笏の句を思わせるオーソドックスな格調を持った句。「名山けづる」とは気負った表現である。だが「響かな」という座五が非常に力強い格調を持っているから、この誇張した大時代な表現も不自然ではない。雪解時の滔々《とうとう》たる水量の押し流される雄壮な響きをとらえたもの。雄大な自然への親愛感は、すでに大正時代から普羅の句に濃い影を落している。

雪解《ゆきど》け道《みち》さがり眼の子の菓子袋　川崎《かわさき》展宏《てんこう》

『葛の葉』より。田舎の雪解け道。幼い村娘が手に提げた菓子袋。こけし人形のような、そのなごやかな顔かたちが浮んでくる。

薄氷《うすらひ》に透《す》けてゐる色生きてをり　稲畑《いなはた》汀子《ていこ》

「ホトトギス」『汀子句帖』より。「薄氷」ウスライと訓《よ》み、近来、早春の季語として許用。浅い水底の色が、氷を透かして、生き生きとかがやいている。それは春の生れる色でもある。

薔薇《ばら》色《いろ》の暈《かさ》して日あり浮氷《うきごほり》　鈴木《すずき》花蓑《はなみの》

石田波郷の初期の句に「寒卵薔薇色させる朝ありぬ」というのがあって有名だが、その前に花蓑のこの句が存在している。早春の句である。「薔薇色」とは淡紅色《ローズいろ》である。池か湖水かに漂っている浮氷も、薔薇色の日に映えている。薄曇りの空であり、何か物憂いような感銘がある。やはり新鮮な感覚がある。「大いなる春日の翼垂れてあり」も佳句である。

瓜《うり》苗やたゝみてうすきかたみわけ　　永田《ながた》耕衣《こうい》

「四月十一日山妻の母死したまへるを、五句」のうち。同じ時の句、「瓜苗やふるき思ひのうごきそむ」になると、独り合点で、一句としての独立性が稀薄《きはく》であるが、この句、故人へのしみじみとした感懐がおのずからこもっている。「たゝみてうすきかたみわけ」の言葉の美しさは無類である。「瓜苗や」は俳句で言う取り合わせであるが、不即不離の関係の中に、仄《ほの》かに主情の通い合うものがある。瓜苗は萌《も》え出たばかりの可憐《かれん》に仄《ほの》かな存在である。一方には命終ったばかりの故人の香を仄かにとどめた、ささやかな形見分けの着物があるのである。

春風にこかすな雛《ひな》の駕《か》籠《ご》の衆　　辻《つじ》荻《てき》子《し》

「雛の駕籠」とは、元禄（一六八八～一七〇四）前後に「雛の使」といって、蒔絵《まきえ》を施し、朱の総《ふさ》をつけた乗物に雛を乗せ、樽《たる》、行器《ほかい》を持たせ、草餅《くさもち》・醴《しろざけ》・小蛤《こはまぐり》など入れ、親戚などへ遣わす行事があった。その駕籠の衆に、春風の中を醴《あまざけ》の酔いに浮れて、雛をこかすなどの過ちをしないように、と呼びかけた体である。

『去来抄』にいう、「先師、此句を評して曰、伊賀の作者、あだなる処を作《な》して、尤《もっとも》なつかし、と也。丈草曰、いがのあだなるを、先師はしらずがほなれど、其あだなるは、先師のあだならずや、と也」。「あだ」はなまめかしいさま。「艶《えん》」というのより、もっと軽やかで、実から遠いのである。この句は駕籠の衆に、つい言い掛けたような、浮れた心があって、それを「あだ」(徒《あだ》・婀娜)と言ったのだ。丈草が「先師のあだ」といった意中を忖度《そんたく》すれば、例えば、

年の市線香買《かひ》に出《いで》ばやな　芭蕉

といった、軽やかな、風狂の心ざまを指していよう。それは、やがて「軽み」に通ずる心でもある。

箱を出《で》る皃《かほ》わすれめや雛《ひな》二《に》対《つい》　与謝蕪村

待ちに待った桃の節句になって、雛を箱から取り出す少女の心のときめきを詠んでいる。『蕪村句集輪講』で鳴雪は、一年間、別々の箱にはいっていた一組ずつの雛が、「貌を互に忘れては居らぬかといふあどけない戯言」だと言い、子規は、自分が愛している雛の貌を忘れようや、の意で、調子の上から「二対」と言ったまでで、一対でも二対でも別に変りはないという。それに対して、この「二対」から姉妹を想像したのは、『蕪村夢物語』の木村架空である。幼い姉妹がそれぞれ自分の雛の顔を忘れることがあろうか、というのである。

雛の句には他に「たらちねの抓《つま》までありや雛の鼻」「古雛やむかしの人の袖几帳《そできちやう》」「細

き燈《ひ》に夜《よ》すがら雛の光かな」などがある。

雛《ひな》の眼《め》のいづこを見つつ流さるゝ　相馬《そうま》遷子《せんし》

『山河』より。作者は後記に「おそらく最後の句集となるであろう」と書いた。形代《かたしろ》の雛を川へ流す古風な行事。「いづこを見つつ」に、己れの命終をも見ているのか。医であった作者は、身内の癌《がん》の実体をはっきり知っていた。

ひし餅のひし形は誰が思ひなる　細見綾子

昭和十三年作。雛祭の菱餅の菱形、それを不思議と思ったことなど、私は一度もない。作者はその不思議、というよりその微妙さに心を動かした。「誰が思ひなる」に、如何《いか》にも女性らしい思いを籠《こ》めている。誰が思いついたなどと、分るわけもないが、「誰が」とは実は、現在唯今《ただいま》の自分の「思ひ」なのだと、ふと言って「よろし」と納得したのである。

万愚節《ばんぐせつ》に恋うちあけしあはれさよ　安《あ》住《ずみ》敦《あつし》

万愚節とは四月一日、オール・フールズ・デー、またエープリル・フールズ・デー。この日かつがれる人を、四月馬鹿という。誰でも人に嘘《うそ》をつくことが許されるというこの日、うっかり女に、君が好きだと言ってしまった。バーのホステスであろうか。本気で恋を打明けたのに、相手は万愚節の冗談としか受け取ってくれない。決心して決行した彼の行為が、全く滑稽《こっけい》な結末になってしまった。その思わざる齟齬《そご》を、作者は「あはれ」と言ったのである。自嘲《じちょう》の句めいているが、むしろ虚構の句であろう。

校塔に鳩《はと》多き日や卒業す　中村《なかむら》草田男《くさたお》

『長子』より。作者の大学卒業のときの句か。必ずしも卒業式の日の句でなくても、卒業前後の感慨を籠《こ》めているのでもよい。あるいは、卒業する者は、自分でなくてもよい。生徒たちを祝福するかのように、校塔に集まる鳩の群が、あたかも今日を寿《ことほ》ぐかのように集まってくるのである。

礼《れい》深《ふか》し春着の帯をつよく緊《し》め　津田《つだ》清子《きよこ》

『二人称』より。「礼」は「キヤ」とも訓《よ》めるが、ここは「レイ」であろう。春装の人のいやまい正しい人柄が浮び上がってくる。

耳《みみ》垢《あか》も目《め》刺《ざし》のわたも花明り　橋《はし》閒《かん》石《せき》

『和栲《にぎたえ》』より。みみっちい景物二つ並べて、どこが「花明り」なのか。だがこの二つ、何か作者の日常の一こまを思わせる。「花明り」のうららかな季節を、真反対とも言えるもので匂《にお》わせる。

遠き世の山火《やまび》ぞ映《は》ゆる埴輪《はにわ》の眼　　福田《ふくだ》蓼汀《りようてい》

春の山焼の火には、原始時代の色がある。埴輪の眼の暗い空洞の奥に、その山火を映していると見た。

種蒔《ま》ける者の足あと洽《あまね》しや　　中村草田男

昭和二十二年作。この句の背後にはミレーの『種蒔く人』（一八五〇）がある。「種蒔くや廃墟《はいきよ》に鳩の舞ふことよ」「掛け抱く嚢《ふくろ》大きく種蒔くかな」とともに三句一連をなすが、この「掛け抱く」の句は、ミレーの『種蒔く人』の姿態を彷彿《ほうふつ》させる。だがより深くミレー的なのはこの一句である。この一句に描き取られた百姓の姿は、大地に根を生やした巨人のように見える。草田男がここにとらえたのは大地に印した足跡だ。だがその足跡は、だいだらぼっちの足跡よりも大きく深くはっきりと大地に刻印されているように見える。ミレーと同じく、草田男が意図するものは、色彩ではなく、強く明確な造型であろう。それによってはっきり人類の意志を刻むことであろう。草田男は種蒔く者の足跡を「洽し」と詠じた。この言葉に彼の祝福がこもっている。人類の洋々たる未来への明るい希望がこもっている。「われわれは祈願する者から出て、祝福する者にならなければならない」（ニーチェ)。これは草田男が『来し方行方』の扉に書きつけた言葉である。

臀《しり》円《まる》き妻と斜面の芝植うる　渡辺白泉

『渡辺白泉全句集』より。昭和十二年作。この新興俳句作者の集から、久しく私の記憶にあった句を拾い出した。家の外垣の土手の斜面か。鼻先きにうしろ向きにしゃがんだ妻を意識しながら、自分も同じ仕事にはげんでいる。「臀円き」にあたたかい春の日ざしのようなものを感じる。

此《この》山のかなしさ告《つげ》よ野老《ところ》掘《ほり》　松尾芭蕉

二月中旬、伊勢朝熊《あさくま》山の西麓にあった菩提山神宮寺を訪ねての作。この寺は古くは栄えていたが、当時はすでに荒廃していた。そのあたりで、野老を掘っている土地の古老に向かって、話しかける体《てい》で、この山のかなしい歴史を語ってくれ、と言ったもの。野老は山の芋に似て味わいが苦く、根に長い鬚《ひげ》が多いので野老と言い、正月の飾り物にする。景情ともに侘《わび》しさを強調している。

踏《たう》青《せい》や古き石《せき》階《かい》あるばかり　高浜虚子

昭和二年二月二十八日作。「踏青」は唐の古俗に、三月三日に野に出て遊宴をやったことに始まるというが、俳諧の季語としては、春の野遊びやそぞろ歩きの意味に取り、「青き踏む」とも用いている。これは、何か城趾《じようし》か楼趾か廃園か、古い石段だけが残った跡に立った感慨である。「夏草や兵《つはもの》どもが夢の跡」の句に通じるが、もっと無造作に、客観的につきはなして表現しているところが、虚子流である。懐旧の情は、そこにおのずからただよえばよいとしているのであろう。この句に較べれば、芭蕉の句はきわめて和歌的な詩藻を残している。「踏青」「石階」という音の対応も、よく響き合っている。

ふらこゝの会釈《ゑしやく》こぼるゝや高みより　炭太祇

ふらここはぶらんこ、ゆさはり、鞦韆《しゆうせん》。中国で寒食《かんしよく》の日、すなわち清明節の前日、打毬や鞦韆で遊ぶ習慣があり、嵯峨天皇の漢詩（経国集）に、すでに春の行事として詠まれていた。この句ももちろん、春の季語として詠んでおり、鞦韆に戯れるなまめかしい女人の姿態である。

唐時代の後宮女官の姿であろう。かたわらを通りかかったひとに、鞦韆を漕《こ》ぐ高みから、艶冶《えんや》とした笑顔の挨拶《あいさつ》がこぼれてくる、というのだ。「会釈こぼるゝや」とは、心にくいほどの手だれである。

鞦《しう》韆《せん》は漕《こ》ぐべし愛は奪ふべし　三橋《みつはし》鷹女《たかじよ》

有島武郎のエッセイに、『惜みなく愛は奪ふ』がある。「愛は掠奪する烈《はげ》しい力だ」「愛は個性の飽満と自由とを成就することにのみ全力を尽してゐる」。このような思想に感染しながら、大正末期、昭和初期に青春を生きた作者の心の構えが思われる。おそらく鞦韆を、女は烈しい力で漕いでいる。その鞦韆（ぶらんこ）の主は、式部袴《しきぶばかま》をはき、髪にリボンを結び、靴をはいた往年の女子学生であろうか。新しい時代の自我に目覚めつつある女、葉子（『或る女』のヒロイン）のような女が、この句から彷彿《ほうふつ》として浮んでくる。

なつかしの濁《ぢよく》世《せ》の雨や涅《ね》槃《はん》像　　阿波野　青畝

青畝の句には生活感情に即したしみじみとした詠歎《えいたん》と観照とがある。彼がよく仏教的な題材を手がけるのも、そのような彼の特質に基づくようである。そのことが彼を四Sの中の特異な存在たらしめている。

涅槃会《ねはんえ》（陰暦二月十五日）は彼の得意の題材であった。「天彦の鴉《からす》がかなし涅槃像」「日照るとき金を横たふ寝釈迦かな」「あらかんの口開きそろひ涅槃像」「涅槃変大きな顔をまん中に」などとたびたび詠《うた》っている。この日、寺々では涅槃像を掲げ遺教経を誦して法《ほう》会《え》を営むのである。入滅の日であるから、気分としても釈尊降誕会（花祭）のような明るい華《はな》やかさはない。「なつかしの濁世の雨や」とは、しみじみとした感懐を言い取っている。この語には相当複雑な感情がこもっている。濁世そのものを「なつかし」と言ったのであるが、それと同時に、釈尊入滅のこの日静かに降る春雨もまたなつかしいのである。このような下根下性、煩悩《ぼんのう》具足のわが身に即しての人生詠歎が、青畝の句には漂っている。なお青畝には「端居《はしゐ》して濁世なかなかおもしろや」の句もある。

土《つち》不《ふ》踏《まず》ゆたかに涅《ね》槃《はん》し給へり　川端《かわばた》茅舎《ぼうしゃ》

昭和九年作。「足のうらそろへ給ひぬ涅槃像」と並んでいる。寝釈迦《ねしゃか》像において、茅舎は足のうらに目をつけ、そこへ焦点を向ける。土不踏の豊かな膨みを見出したところが俳諧だ。人間五体のうち、足の裏は茅舎の神経がことに気にする部分であったようだ。「新涼や白き手のひらあしのうら」。

葛《かつ》城《らぎ》の山懐《ふところ》に寝《ね》釈《じゃ》迦《か》かな　阿波野青畝

葛城山の山ふところに、抱きかかえられるように横たわっている寝釈迦像がクローズアップされる。涅槃《ねはんえ》会の句である。葛城山と寝釈迦とのあいだに、寺という建物が存在するはずなのに、中間物を一切排して、山そのものに寝釈迦が抱かれているかのように言った。それは画面いっぱいに大きく描かれ、廻りに小さく人や鳥獣虫魚の悲しむ姿が添えられる。それらの附加物も除かれて、句では山と涅槃図だけである。そこにこの句の温かい主情がにじみ出ている。

水《みづ》取《とり》や氷《こほり》の僧の沓《くつ》の音　松尾芭蕉

「氷の僧」というのは意が通じないというので、「籠《こも》りの僧」の誤りではないかという説も古くからある。だが『甲子吟行《かっしぎんこう》』その他、この表記は誤りようがないのだ。深夜の堂の、氷《こお》るような夜気の中に響く、荒行《あらぎょう》を伴う練行衆《れんぎょうしゅう》の動作の冷厳さを、あえて「氷の僧」と奇矯《ききょう》な表現で言い取ったのではないかと思われる。そういう芭蕉の気持を汲《く》み取って、この「氷の僧」を認めたい。

お水取は、如何《いか》にも春をひらくというにふさわしい。冷えびえとした夜の気は身にしみる。二週間のきびしい行事ながら、練行衆たちの、その行《ぎょう》を終って春を迎えるという喜びの気味も感じられて、むしろ明るい行事なのではないかと思われる。

やすらひ祭《まつり》見にまかりて

やすらひの花よ踏《ふま》れなあとなる子　加藤《かとう》暁台《きょうたい》

京都紫野今宮《いまみや》の「やすらひ花」。「やすらひ花よ」と囃《はや》しながら、社殿の周囲を踊りまわる。鎮花祭である。神楽歌《かぐらうた》の早歌《そうか》「あかがり踏むな後《しり》なる子、我も目はあり前《さき》なる子」の文句を巧みに截《た》ち入れている。

道のべに阿波《あは》の遍路《へんろ》の墓あはれ　高浜虚子

昭和十年作。虚子に「阿波のへんろの墓」という文章がある。「あの遍路の墓はよほど古いもののようであった。遍路で客死するものは沢山あるであろうが、特に遍路の墓として無名の遍路をここに埋葬して碑を建てたのは何か哀話があるのであろう」云々と書いている。この遍路の墓は、虚子の郷里、伊予の風早西ノ下大師堂の大松の下にあったのであって、姓名も何もなく、ただ「阿波のへんろの墓」とのみ刻してあったのである。

十七字のうち九字は、墓石に刻んだ文字をそのまま持ってきた。斎藤茂吉にも「右中仙道みち左長浜えちぜん道とふ石じるしあはれ」という歌がある。淡々とした触目の風物の叙述に、かえって深い抒情《じょじょう》がこもっている。阿波というと、巡礼お鶴の連想などもあって、あわれが添う。

なお付け加えれば、遍路は春の季語であるが、「遍路の墓」では季感を持っていないのである。このような句を見ても、季語の存在意義が季感にないことは確かである。この句に季感があるかないかより、季語がはっきり存在することのほうが大事なのである。一句に重量感を与えるものは、季感でなく、季語そのものなのである。

逃げ水の水より現《あ》るる遍路笠　角《かど》川《かわ》春《はる》樹《き》

『信長の首』より。「逃げ水」は、光線の屈折による蜃気楼《しんきろう》現象の一つ。陽炎《かげろう》のたつ晴れた日の道で、遠方によく見られる。その行くさきの、幻の水の見える辺りから、遍路笠の人が現れた。四国路風景。取り合せの奇想の中に、春の南国の詩情があふれる。

物干に富士やをがまむ北斎忌　永《なが》井《い》荷《か》風《ふう》

「四月十八日」と詞書。もちろん江戸の浮世絵師、葛飾北斎の忌日である。北斎の文政年間の作品に、「富嶽三十六景」がある。この中には江戸市中から富士を望んだ景色十数葉があり、佃島、深川万年橋、神田駿河台、日本橋橋上など、遠富士をさまざまに描いている。その北斎のゆかりの日に、今日は物干台に出て富士を拝もうと言ったもの。東京下町の物干台を持って来たところが、三十六景の延長線上に富嶽を思い描いたものと取れ、写生派以外の文人流の発句として面白い。

みごもりて盗みて食ひて猫走る　橋本《はしもと》多《た》佳《か》子《こ》

これはまたかなしい野良猫の性《さが》である。色気と食い気と、二つの欲に生きる牝猫《めすねこ》の、ふてぶてしく、たくましい生のあわれがある。早春の「猫の恋」の季節が過ぎると、恋ははらみ猫となり、はらめばいっそう食わねばならず、泥棒猫ともならねばならないのは、自然の勢いである。この句は、そのような牝猫の生に対する、同性としてのはげしい共感と憐憫《れんびん》とがある。

猫の仔《こ》の鳴く闇しかと踏み通る　中村　草田男

昭和十三年作。「蚯蚓《みみず》鳴くあたりへこゞみあるきする」と似ている。「しかと踏み通る」がやはりもったいらしい、大げさで滑稽《こっけい》な動作である。捨て猫と草田男との出会いである。

裏《うら》がへる亀《かめ》思ふべし鳴けるなり　石《いし》川《かわ》　桂《けい》郎《ろう》

「亀鳴く」は古来春の季題。空想的で、滑稽味がただよう。喉頭《こうとう》ガンにおかされて、自宅の床に仰臥《ぎょうが》している自分を、裏がえってもがく亀と見た。かすれた声の悲鳴を、心耳に聴いている。

古池や蛙《かはづ》飛《とび》こむ水のをと　松尾　芭蕉

貞享三年（一六八六）作。ただし、その前に中七「蛙飛ンだる」（西吟編『庵桜《いおざくら》』）の形で、伝えられていた。それは杜撰《ずさん》とも見られる。

この句の古池は、もと杉風《さんぷう》が川魚を活かして置いた生簀《いけす》の跡で、芭蕉庵の傍らにあったと思われる。其角がそのとき、初五に「山吹や」と置くことを進言したという伝説がある（支考『葛《くず》の松原』）。山吹と蛙との取り合せは伝統的で、二物映発の上に、晩春の濃厚な季節情趣がただよい、句柄が重くねばっている。それに対して、「古池や」は、自然に、閑寂な境地をうち開いている。

この句のこの形での初出は『蛙合《かわずあわせ》』（仙化編、貞享三年閏三月刊）である。この春、芭蕉庵に素堂《そどう》と蕉門の俳人たちが相会して、蛙の句合を行って衆議判《しゅぎはん》にかけたもの。

この句がこの催しに発表されたとき、一座は、あっと固唾《かたず》を呑《の》んだに違いない。それは新しい啓示だった。彼等は談林《だんりん》的に笑い抜いたあとの笑い切れぬ人生のさびしさ、人間存在の寂寥《せきりょう》相を、次第に感じはじめていた。しかもそれは、まだはっきり表現を得てはいなかった。彼等は啓示に対して、用意された人たちだった。それは、人々の会得の微笑をさそい出した。

人間の普遍的な感情や、思想にねざしたものだから、伝播《でんぱ》の速度は意外に早かった。「お前もか」「俺も」と、人々の心から心へ、その境地は拡がって行った。眼前只今の景を素早く詠んだ、この句のウイットの力である。同時にそれが、この句の、歴史的な意味でもあった。

蛙たたかひ見にまかる、四月廿日也けり

痩《やせ》蛙《がへる》まけるな一茶是《これ》にあり　小林一茶

文化十三年（一八一六）作。最も有名な一茶の句。蛙戦いとは、実は蛙の交尾であって、群をなして集まり、一見、喧嘩《けんか》しているように見えるのである。その中でも、瘦蛙に肩を入れて応援しているところが、一茶らしい。一茶自身も、ひょろひょろと瘦せた男であるように、この句では想像され、頼りにならぬ男が応援しているところに、この句のペーソスがある。

春の鳶《とび》寄りわかれては高みつつ　　飯田龍太

昭和二十一年作。龍太氏は蛇笏の四男であるが、次兄は終戦前に病死、長兄、三兄は応召して、二十二年にはそれぞれ戦死、戦病死の公報がはいって、氏が嫌応なく飯田家を嗣《つ》ぐべく、境川村小黒坂の家で土着定住の心を固めなければならなかった。それはやがて、長兄の遺した子とともに、嫂であったひとをも含めて、家父長として身に引き受けることを意味した。「蟾蜍《ひきがえる》長子家去る由もなし」（草田男）の詠歎は、悲鳴でなく、ニーチェのいう「運命愛《アモル・ファティ》」ともいうべき、まことに男らしい決断だったのだ。氏の句の底深く潜むものを探ってゆけば、氏の詩心の中核に、思いも寄らぬ覚悟が潜んでいるのを見るだろう。そういうことを、作者は訴えようとか、告白しようなどとは、いささかも思わない。

雉子《きじ》羽《は》うつて琴《こと》の緒《を》きれし夕《ゆふべ》哉　　榎本《えのもと》星布《せいふ》

武蔵国八王子の人。はじめ鳥酔《ちょうすい》に学び、後白雄《しらお》に師事した。天明から化政へかけての俳人だが、調べの張った天明ぶりを身につけた女流俳人として、子規派の明治の俳人たちにその才質を認められていた。

この句など、強い調子の句と言える。雉子は飛び立つとき、しばらく叢《くさむら》を滑走し、羽音を立てて舞い上がるが、あわただしい雉子の羽音が聞えたその瞬間に、奏でていた琴の緒がぷつりと切れた、というのである。偶然の暗合だが、何かその羽音が、緒の切れた原因であるかのように、ふと感じられるのである。天明調の余波《なごり》を、最後まで保っていた女流であった。

雉子《きじ》の眸《め》のかうかうとして売られけり　加藤　楸邨

昭和二十年作、『野哭《やこく》』所収。慟哭の悲歌である。作者の「かなしび」が雉子の眸の輝きをとらえたのである。撃たれて売られる雉子であるから目は閉じていることが多いのであるが、作者はその見開いた眸に驚きと哀愁とを感じているのである。雉子は目の周囲に鮮やかな赤色が露出しており、その眸の輝きに満腔《まんこう》の恨みを感じ取った作者の強い主観に嘘《うそ》はないはずである。「かうかうとして売られけり」は、裏をかえせば作者の憤りの情がこめられているはずである。

雲雀《ひばり》より空にやすらふ峠《たうげ》哉　松尾　芭蕉

貞享五年（一六八八）三月二十一日ごろ、吉野へ行く道中、臍峠《ほぞとうげ》で詠んだもの。高い峠にさしかかって、空中高く囀《さえず》る雲雀さえ、今は足下に聞いているのだ。雲雀より高いという、童心に還ったような歓びがあふれている。「空に」は「上に」と同じこと。しかも虚空高くという、空間のひろがりを感じさせる。雲雀自身が虚空にあるのだが、それよりも高く自分が中空にあるという思いである。『阿羅野《あらの》』その他「上に」の形でも伝えているが、私は「空に」を取る。一句の支える空間がパッと拡がってくるからである。

こゝにして諏訪《すは》口《ぐち》かすむ雲雀かな　西島　麦南

「山廬後山展望」という詞書がある。山廬とは、甲州境川村の飯田蛇笏居である。諏訪口とは、甲府盆地から八ケ岳山麓《さんろく》を越えて、諏訪盆地を望むところという。武田信玄の軍勢が、いくたびも信濃に攻め入った通路だ。

こういう句を読むと、春の気配がそこらいっぱいにひろがって来るような気がする。それだけ句がのびやかにひろがって、気持は風景の中に没入しきっている。私はそれに加えて、諏訪口という地名から、その土地の歴史を思ってみたのである。

鴈《かり》行《ゆき》て門《かど》田《た》も遠くおもはるゝ　与謝　蕪村

安永五年（一七七六）二月十八日付、東菑《とうし》宛書簡に出ている。「門田」は門前の田。門田に一冬降りていた雁が、春になって帰ってしまった。そのあいだ、心の近くに親しくあった門田が、急に遠い、心にうといものに思われてくるのである。主観の如何《いかん》が距離感を左右するのだ。「門田も遠くおもはるゝ」というのは、蕪村一流の措辞で、「物焚《た》いて花火に遠きかゝり舟」「裾《すそ》に置て心に遠き火桶かな」「待人《まちびと》の足音遠き落葉哉」「葛を得て清水に遠きうらみ哉」その他、いくたびも試みている。

美しき帰雁《きがん》の空も束の間に　　星野《ほしの》立子《たつこ》

帰雁・行く雁・帰る雁など、言葉として美しい。雁は秋分に来て、春分に帰るといわれるから、帰雁の季節は三月である。雁のあわれは、古来歌にも句にも童《わらべ》うたにも詠まれつづけて来たが、近来雁がめっきり減って、容易に雁の列にも出会うことがない。作者は珍しく棹《さお》を作って帰る雁を見て、その感動をうたい上げた。それはほんの「束の間」のことであった。束の間に消えて行く姿であればこそ、それは真実美しいと言えるのだった。

夜毎敷く霰《あられ》こまかに雁《かり》帰る　　金尾《かなお》梅《うめ》の門《かど》

春の帰雁の候の霰である。「夜毎敷く霰」などとは、やはり北国でなければ見られまい。美しい句である。帰雁の通路に当たる北陸では、日ごと姿を目にし、声を耳にすることができるのであろう。例によって言えば、「夜毎敷く霰こまかに」は「細み」である。「雁帰る」は哀愁である。

少年の見《み》遣《や》るは少女鳥雲に　中村草田男

「鳥雲に入る」という季題があり、近来略して「鳥雲に」として使う。北方へ帰る渡り鳥が、雲間はるかに見えなくなること。地上は春。進学期の三、四月には少年・少女の姿にも、何か生動するものが感じられる。作者の少年時代の、遥かな郷愁を含んでいるようだ。

囀《さへづり》の高まり終り静まりぬ　高浜虚子

大正十三年作。他に「囀の高まる時の静かさよ」「鶯《うぐひす》の声の大きく静かさよ」などがある。四つの「り」音をたたみかけて、引き締まった一本調子の音楽的効果を出している。鶯か頬白《ほおじろ》か河原鶸《かわらひわ》か、春の鳴禽《めいきん》の抑揚の長い一つの囀りをとらえて、あたりの静けさを描き出している。もちろん飼い鳥ではないであろう。

雀の子そこのけ〳〵御馬《おんま》が通る　小林一茶

これは生きた馬が通るのではない。子供の玩具の馬で、「おんまが通る、先《さき》退け先《さき》退け、ハイハイ……」などとかけ声をかけて、往来で遊んでいるのだ。当時は赤貝などの殻に紐《ひも》を通して、うつむけにして履いて歩き、パカパカと馬の足音がしたのを、赤貝の馬と言った。あるいは竹馬とも。春駒と言って馬の頭の形を竹先につけ、末端に車をつけた玩具とも取ることが出来る。要するに子供のかけ声で、巣立って間もない雀の子のような、弱い小動物を持って来たのが、一茶らしい。

明《あけ》ぼのやしら魚《うを》しろきこと一《いっ》寸《すん》　松尾芭蕉

貞享元年（一六八四）十月、伊勢桑名《くわな》での作。紀行の前文に「草の枕《まくら》に寝あきて、まだほのぐらき中に浜の方に出て」とある。桑名の東郊、浜の地蔵堂のあたり、木曾川の河口に近いところ。白魚は桑名の名物である。初案の「雪薄し」を「此五文字いと口おし」（笈日記）と言って「明ぼのや」と直した。この推敲《すいこう》で、冬の句が春の句となった。「雪薄し」とは、おそらくそのときの嘱目《しょくもく》だった。だが芭蕉は、雪の事実を抹殺し、白魚の白にもっぱら焦点をあて、印象を統一した。まだ薄暗さのただよう曙《あけぼの》に、四手網《よつであみ》か刺網《さしあみ》かで、白魚は浜辺に打ちあげられている。その鮮やかな白さを「白きこと一寸」と詠むことで、その色彩や姿から来る清冽《せいれつ》の感覚を、ずばりと表現した。紀行中の句の白眉《はくび》である。

公魚《わかさぎ》をさみしき顔となりて喰ふ　草間《くさま》時彦《ときひこ》

「さみしき顔」は自称。公魚もさみしい魚だし、自分の顔は見えるはずもないが、さみしさに滲《にじ》み、さみしさが漂っていよう。早春の清純な季感があふれた一句。

瀬の色に紛《まぎ》れ紛れず柳《やなぎ》鮠《ばえ》　大橋《おおはし》敦子《あつこ》

『勾玉』より。「紛れ紛れず」は、紛れるかと思えば見え、見えるかと思えば、紛れて見えなくなるのである。春の川と柳鮠（柳の葉に似た、小さなウグイ）の姿を、のどかに描き出して、童心がただよっている。

地虫出づふさぎの虫に後れつつ　相生垣　瓜人

啓蟄《けいちつ》を過ぎると、いろんな虫が地上に出てくる。「ふさぎの虫」は、鬱病《うつびょう》。春さきは、そのシーズンだ。この語は二葉亭が使い出してから一般化した。本当の虫に見立てて、出現の前後を言ったところ、ユーモラスだ。

初《はつ》蝶《てふ》来《く》何色と問ふ黄と答ふ　高浜虚子

昭和二十一年三月二十九日、小諸での作。これは二人の人物の三段の問答から一句を作り上げた。形としては珍しいものであり、虚子の試みの大胆さと技巧のたくみさとを見れば足る。だが詠みぶりは飽くまで無造作であり、ものにこだわらぬ自由さがある。

方丈の大《おほ》庇《ひさし》より春の蝶　高《たか》野《の》素《す》十《じゆう》

素十の代表作として喧伝《けんでん》されるものであり、四S（秋桜子・誓子・青畝・素十）の一人として彼の地位を確実にした作品。石庭で名高い竜安寺での作と言う。

おそらく作者は方丈の前の廊下にあって庭を眺める位置にあったのだろう。庭につき出た深い庇の上から、ひらひらと小さな蝶が下りてきた。蝶は春の季物である。この場合なぜ作者はわざわざ「春の蝶」と言わねばならなかったか。春さきの小形の蝶だろうなぞと言ってみても始まらぬ。だが、この「春の蝶」の語は不思議によく利《き》いているのである。言ってみようなら、それは大庇の上に麗《うらら》かな春の空を想い浮ばせる。蝶の来し方であり、蝶がいまそこから庇へ下りてきたところの春の空である。ひっそりと静まった冷たい庭に、それは一点うららかな大空の気を運んでくる。「より」と言い「春の」と言った曲節にのびやかな調べがある。春でなければならない調べである。そこに「春の」という虚辞の据わる必要性があろう。

以上は「春の蝶」の不思議な効果をちょっと敷衍《ふえん》してみたまでだ。「大庇より春の蝶」——読者はそれぞれこの美しい措辞を百誦して、独自の感動を受け取ったらよかろう。

初　蝶　や　吾　が　三　十　の　袖《そで》　袂《たもと》　　石　田　波　郷

昭和十七年作。三好達治氏が『諷詠十二月』の中で、可憐《かれん》と評して推賞した。だがこの可憐さも幼さでは決してなく、感受性に富んだ詩人の純一の境地が醸《かも》し出すものにほかならない。初蝶の軽やかさが袖袂に映発する、さらに袖袂がそよ吹く春風に——。「三十」には彼の複雑な感懐が託されている。彼はこの年結婚し、また『馬酔木《あしび》』を出て『鶴』に拠り、ここに自分の俳句的理想を実現しようと企図した。もちろんそんなことこの句の知ったことじゃない。だが、三十とは青春期に訣別《けつべつ》して壮年期に入る合図であり、「三十而立」と言われる時であり、己れの道への自信を打ちたてる時期である。「三十」の語は動かない。

春の蚊のひとたび過ぎし眉《まゆ》の上　日野《ひの》草城《そうじょう》

眉毛のあたりを弱々しく鳴き過ぎた春の蚊を捕えたのだ。「ひとたび」と言ったので、過ぎてなおそこらあたりを飛び廻っているさまが想像される。一文字の眉の上に、さらに一本の蚊のコースを横に引いたのである。ほのかな感じをとらえている。

蠅《はひ》生《うま》れ早や遁《とん》走《そう》の翅《はね》使ふ　秋元《あきもと》不死男《ふじお》

生れたばかりの小さな蠅ながら、すでに蠅の性根たがわず、敵に逢《あ》って逃げ出そうとする構えを示す。この作者らしく、句柄としては重いが、即興吟的な句である。「遁走の翅使ふ」が気の利《き》いた表現だ。「蠅生れ」と言っても、孵《かえ》るところを見ているわけではない。晩春の今年の蠅のことである。

梅若菜鞠子《まりこ》の宿《しゆく》のとろゝ汁《じる》　松尾芭蕉

餞乙州《おとくに》東武行

元禄四年（一六九一）正月、大津乙州邸で、商用で江戸へ下る乙州のために催された送別の席での歌仙の発句。その席には、梅が花咲き、またおそらく、お膳《ぜん》に若菜も添えられてあったのだろう。眼前の嘱目《しよくもく》を詠み入れるのは、このような挨拶《あいさつ》句のきまりであった。句意は、これからあなたが下って行く東海道の道中には、初春のこととて梅もあり、若菜もあろう、あの鞠子の宿には名物のとろろ汁もあって、あなたを楽しませてくれるであろう、というほどの意。旅立ちをことほぐ意味を籠《こ》めて、道中の眼や口を楽しませる初春の景物を並べ立て、言い立てているのである。早春の東海道の景趣が眼に見えるようである。梅・若菜の和歌的題目に、鄙《ひな》びたとろろ汁を添えることで、俳諧化が完了した。芭蕉は「ふと云てよろしと跡にてしりたる句也」（赤冊子《あかぞうし》）と言っている。

梅《むめ》が香《か》にのつと日の出る山路《やまぢ》かな　松尾芭蕉

元禄七年（一六九四）作。未明に出立《しゆつたつ》して山路にかかったところ、だしぬけに日の出に逢ったのである。近くに梅の木があり、まだ余寒のきびしい中に、花の香が匂《にお》ってきたのだが、その中に朝日の光線がさっと差してきたのだ。山路の早朝の冷えびえとした清《すが》しさの中に、この情景を思い描くとよい。「のっと」という俗語を使ってすこしも卑俗に堕《お》ちず、このころ芭蕉が唱道していた「軽み」の代表的な句柄である。

むめ一《いち》輪《りん》一りんほどのあたゝかさ　服《はっ》部《とり》嵐《らん》雪《せつ》

新聞のコラム欄に、その季節になると決って引用される句に、この句と、

目には青葉山郭公《ほととぎす》はつ鰹《がつを》　素堂（江戸新道）

とがある。春到来の一日ごとの確実な足どりを述べたのだが、同時にこれは、梅の花の美しさの本懐をよく捉えてもいる。梅は咲き満ちるとかえってわずらわしく感じられるもので、勢いよく延びた楉枝《ずわえ》に一輪二輪がほころび、またふくらみ初めたくらいのところが、最も清楚《せいそ》で美しい。その美しさは、琳派《りんぱ》の画家たちに巧みに様式化されたが、この句などその風趣に通うものがある。

灰《はひ》捨《すて》て白《しら》梅《うめ》うるむ垣《かき》ねかな　野《の》沢《ざわ》凡《ぼん》兆《ちょう》

垣根に白い灰をぶちまける。ただそれだけのことであるが、垣根のほとりに咲いている白梅の花が、心なしか少しくうるんだような曇りを帯びて見えたのである。ものの微かな変化を捉えたのは、作者の感受性のこまやかさ、するどさを思わせる。露伴解に、「灰をかうむりて梅花の白さのまことに潤むといふにはあらず、灰を垣の根に捨てたることは

勿論なるが、かく句作りして其景情を髣髴《はうふつ》せしめたるなり、白梅は猶《なほ》白く潔きなり」とあるのは、味到の真諦《しんたい》であろう。

凡兆は去来と並んで、『猿蓑』を編纂《へんさん》し、この時、最もふるった作家で、客観的に対象を捉え、正風《しょうふう》作家の中で誰よりも印象明瞭《めいりよう》で緊密な調べの句を作った。

二《ふた》もとの梅に遅《ち》速《そく》を愛す哉　与謝蕪村

蕪村の句は、『和漢朗詠集』の慶滋保胤《よししげのやすたね》の詩句によっている。「東岸西岸の柳　遅速同じからず　南枝北枝の梅　開落已《すで》に異《こと》なり」（春の生《な》ることは地形に遂《したが》ふ）。この保胤の原詩は、地形に従って柳や梅に遅速があることを言ったのだが、蕪村の句は庭に二本の梅があって、それが自然の性として一方は早く咲き、一方は遅く咲く、そのおのずからの遅速を賞美すると言うのである。紅梅は白梅より開落はやや遅れるが、この二もとの梅も白梅と紅梅かもしれない。白梅の清楚と、紅梅の濃艶と、それぞれに庵主の鍾愛《しょうあい》にかなうのだろう。保胤のこの句は詩の序にあって、後世、謡曲の『東岸居士《とうがんこじ》』を始め、引用されることが多かった。遅速の同じでないその自然を賞《め》でるのも、草庵の主の境涯である。他に蕪村は「梅遠近南《をちこちみんなみ》すべく北すべく」とも作り、やはり保胤の詩句によっている。

しら梅に明《あく》る夜《よ》ばかりとなりにけり　与謝蕪村

蕪村に臨終三句がある。門下の松村月渓《げっけい》（呉春）を近づけて、「病中の吟あり、いそぎ筆とるべし」とあるので、筆硯料紙《ひっけんりょうし》などあわただしく取《と》り揃《そろ》えて、吟声を窺《うかが》うと、「冬鶯むかし王維が垣根哉」「うぐひすや何ごそつかす藪の霜」そして最後にこの句を吟じ、「こは初春と題を置くべし」と命じた。天明三年（一七八三）十二月二十五日未明のことであった（几董「夜半翁終焉記」）。時はまだ冬なのに、春の句を詠んだのである。

病中、春の到来がひたすらに待たれた。あと数日で、その春は来る。だが自分には、しらじらとつづく死後の世界が横たわっている。白梅に明ける初春が象徴する、冷たい、清潔な、芳香のただよう薄闇《うすやみ》の世界が無限につづくのである。白梅が象徴的な意味に昇華している。

飯田龍太氏が、自分は「しら梅の」と憶えこんでいたが、これは「しら梅の」でなければならぬと言い、それが最近、文献的にも典拠が発見されたようだ。龍太氏の読みは「しら梅の」で小休止を置くので、一理ある説だが、私はまだその典拠に触れていないので、問題として記しておく。

紅梅やすさまじき老手鏡に　　田川《たがわ》飛旅子《ひりょし》

『田川飛旅子句集』より。いつか到来していた、己れのすさまじい老を、手鏡の中に発見した驚き。「紅梅や」も月並なようで、そうではない。

笄《かうがい》も櫛《くし》も昔やちり椿　野沢《のざわ》羽紅《うこう》

作者は凡兆の妻。「さまをかへて」と詞書がある。早くから尼になった。笄も櫛も不要となった現在の境遇の感慨。『玉藻集』より。

赤い椿白い椿と落ちにけり　河東《かわひがし》碧梧桐《へきごとう》

碧梧桐の初期の句ながら、その詩才にひとびとを瞠目《どうもく》させた句。後に寺田寅彦は、高校生時分にこの句に瞠目した時のことを回想して言う。「この句が若かった自分の幻想の中に天に沖する赤白の炎となって焔《も》え上がったことも事実である」（「俳諧瑣談」）。もちろん、地上の落椿でなく、落下の瞬間の、空中に引かれた紅白の二本の棒のごとき鮮やかな色彩として詠んだ、抽象絵画的なイメージである。

ゆさ〳〵と大枝ゆるゝ桜かな　村上《むらかみ》鬼城《きじょう》

一本の桜大樹のいかにも鷹揚《おうよう》な姿態を無造作にとらえている。このようなこだわりのないゆったりした風景のとらえ方は、やはり一茶から来ているようだ。たとえば「大蛍ゆらり〳〵と通りけり」と言ったような――だがこれは一茶の一面だ。この一面を伝えたのが鬼城の句の世界だと言えるだろう。

天《てん》辺《ぺん》に水あるごときさくらかな　萩《はぎ》原《わら》麦《ばく》草《そう》

満開のさくらから、天辺に水を感じ取った。天の水で花はうるおい、匂《にお》い出すのである。

淡《うす》墨《ずみ》桜《ざくら》風立てば白湧きいづる　大《おお》野《の》林《りん》火《か》

『飛花集』より。岐阜県根尾、淡墨桜を詠む。風にゆらぐと、淡墨色の中から、静かに白が湧き出る。驚きの直截的《ちょくせつてき》表現。作者の代表句の一つ。

風に落つ楊《やう》貴《き》妃《ひ》桜《ざくら》房のまゝ　杉《すぎ》田《た》久《ひさ》女《じょ》

もう一句、「むれ落ちて楊貴妃桜尚あせず」。楊貴妃桜は八重桜の一種で、大輪で柄が短く、花弁《かべん》の基部が紅色を呈し、濃艶《のうえん》で海棠《かいどう》に似ている。それが房のまま風に落ちるのであるから、豪華きわまりない。久女の体情はこういう句に出ている。楊貴妃桜は久女そのものであり、ナルシスムの極致である。

一《を》昨《とゝ》日《ひ》はあの山越《こえ》つ花盛り　向《むか》井《い》去《きょ》来《らい》

芭蕉が吉野行脚《あんぎゃ》（笈《おい》の小文《こぶみ》）の時、道よりの文に「或は吉野を花の山といひ、或は是は是はとばかり聞えしに魂を奪はれ、または其角が桜定めぬといひしに気色《けしき》をとられて、吉野に発句もなかりき。ただ、一昨日はあの山こえつと、日々吟じ行き侍るのみ」とあった。この句を作った時、芭蕉は「この句、いま聞く人あるまじ。一両年を待つべし」といったという（去来抄）。

芭蕉の文に挙げられている句歌は、

むかしたれかかるさくらの花をうゑて吉野を春の山となしけむ　藤原良経（新勅撰・春上・五八）

これは〳〵とばかり花の吉野山　貞室（一本草《ひともとぐさ》）

明星や桜さだめぬ山かづら　其角（句兄弟）

みな、吉野での作とされる。

この去来の句に、解が二つあることを知った。一つは、一昨日越えた時はそれほどでもなかった山が、今振りかえると花盛り（阿部喜三男『日本古典文学大系』九三）。もう一つは、途上ふと見返ると、はるかうしろの山なみに、満開の桜が望まれる。一昨日あの山を越えた時は、まだ咲きそうであったのに（栗山理一『日本古典文学全集』四三）。

結句に「花盛り」と据えたのは、現在と解するのが自然で、栗山解がよい。同解がさらに、芭蕉が一、二年早いと言ったのも、その無心でさらっとした詠みぶりにあった、というのもうなずかれる。軽くて渋滞しない世界を、芭蕉は次第に志向するようになって来たことを、それは物語るもののようだ。

ある僧の嫌《きら》ひし花の都かな　　野沢凡兆

これは、不思議に面白く、忘れがたい句である。成美《せいび》が、『江談抄《ごうだんしょう》』に伝える、玄賓僧都《げんぴんそうず》が都を辞する時の歌、「遠つ国は山水きよしことおほき君が都はすまぬまされり」による作としているが、露伴は否定して言う。「玄賓が歌はことおほき都をきらへるにて、此句は花の句なり、都の句にはあらずと知るべし」と言って、むしろ、『山家集』（上・八七）の「花見にと群れつゝ人の来るのみぞあたら桜の咎《とが》にはありける」を、思い合わせたらよかろうという。だが、この句は、特定の原拠の、ありそうでないのが面白いので、「必定これ花の句なり、花を詠める句なりと思ひて味はふべし」という以上の穿鑿《せんさく》は無用である。句の意味とはうらはらに、この句、花を全体に充ちあふれさせている。もちろん、都の中だけでなく、作者の胸中にも。だから、不思議な句だというのである。

花影《くわえい》婆《ば》娑《さ》と踏むべくありぬ岨《そば》の月　　原石鼎

大正二年作、吉野山時代の句。頭上に群がり重なるように、豪華に咲き盛《さか》った桜花の量感を、月夜の岨道に落ちたその影を描くことによってみごとにとらえている。重々しい措辞と相まって、盛り上がったヴォリュームを感じさせる。「婆娑」の語は、舞いめぐるさま、乱れうごくさまなどの意味があるが、作者はむしろ音感の上から字を当て用いたものであろう。影の形容であり、踏めば影でもばさと音のしそうな物量的な感じがあるのである。「岨の月」とは俳諧特有の語法であり、ことに「月」や「露」にこの種の省略的な表現法を用いることが多い。彼の代表作として喧伝《けんでん》されたもので、句集『花影』の名はこの句に基づく。

咲きあふれひとつの花をこぼすなし　長谷川《はせがわ》素逝《そせい》

後に『天狼』の人たちが主唱した一元俳句の傾向をすでに示している。単純きわまる素材ながら、不思議に豊かな美しさがある。なお「咲きみちしおもたさにある花の揺れ」「花のなかおのづからなる花の翳《かげ》」「夕かげとなりゆく空の花のひま」など、さまざまに満開の桜樹の美しさを言い取ろうとして凝視を重ねている。花の重さまで実感するのは、彼の感受性の鋭さであるが、同時にこれらの句は、生命力の衰弱をも思わせる。

花透《す》いてわが歳月のはかなさや　永井《ながい》龍男《たつお》

花が透いて、遠くの青空を見せる。その透明感が、わが過去への思いのはかなさと通い合う。古歌の「花の色は移りにけりな」といった述懐と、今日のこの作者の思念との、遥かな隔りを思う。

ぞめくなかしじまを生みて花はあり　八木《やぎ》絵馬《えま》

『水陽炎』より。高遠《たかとお》での作。花見客の「ぞめき」の中に、それとはかかわりのないもののように、桜の花が「しじま」の一空間を生んでいる。ぞめく群集を黙殺して、見出した信州高遠の花の精髄。

花あれば西行の日と思ふべし　角川源義

どうしようもない体の異和を感じている。作者晩年の句。口に出して言わないながら、自分の死を意識することが多かったのだ。西行の「願はくは花の下にて春死なむその如月の望月のころ」の歌が、しきりに思われた。二月十六日が西行忌だ。だが、そんな日付は超越して、桜の花が爛漫《らんまん》と咲きさかっているから、今日は西行の日なのだ。そう思った方がよい。そう思うと、今日は何という佳《よ》い日であろう。作者は死ということを、つとめて暗く考えまいとする。だが、この句の明るさの裏の、打消しがたい暗さに思い到らなかったら、作者の心を十分汲《く》んだとは言えまい。

はなちるや伽《が》藍《らん》の枢《くるる》おとし行《ゆく》　野沢凡兆

京都には花の名所となっている寺が多い。夕方となり、花見の客も絶え、僧が門の扉の枢をかたりと落して去って行った。その響きに応ずるかのように、境内の花も散った、というのだ。枢は扉を閉めるための落し桟で、京都では寺の門扉だけでなく、旧家の扉によくその仕掛けが見られることである。これは京の大伽藍《だいがらん》の楼門の扉の枢と見るべきだろう。京住いの凡兆らしい、特殊な着眼の冴《さ》えがある。

てのひらに落花とまらぬ月夜かな　渡辺《わたなべ》水巴《すいは》

これも水巴の代表作の一つであるが、いつか私は「この句の落花は何か芝居の書割めいた幻想美を持っていますね」と言って、「そこまで味わってくだされば結構です」と答えられたことがあった。ここではてのひらが大映しに描き出されている。舞台で言う型が決った時のうっとりとさせるような形式美に似通ったものを持っている。実よりも虚の勝った句だ。手に触れんばかりにちらちら落ちる花片を「落花とまらぬ」ときっぱり言い切ったところ、美しいかぎりである。

水巴はかつてこう言ったことがある。「俳句に専念する盲人があってほしいと思う。盲詩人の鋭敏なる触覚聴覚から生まれる、散る花のさゝやき、散り敷いた花の息づきが聴きたいものだ」。水巴のこの句には、何か目を半眼に閉じて落花の息づきをとらえたといったような思い入った風情がある。

夢のはじめも夢のをはりも花吹雪　渡辺《わたなべ》恭子《きょうこ》

「曲水」より。西行の「夢中落花」の歌を意識したような作。夢の中で、作者は落花にまみれている。那須野路での作。

雉子《きじ》一《いち》羽《は》起《た》ちてこぶしの夜明けかな　加舎《かや》白雄《しらお》

辛夷《こぶし》の花の白が、この夜明けの清浄さそのものである。雉子の飛び立つ勢いと合わせて、早朝の山中の好景を描き出した。

青空ゆ辛夷《こぶし》の傷《いた》みたる匂ひ　大野林火

高いコブシの木から、花の香気が匂《にお》ってくる。傷み易い大輪の花弁の白さが、青空に映えている。写生句「風あたりいたみよごれし辛夷かな」（素十）などに、さらに抒情味を持たせたような句。

来《こ》しかたや馬酔木《あしび》咲く野の日のひかり　水原秋桜子

これは、奈良の三月堂で詠まれた俳句である。秋桜子は、飛鳥《あすか》・天平《てんぴょう》時代の古美術に愛着が深く、何度も大和《やまと》地方を訪れては、作品を残している。大和の春は、馬酔木の花盛りである。小長い三月堂のあたりから、自分が歩いてきた嫩草山《わかくさやま》の山すその、鹿の群がっている野の方角を、眺めやった作品である。「来しかたや」という表現が、やはり非常に抒《じょ》情的《じょうてき》であり、詠歎的《えいたんてき》であり、単に平面的な風景句でなく、時間的な内容を句の中に含んでくる。馬酔木の咲きむれている野原は、自分がつい今しがた通ってきたのであるが、この小高い丘の上から見渡すと、馬酔木の花も春の日光にかがやいて、改めてつくづくと眺められるのである。こういう抒情味の勝った美しい風景句は、まさに秋桜子の独擅場《どくせんじょう》である。

白藤や揺りやみしかばうすみどり　　不器男

白い藤浪が風に揺れて一面の白が網膜に映る。揺れ止むと若葉の薄緑がはっきりしてくる。白藤の揺れる色彩の微妙な変化をとらえて、印象鮮明である。「揺れやみし」と言わなかったのは、例の萬葉調であろう。

山吹や根《ね》雪《ゆき》の上の飛《ひ》驒《だ》の径《みち》　　前田普羅

昭和六年作。根雪とは永い間融けずに残っている雪で、固い。根雪の上が人の足跡で踏み固められて、おのずからの径が通じている。この句は六月の作であり、山吹の咲くころであるから、残雪である。「根雪の上の飛驒の径」という「の」を打ち重ねた用法がおもしろい。

葛《かつ》飾《しか》や桃の籬《まがき》も水田べり

水原秋桜子

葛飾と秋桜子とは切っても切れぬ因縁がある。処女句集『葛飾』の中からだけでも、「梨咲くと葛飾の野はとの曇り」「連翹《れんげう》や真間の里びと垣を結はず」「葛飾や浮葉のしるきひとの門」「野いばらの水漬《みづ》く小雨や四つ手網」など、美しい風景句をいくつも探し出すことができる。葛飾は一ころの作者にとって恰好《かつこう》の吟行地であった。だが彼は言っている、「私のつくる葛飾の句で、現在の景に即したものは半数に足らぬと言ってもよい。私は昔の葛飾の景を記憶の中からとり出し、それに美を感じて句を作ることが多いのである」(俳句になる風景)。彼は小学校・中学校の時分に葛飾へ数回遠足に行ったが、その時の風景が彼の印象に強く焼きついているのである。句集『葛飾』のあの瑞々《みずみず》しさ、情趣の豊かさ、絢爛《けんらん》さは、彼が幼年期から長い期間にわたって育て上げた美しいイメージが、時を得て咲き出たことによるのだと思われる。完全なもの、純粋なもの、美しいものを希《ねが》う芸術家本来の希求が、彼においては潔癖なまでにあらわであって、客体として存在する風景から、彼の観念の中にのみ存在するより純粋にして完全な風景画を導き出すのだ。風景が彼の観念を模倣せねばならぬ、これが彼の風景の愛し方だ。その回想の中に葛飾風景は完璧《かんぺき》な形で存在するのであって、彼が初めて遊んだ他の地で得た句よりも、葛飾の句は情趣の深さ、豊かさにおいてぬきんでているゆえんなのだ。そこには東京ッ子が移りゆく近郊風景に対する特別の愛惜の情さえ、見出すことができるだろう。

伊《い》豆《づ》の海《うみ》紺《こん》さすときに桃《もも》の花　沢《さわ》木《き》欣《きん》一《いち》

桃の紅と南の海の紺色とが、たがいに映発し合って、春のあたたかな風景を作り出している。

花《はな》桃《もも》やこんこんと月上りをり　吉《よし》田《だ》鴻《こう》司《じ》

『山彦』より。桃の花は何か童心をさそう花だ。月の出を「こんこんと」と作者が形容した所以であろう。

馬の耳すぼめて寒し梨《なし》の花　各《か》務《が》支《し》考《こう》

馬が寒そうに、耳をすぼめて野路を行く。一日の仕事を終えて、家路へ帰る、うそ寒い春の夕べ。薄い夕べの光に、白い梨の花が侘《わび》しげに映える。結句に「梨の花」を持って来たのが、一句を引き締めた。「馬の耳すぼめて寒しとは我も言はん、梨の花とよせられし事妙也」(去来抄)と、去来も激賞した。

青《せい》天《てん》や白き五《ご》弁《べん》の梨《なし》の花　原石鼎

昭和十一年作。大震災後作者は健康を害し、臥床《がしよう》することが多くなった。そして作風も、吉野山時代の艶麗《えんれい》さから淡々と水のような作風に移って行ったようである。たとえば「美しき風鈴一つ売れにけり」「春暁のからたち垣や深緑」「秋蝶のおどろきやすきつばさかな」「美しき空と思ひぬ夏もまた」その他、前記の作品を拾い出すことができる。ただごとと言えば、そうも言えそうだ。京極杜藻《とそう》はこれを「童心」と言っている。子供にかえるとは愚にかえることだ。私としてはやはり脂が脱けすぎて物足りなさを感ずるのであるが、それにしてもこの淡々たる叙法の中に一種大家の風格とも言うべきものがにじみ出ていることは認めねばなるまい。日夜病床に親しむ作者は、野心も俗情もなく、触目《しよくもく》する風物と天真に戯れているのだ。それはやはり一つの到り着いた境涯に違いない。

そのような境地の作品として、この句は代表的なものである。淡泊な上にも淡泊な句である。晴れた空の色をバックにして、そこに融け入るような梨の花を描き出したのだ。「白き五弁の」とは梨の花の他奇もない形容語にすぎない。だが作者はそれ以上の表現慾など持ってはいないのだ。あまりにも当たり前の形容だから、青天の梨の花をかえってくっきりと、五つの弁や蕋《しべ》までもあらわに描き出してしまうのだ。

花杏《あんず》受胎告知の翅音び　　川端茅舎

無垢《むく》の杏の花に、虻《あぶ》か蜂《はち》かの小さい昆虫天使がやって来て、自然の摂理のめでたさを見せる。花にもぐりながら、翅音をびと立てるのは、受胎告知の報《しら》せである。作者はもと洋画家志望だったから、この句にはヨーロッパの多くの受胎告知図、中でもフラ・アンジェリコのそれが、頭にあったであろう。それは処女マリアと天使ガブリエルとを、柔らかい色と線で描き出している。そのイメージを想い描きながら、作者もまた花杏を、「めでたし、恵まるる者よ」と祝福しているもののようだ。

海照ると芽ふきたらずや雑木《ざふき》山《やま》　篠田《しのだ》悌二郎《ていじろう》

昭和七年作。調子がきわめて短歌的である。「海照ると」という表現は短歌から来ている。「わが背子を大和へやると小夜《さよ》ふけてあかとき露にわが立ち霑《ぬ》れし」（大伯皇女）「あしひきの山の雫《しづく》に妹《いも》待つとわれ立ち沾《ぬ》れぬ山の雫に」（大津皇子）など『萬葉集』に多い。『アララギ』派の萬葉調復興に刺激されて、秋桜子・誓子らによって俳句にも萬葉調をはさみ、萬葉調を生かすことが試みられ始めた。や・かなのような切れ字を遠ざけ、一句を短歌的・律動的な一の調子で貫こうとしたのである。そのため俳句的な骨格が変貌《へんぼう》し、新鮮なスタイルが打ち立てられたことは否定できない。連作俳句の提唱もそのころのことである。

この句も明らかにそのような傾向の上に乗ったものである。「海照ると芽ふきたらずや」の表現は、海の照りと雑木山の芽吹きとの間に因果関係を感じ取っているのである。もちろん「妹待つとわれ立ち沾れぬ」の場合のように明白な因果関係ではなく、元来並列的なものに因果関係を読み取ったものであり、それだけに主観的な詠歎が微妙な形で侵入してくるのである。そのような語法として、それは近代的であり、感情が繊細であり、『萬葉集』の素朴さ、おおらかさからは遠い。だが南国の海辺の明るい光線と色彩とをフレッシュに表現しており、油彩画風の感覚があり、初期『馬酔木』の傾向を代表している。

猫《ねこ》柳《やなぎ》朝の光は海より来《く》　加倉井《かくらい》秋《あき》を

早春の朝の光が、猫柳の銀色をかがやかす。明けはなたれた海の明るさがまぶしい。

春落葉いづれは帰る天の奥　野見山《のみやま》朱鳥《あすか》

長い闘病生活の果てのころの句。来るべき自分の死を見つめ、それが万物自然の理であることを自分自身に納得させ、「天の奥」と据えた。「春落葉」は季語として新しいが、春も樹々の落葉は降りつづいている。

なの花《はな》や月ハ東に日ハ西に　与謝蕪村

安永三年（一七七四）作。『続明烏《ぞくあけがらす》』に「春興」と題して、この句を発句とする樗良《ちょら》・几董《きとう》との三吟歌仙を載せる。樗良の脇句《わきく》は「山もと遠く鷺《さぎ》かすみ行《ゆく》」と、宗祇の「水無瀬三《みなせさん》吟《ぎん》」の脇に似ている。『宿の日記』に、「三月廿三日即興」とあり、『蕪村句集』には「春景」と前書している。

あまりにも有名な句。陶淵明《とうえんめい》の雑詩が典拠として挙げられる。「白日西阿ニ淪《しず》ミ　素月東嶺ニ出ヅ　遥々タリ方里ノ輝キ　蕩々タリ空中ノ景」だが、こういう興に乗った句になると典拠を必要としない。人麻呂《ひとまろ》の「ひむがしの野にかぎろひの立つ見えてかへり見すれば月かたぶきぬ」(萬葉・一・四八)の歌も、比較として挙げるだけのことである。なお『蕪村句集』(清水孝之『日本古典全書』)には、「月は東に昴《すばる》は西に、いとし殿御《とのご》は真中に」(山家鳥虫歌《さんかちょうちゅうか》)を参考に挙げる。意識にあったとすればこれは口拍子に出た詩句か。大景をずばりと詠み、句柄も大きい。蕪村の好きな、暮れなんとして暮れかぬる遅日の野景で、情緒的なものを没却して、画家らしい構図の絵様《えよう》を作り出した。

山路《やまぢ》来て何《なに》やらゆかしすみれ草《ぐさ》　松尾芭蕉

貞享二年(一六八五)三月中の作。『野ざらし紀行』に「大津に出る道、山路をこえて」と詞書。紀行には伏見西岸寺《さいがんじ》での句の次に置いている。だが、『皺筥《しわばこ》物語』に「白鳥山」と詞書して、初五「何とはなしに」の形で、三吟歌仙の発句として詠まれている。白鳥山は、熱田《あつた》白鳥町にある法持寺の山号。この句は、おそらく熱田での作を、紀行では逢坂《おうさか》を越えて大津へ出る途上の吟に仕立てた。江戸へ帰って直後、五月十二日に、近江堅田《かただ》の千那宛に、「山路来て」の形を書き送っている。

初案は、ふと目にとめた菫《すみれ》に心の揺らぐものを感じて、口端に出たつぶやきに似ている。話し言葉に近い表現で、西行法師の口語的発想に近い。だが、「何とはなしに何やら」では、さだかに捉えられない自分の心の動きを、そのまま言葉にしただけで、その頼りなさに対する反省が、芭蕉の心のうちにあった。「山路来て」で、はっきり場所と時とが限定され、具象的になる。そして「ゆかし」には、菫の花の姿態に、ふと懐かしさを感じた心の揺らぎが出ている。

かたまつて薄き光の菫《すみれ》かな　渡辺水巴

千葉県鹿野山《かのうざん》での作であり、山上に句碑が立っている。水巴の代表作の一つである。句碑除幕式には私も招かれて行った。山上にかたまり合って薄い菫が咲いているさまは私も見た。「かたまつて薄き光の」といかにも可憐《かれん》な言い取りようである。なんの技巧もなく言い取られているようだ。だがこれだけで、一かたまりの菫の姿がみごとに浮び上がってくる。雄大な山中の景のなかで、これは些細《ささい》なものに目をとめたものであるが、かたまった薄色の菫という平凡なありようが、これほど美しく、ほのかに、また暖かく言い取られたということは、驚異に価するものである。

よく見れば薺《なずな》花さく垣ねかな　松尾芭蕉

貞享三年(一六八六)作か。芭蕉庵の即事。日常生活におけるトリヴィアルなものの発見の喜びが表現されている。草庵の垣根に目立たぬ花をつけている薺の発見に、日常生活からの瞬間的な解放の安らぎを感じ取っている。

「よく見れば」という初句が、この場合大きな働きをしている。この句の可憐《かれん》なリリシズムが、感傷に堕することからまぬかれているのは、「よく見れば」という詩句の持つ、高い意味でのウイットのせいであろう。トリヴィアルな発見のなかの新鮮な感動が、そのまま弾んだ詩の言葉として再現されている。

蒲公英《たんぽぽ》のかたさや海の日も一輪《いちりん》　中村草田男

犬吠埼での句。たんぽぽの花の咲くころになると、この句を思い出す。これは古今のたんぽぽの句中の白眉《はくび》である。地上にあって、太陽の落し子とも言うべき花は、大にしては向日葵《ひまわり》、小にしては蒲公英。向日葵の句では「向日葵の蕋《しべ》を見るとき海消えし」(芝不器男)を冠とする。作者はたんぽぽの花の本性を「かたさ」として捉えた。地に張りついて開く、びっしり花弁のつまった花。くるめくように、芯《しん》の燃えている花。

おそく帰るや歯磨《はみが》きコップに子の土筆《つくし》　　和知《わち》喜《き》八《はち》

子供に逢《あ》わずに一日を過ごすことが多い。遅く帰宅して、コップの土筆に、子の心に触れる。

はこべらや焦土のいろの雀ども　　石田波郷

焼け跡にはこべらが生い出で、雀どもが降りてついばんでいるのだ。「雀ども」に愛憐の思いがこもっているが、「焦土のいろ」と言っていっそうそのうら哀《がな》しい姿への愛《いと》しみを深めている。雀の羽色の形容で、一面の焼土を暗示している。

我《わが》事《こと》と鯲《どぜう》のにげし根《ね》芹《ぜり》哉　　内藤丈草

丈草の句で、最も人口に膾炙《かいしゃ》した作品の一つ。単純で、昔なら誰でも少年時に経験したようなことで、しかも生き生きと情景を描き出し、おのずからユーモアがある。丈草の特色をよく発揮した句というべきだ。

犬ふぐりへは小《ち》さき風小《ちひ》さき日　　後藤《ごとう》比《ひ》奈《な》夫《お》

『祇園守』より。この作者は、小さなものに詩因を見出すことに長《た》けている。「小さき風」

「小さき日」とは、言いえて妙。

春《しゆん》蘭《らん》や雨をふくみてうすみどり　杉田久女

春蘭の花に雨露を宿しているのである。雨気に花のうすみどりがなお浮き上がって見えるのである。なつかしく言い取っている。なお不器男に「白藤や揺りやみしかばうすみどり」の句があるが、久女の句に先んじている。

春《しゆん》蘭《らん》や天《あま》城《ぎ》が降《ふ》らす雲かぶり　山《やま》口《ぐち》青《せい》邨《そん》

天城山中に見出した春蘭の清楚《せいそ》な気品が、一句に充溢《じゆういつ》している。雲中の仙か。

襲《かさ》ねたるむらさき解かず蕗《ふき》の薹《たう》　後《ご》藤《とう》夜《や》半《はん》

早春の、蕗の薹が、むらさき色がかった苞《ほう》を、固くとじているさまを詠んだもの。ほうけてくると、風味はない。かさねた着物の襟元をきっちり合わせたような、むらさき色の球状のさまを、作者はたたえているのだ。

草《くさ》蓬《よもぎ》あまりにかろく骨《こつ》置《お》かる　加藤楸邨

昭和二十一年作。「義弟矢野梅五郎遺骨還る」と前書がある。義弟の遺骨と称するものが還ってきたのである。「あまりにかろく」に作者の慟哭《どうこく》も憤りもこめられている。草蓬の上に骨壺《こつつぼ》が置かれたのではない。遺骨が家に還ってきたとき、土には一かたまりの蓬が萌《も》え出ていたのである。

みちのくの淋代《さびしろ》の浜若布《わかめ》寄す　山口青邨

淋代は青森県八戸の北。みちのく生れの作者が、この美しい地名に惹《ひ》かれて詠んだ空想句という。ただし、淋代では若布は採れないそうである。サブシロと言っているらしい。

衰《おとろひ》や歯に喰《くひ》あてし海苔《のり》の砂　松尾芭蕉

元禄四年（一六九一）作。「噛当《かみあつ》る身のおとろひや苔《のり》の砂」（西の雲）が初案。砂を歯にかみ当てた瞬間の即物的な感覚に、「衰」そのものを感じ取った。初案の「身のおとろひ」では衰老の詠嘆であったが、再案では、もっと乾いた表現になっている。歯の一瞬の感覚に集中した具象的イメージを抽象化して、「衰や」と言っているのだ。老いのものうさである。

ゆく水や何にとゞまる海苔《のり》の味　榎本《えのもと》其角《きかく》

「閑興六哥仙　巻頭発句」とある。「ゆく水や」とあれば、川苔《かわのり》であろう。『焦尾琴《しょうびきん》』の

「早船の記」中にこの句は見え、「長明が方丈をうらやむ」とある。それでなくてもこの句が、『方丈記』冒頭の「ゆく川の流れは絶えずして、しかももとの水にあらず。淀《よど》みに浮ぶうたかたは、かつ消えかつ結びて、久しくとどまりたるためしなし」の一節を踏まえていることは明らかだ。その「泡沫《うたかた》」、ひいては世の中の「人と栖《すみか》」を転じて、「海苔の味」としたのが俳諧であろう。行く水の流れにただよう海苔のどこに、この味、この香りがとどまるのか、と不審を打った形だが、不思議がったというより、海苔の味の微妙さをたたえた一句と言えよう。この「細み」が、其角にもあった。

夏

独り居の夏になりゆく灯影《ほかげ》かな　長谷川《はせがわ》春草《しゅんそう》

作者はかつて銀座出雲橋の小料理屋、はせ川の主人だった人。万太郎、横光利一、小林秀雄その他、往年の文士たちが常連。しみじみとした下町の市井俳句に長《た》けていた。これも初夏のすがすがしく、寂しい夕景を、さらりと詠み取っている。昔の築地川ほとりの水の匂《にお》いをも思わせる。

初《はつ》夏《なつ》の乳房の筋の青さかな　野《の》村《むら》喜《き》舟《しゅう》

『小石川』より。張った女の乳房の筋のうきたつ初夏、というのも、なまめいた一つの季感の発見である。

はつなつの鳶《とび》をしづかな鳥とおもふ　神尾《かみお》久美子《くみこ》

『桐の木』より。悠々と空に弧を描く、はつなつの鳶の姿が眼に浮ぶ。主観を述べたようでいて、はっきり情景を彷彿《ほうふつ》させる。

五《ご》月《ぐわつ》の夕《ゆふ》暮《ぐれ》大きな路の見ゆる　飛鳥田《あすかた》孋無公《れいむこう》

『湖におどろく』より。破調の句。明るい初夏の夕景が、視界いっぱいに拡がる。作者は大正末から昭和初期へかけての『石楠』派俳人。何でもないようで、何かを感じさせる、不思議な句。

肌着などやさしきものの五月かな　　能村《のむら》登四郎《としろう》

『天上華』より。膚にさわやかな五月の微風が、吹き過ぎるようなやさしい感触がある。「肌着」の語でそれを感じさせたのが繊細な巧み。

麦の秋鴉も鷺も落暉《らくき》追ふ　　福田《ふくだ》蓼汀《りょうてい》

麦畑に黒いカラスが群がった、ゴッホの画を思い出す。一面に黄熟した麦畑の地平のかなたの落日に飛ぶ黒と白の鳥の交錯。そのまぶしさ。

六《ろく》月《ぐわつ》や峯に雲置《お》くあらし山　　松尾《まつお》芭蕉《ばしょう》

元禄七年（一六九四）六月、去来の落柿舎《らくししゃ》に滞在中の作。杉風《さんぷう》宛の書簡に「六《ロク》月や」ととくに振仮名を付けてある。「みなづき」と訓《よ》み和らげては、其角から「豪句」と評されたこの句の勢いが死んでしまう。支考は「語勢に炎天のひゞき」があると言った。真夏の雲の峰を「峯に雲置く」と言ったので、ロクグヮツと音読した強い響きに応ずるように、この中七は非常に重厚な表現である。『赤冊子《あかぞうし》』に「雲置嵐山といふ句作《づくり》、骨折たる処といへり」とあって、芭蕉自讃の苦吟の作である。蕪村は「嵐山の雲に代謝《たいしゃ》の時を感じ」（洛東芭蕉庵再興ノ記）と言う。嵐山といえば春の花、秋の紅葉の季節を連想させるが、ここでは炎夏六月の雲の峰を見出して、真夏の嵐山の風景を讃えた。そこに亭主去来への挨拶《あいさつ》の心が籠《こも》っている。

六月の女すわれる荒筵《あらむしろ》　石田《いしだ》波《は》郷《きょう》

「焼け跡情景。一戸を構えた人の屋内である。壁も天井もない。片隅《かたすみ》に、空缶《あきかん》に活《い》けた沢《おも》瀉《だか》がわずかに女を飾っていた」（波郷百句）。「女すわれる荒筵」で、バラックか掘立小屋か、侘《わび》しさを通り越したすさまじい貧寒さが浮んでくるであろう。そこに一人の女を点在させて、作者のイメージの焦点ははっきりしてくる。大胆に女と言っただけで、何の説明も加えていない。だが、それだけで、殺風景な茅屋《ぼうおく》にある匂いを発散させるのである。作者の眼は「空缶に活けた沢瀉」を目ざとく捕えたのであるが、それも思い切って捨ててしまう。女そのものズバリでよかった。女とはもちろん老婆や少女ではない。時は蒸し暑い六月である。「六月の」に小休止がある。

禁《きん》男《だん》の園の夏《げ》至《し》光《くわう》紺《こん》また黄　平《ひら》畑《はた》静《せい》塔《とう》

六月二十一、二日ごろが、夏至である。女子の学園か、女子寮か、とにかく男子禁制の園庭に、夏至の日光がふりそそぎ、そこに点々と散らばった女たちの服装の紺や黄に照り映えている。

闇《やみ》よりも暁《あ》くるさびしさ水無月《みなづき》は　野沢《のざわ》節子《せつこ》

「春はあけぼの」「夏は夜」と言った清少納言の向こうを張って、現代女流の季節感覚を見せている。「水無月は」と、言いさしたのもよい。水無月は陰暦六月。

明《あ》け易《やす》くむらさきなせる戸の隙間《すきま》　川崎《かわさき》展宏《てんこう》

清少納言は「むらさき」の美しさを、春の曙に見たが、この作者は、夏の暁に認めた。それも戸の隙間からの細い明かりに――。うすむらさきは、ほのぼのとして一抹の爽気。

暑き日を海に入れたり最上川《もがみがは》　松尾芭蕉

元禄二年（一六八九）六月十四日、酒田の寺島彦助亭で、歌仙の発句として作った。彦助はまた安種《やすたね》、令直、号は詮道。酒田湊《さかたみなと》御城米浦役人（幕府の米置場役人）である。芭蕉も親しかった鳴海《なるみ》の本陣、寺島業言（伊右衛門、安規）の枝流で、「安」は寺島家の取り字か（藤井康夫氏）。

初案は「涼しさや海に入《いれ》たる最上川」で、夏の挨拶句に「涼しさ」を言うことは多い。「海に入たる」は、山からあれほど狂奔し、紆余曲折《うよきよくせつ》して流れて来た水流を、とうとう海に入れたということ。最上川が最上川自身を海に入れてしまったという、大きなドラマの終局のような、大河の量感を表したかったのである。大体において、芭蕉は最上川に沿いながら、あるいは川舟に乗って、その河口の酒田の湊までやってきたという経験が、この句の裏にある。

安種亭は元禄年間の大絵図面に出ていて、本町三之丁、いま酒田郵便局のあるあたり。前はすぐ内川で、そこからは最上河口も対岸の袖《そで》の浦《うら》も眺められた。その後、芭蕉は酒田滞在中、河口の日和山に登って最上川の河口から袖の浦を見渡し、また海に舟を浮べて夕涼みもしたので、遠く水平線のかなたに没する真っ赤な太陽を見、その印象が後にこの句を改めさせる。

改作では、沖に今しがた沈もうとする赤い大きな夕日の景観と、最上川の流れとの間に、力と力の対応を描き上げ、最上川が夕日を水平線の彼方に押し入れようとする景観として、表現している。「暑き日」を「暑き太陽」と取らず、「暑き一日」と取る解釈もあるが、句の味わいが落ちる。太陽と大河と、あたかも自然のエネルギーとエネルギーとが相搏《あいう》つような壮観であり、大景によって得た感動の句である。

おほた子に髪なぶらるゝ暑サ哉　斯波《しば》園女《そのめ》

これは主婦の生活吟。ありのままの実感を受け取っておけば足りる。負うた子をわずらわしいと感じながら、この詠み口の中におのずから母の愛情も籠《こも》っている。今日の女流俳句隆盛の先蹤《せんしょう》として、「ホトトギス」の家庭俳句会があるが、そのまたルーツを考えれば、このような古句の世界が考えられるのだ。

炎熱や勝利の如き地の明るさ　中村《なかむら》草田男《くさたお》

『来し方行方』より。草田男逝いて、彼の不世出の詩人だったことを思い、ふと口に出して、誦《よ》んでいることが多い。ただ美しい句ではない、その人柄をさながら彷彿《ほうふつ》とさせるのである。炎暑の日中、地上に生きいきと活気が充ちているさまを見た感動である。「勝利の如き」は草田男らしい形容だ。生命の歓喜の歌。

涼しさに四《よ》つ橋《ばし》を四つ渡りけり　小西《こにし》来山《らいざん》

『俳諧古選』より。他に『五子稿《ごしこう》』『続今宮草《ぞくいまみやぐさ》』『類題発句集』などにすべて来山の句として挙げ、有名な句だが、『古蔵集《ふるくら》』『花見車』に盤水《ばんすい》の句としてあるので、存疑の句とされる。

四つ橋は、いま大阪市南区と西区の境、長堀川と西横堀川との交流点に、井の字型にかかっていた四つの橋。東を炭屋橋、西を吉野屋橋、南を下繋橋《しもつなぎばし》、北を上繋橋と言い、難波《なにわ》の名所。市民に親しいその名所の名を入れて、巧みに詠まれているので、難波びとに誦《くちずさ》まれ、来山の代表句とされた。納涼の句であり、如何《いか》にも来山らしい、軽い洒脱《しやだつ》の気をひそめている。

鏡《きやう》中《ちう》童《どう》女《ぢよ》と隣《とな》るすずしさ髪《かみ》刈《か》るよ　磯貝《いそがい》碧蹄館《へきていかん》

『神のくるぶし』より。童女と並んで、髪を刈られている。鏡の中のその姿に、ほほえましい涼しさを見た。

雲の峯《みね》幾つ崩《くづれ》て月の山　松尾芭蕉

元禄二年（一六八九）六月六日、月山《がつさん》の頂上をきわめたが、この句は頂上での景ではなく、月山を眼前にした体の句である。

「月の山」は月山の名であるとともに、月光に照らされた山の意味。その山の全容を眼前にして、昼間の雲の峰の印象を呼び起し、あの雲の峰がいくつ立ち、いくつ崩れて、いま現前している月の山であるか、と言っているのだ。月山の雄大な山容への感嘆の言葉である。少年のような喜びがあって、この句に生き生きしたリズムを付与している（なお、ついでに言えば、標高一九二四メートルの月山の頂上を極めたのは、芭蕉の生涯における登高のレコードであった）。「月の山」といって地名の月山を懸けているのは、「あらたうと青葉若葉の日の光」と詠んで地名の日光を籠《こ》めたのと同じである。ここにはやはり、大国に入っての芭蕉の挨拶の気持がこもっている。感動の実体は月光に照らされた山だが、それが同時に月山であり、出羽第一の名山なのである。句柄はあくまで無邪気で、「いくつ崩れて月の山」に童唄《わらべうた》のような語感がある。

雲の峰稲《いな》穂《ほ》のはしり　　河東《かわひがし》碧梧桐《へきごとう》

碧梧桐の新傾向運動が、定型の枠を出て、事物のジカの表現を志していた、大正五年の作品である。晩夏、初秋の、田園の大景。どこまでも、稲田がつづいて、その果てに、雲の峰が空にそびえている。自然の盛んな気を受けたかのように、田圃《たんぼ》には稲の走り穂が、あちこちに、ついついと黄ばんで見える。言葉（体言）をただ叩《たた》きつけたような短詩である。

夏の月御《ご》油《ゆ》より出《いで》て赤坂や　　松尾芭蕉

延宝四年（一六七六）作。芭蕉が最晩年に、二十年前に詠んだ句で「大都《おほむね》長途の興賞、わづかの笠の下すゞみと聞えける、小夜の中山の命も廿年のむかしなり。今もほのめかすべき一句には」（涼み石）と自讃した句。

御油も赤坂も三河国宝飯《ほい》郡の宿駅。この両駅のあいだは十六町しかなく、五十三駅のなかで距離が最も短いので、夏の夜が明けやすく、月の出が短いのを喩《たと》えて言った。それだけの理屈なら、つまらない句だが、芭蕉が晩年に自讃したのは、それだけに止まらない、別の情趣を引き出していたからだ。

御油・赤坂の地名と「夏の月」とが、匂《にお》い・うつりの関係に立って、微妙な照応を見せているのである。夏の短夜《みじかよ》の街道筋の風景が、ある色彩感をもって浮び出してくる。

ちなみに、御油・赤坂は海道でも知られたたわれ女《め》の多かったところで、広重《ひろしげ》の『東海道五拾三次』の版画にも、御油では「旅人留女」、赤坂では「旅舎招婦図」を描いていて、一九《いっく》の『東海道中膝栗毛』にも、「両がはより出てくる留女、いづれもめんをかぶりたるごとくぬりたてたるが、そでひきてうるさければ」とある。

御油の飯盛女《めしもりおんな》に引きとめられた旅人が、また赤坂で留女《とめおんな》の手につかまったことを写しているのだろう、という加藤楸邨説は面白い。この両宿駅の間は松並木が立派で、日が暮れると狐《きつね》でも出そうなところだった。

一瞬の梅雨ひぐらしや遠く疾《と》く　及《おい》川《かわ》貞《てい》

『終始』より。ひぐらしの出始めは梅雨頃なので、この語がある。初ひぐらしとも。ひぐらしが珍しく、こんなに早く、という気持があり、「遠く疾く」に、聞きとめた愛惜の気持がある。

抱く吾子《あこ》も梅雨《つゆ》の重みといふべしや　　飯田《いいだ》龍太《りゅうた》

昭和二十六年作。この子は生れてまもない次女である。男ばかりの五人兄弟の中で育った作者は、女の子がかくべつ珍しく、可憐《かれん》で、勤めの休日には、家でよく抱いたという。「梅雨の重み」とは、言いえて妙だ。もちろん霖雨《りんう》期《き》の倦怠《けんたい》で、二年目の勤めがどうも性に合わないと思い出していたらしい。だが、それだけの意味だったら物足りない。山廬《さんろ》の名作、「をりとりてはらりとおもきすすきかな」にも似通う「重み」を、ここで詠んでいるのだ。薄《すすき》の花穂の重量が、はらりと乱れてその重量が作者の腕にかかってくる瞬間、その美しさを感じて心充ち足りているのだが、この「梅雨の重み」も同じこと。腕に感じられる嬰児《えいじ》の重みに、生れ出たものへの可愛《かわい》さを、精一杯味わっているのである。

また汝《なれ》の離《か》れゆく闇《やみ》の梅雨《つゆ》滂《ぼう》沱《だ》　　角《かど》川《かわ》源《げん》義《よし》

若くして逝った愛する娘への思い。眠られぬ夜の、面影が離れ去ってゆく嘆きである。「梅雨滂沱」に慟哭《どうこく》の心が籠《こも》る。

梅雨《つゆ》深《ふ》かむ空を抜け得ず船の笛　河野《こうの》南畦《なんけい》

『風の岬』「横浜港所見」より。重く曇った梅雨空だから、鋭い船の太笛も突き抜けえないのである。

五月雨《さみだれ》をあつめて早し最上川《もがみがは》　松尾芭蕉

元禄二年(一六八九)五月二十九日、大石田《おおいしだ》の高野一栄方に滞在中作った四吟歌仙の発句の改作。初案は中七「集て涼し」。一栄宅は最上川に臨んだ船宿で、裏座敷は最上川の景色が眺められた。この辺りは流れが緩やかで、そこに船を舫《もや》って置いたのである。「涼し」と言ったのは、褒美《ほうび》の心であり、挨拶《あいさつ》の心でもあった。その後、芭蕉は、本合海《もとあいかい》から古口《ふるくち》まで約三里を船に乗って下った。古口近くで川は両岸が迫って急流となる。日本三急流の一つを五月雨の増水時に下ったこの経験を、芭蕉は句に仕立てようと思ったらしい。『奥の細道』の決定稿の時、「涼し」を「早し」と直すことで、この一句は面目を一新した。両岸の絶壁の鬱蒼《うつそう》とした間を下る濁流の最上川下りの感動が、この句を詠ませたのだが、「集めて早し」とは、濁流の量感と速度そのものの即物的、端的な把握である。岸で作った眺望の句が、一字の改訂で、最上川経験の直接の感動の表現に矯《た》め直された。

五月雨《さみだれ》の空吹き落せ大井川　松尾芭蕉

『有磯海』より。最後の旅に、島田の宿で川止めにあったときの句。「雲吹き落せ」とも伝えているが、「空」の方が雄大である。ふつう「風よ、五月雨の空を吹き落せ、大井川へ」と解しているが、それでは結句の力が弱い。「五月雨の空を吹き落せ、大井川よ」と解すべきである。大井川への呼びかけである。

五月雨《さみだれ》や棹《さを》もて鯰《なまづ》うつといふ　泉《いずみ》鏡花《きようか》

そういう話を聞いたというので、どこか旅の宿でのことかも知れない。どこか分らないが、どこかにありそうな話であり、縹渺《ひようびよう》としたところが鏡花らしい。私が雑誌「俳句研究」に句稿を貰《もら》った時、万太郎が讃《ほ》めた一句。

さみだれのあまだればかり浮御堂　阿波野《あわの》青畝《せいほ》

『葛城』より。近江八景、堅田の浮御堂。一面の煙雨の中の湖水に、浮御堂だけが浮びあがって、あまだれを落している。「さみだれ」「あまだれ」と韻を利かせて、単純ながら手のこんだ句。

祖《そ》母《ぼ》山《さん》も傾《かたむく》山《さん》も夕《ゆ》立《だち》かな　山《やま》口《ぐち》青《せい》邨《そん》

祖母山は豊後・日向の境に聳《そび》える名山で、傾山はやはり国境のその前景に、名のごとく一方へ崩れるように傾いている。その地方を作者は馬で旅行し、その雄大な景色を馬上から悠然と眺めているうちに、沛然《はいぜん》として夕立が来た。これはおそろしく歯切れのよい、雄壮活発な句だ。山の名称、発音が奇であり、それを受けた「夕立かな」のつまった表現も、風景の急変にふさわしく、強い調べをうち出している。大づかみで単純な直叙の句の、一本の棒のような表現のよさがある。

めぐりあひやその虹《にじ》七色七夜まで　中村草田男

昭和五十三年、直子夫人追悼の句。詞書「中村直子の霊前に捧ぐ」。かつて草田男には「虹に謝す妻よりほかに女知らず」の作があった。夫人は彼にとって七彩の虹であり、その「めぐりあひ」を、彼はこの上ない恩寵《おんちよう》とした。

虹なにかしきりにこぼす海の上　鷹《たか》羽《は》狩《しゆ》行《ぎよう》

『平遠』より。海上にかかった虹が、何かしきりに、さんさんと光りながらこぼす、微塵《みじん》のようなもの。

雷落ちて火柱見せよ胸の上　石田波郷

「七月病苦と炎熱に倦《う》み疲れた一日大雷雨があった。電光雷鳴風雨の狂奔するのを凝《じっ》と眺めながら、さらにいっそう激しいものを求めていた」（波郷百句）。異郷に病臥《びょうが》し、彼の胸つんざく思いに焦慮する。芭蕉の「塚も動け我泣《わがなく》こゑは秋の風」の句に類するような激しい思いがこめられている。しかも彼の意識は常に病む胸部にもどってくるのだ。胸の疾患部とともに、彼は激しい胸の思いも焼いてしまいたいのである。

朝焼の雲海尾根を溢《あふ》れ落つ　石橋《いしばし》辰之助《たつのすけ》

夏の夜明けに尾根に立って、脚下の雲海を見下ろした、典型的な山岳俳句だ。雲海に朝日のさした景色はことに荘厳《そうごん》を呈する。何の懐疑もなく、夏の壮観を讃美している。感情のこまかい襞《ひだ》など、辰之助は持ち合わせない。壮大な山景を、「尾根を溢れ落つ」という強い調子に打ち出しているのがよい。

夕焼くる子らにやさしきことを言ふ　三《み》谷《たに》昭《あきら》

夕焼をあびて、戸外にある少年たち。やさしい言葉をかけて、通りすぎる町の人。こういう景色も、昔私たちの幼かったころ、あったような気がする。

日盛りに蝶のふれ合ふ音すなり　松瀬《まつせ》青々《せいせい》

夏の蝶を詠んだ傑作。「しづかさや岩にしみ入る蟬の声」に匹敵する。夏の日盛りのしじまに、双蝶のもつれ合い、触れ合うところを見た。その触れ合った微《かす》かな音を、心耳に聴いた。

炎天《えんてん》の遠き帆やわがこころの帆　山口《やまぐち》誓子《せいし》

昭和二十年作。病気療養中の誓子はあたかも日記をしるすように、毎日句を作っている。出歩くことなく一点に釘付《くぎづ》けになっているのだから、毎年その時節になると同じ題材と繰り返し取り組むのだ。白帆も繰り返し詠まれた材料の一つである。すなわち「夏の暮帆白きことかたくなに」「那古かけて炎天何ぞ帆の多き」「こほろぎのしづかなる昼帆は進む」「帆を以て帰るを夏のゆふべとす」「破れたる帆や炎天の泊の帆」「黒き帆のまぢかく帰る冬の暮」など。あらゆる題材が、木枯も、雪も、蟋蟀《こおろぎ》も、蟹《かに》も、蛇も、蟬《せみ》も、雁《かり》も、無花果《いちじく》も、あらゆる角度から繰り返し焦点を当てられるのだ。

この句は「遠き帆」といい、「心の帆」という稚拙《ちせつ》な言葉を使ったところ、かえって効果を強めている。誓子の近作は、感覚的に乾いてきて逆に心の潤いが出てきたという感じがする。昔は感覚が鋭いわりに心のほうが乾いていた。この句も「炎天」「遠き帆」「心の帆」などという言葉は、一つ一つ取り出してみると乾燥している。それなのに、この一句がもたらす不思議な感銘は、どこから来るのだろうか。「何処も彼処も乾き切った赤裸だ。僕は山の裏側に着いた、自分の望みの果てに、その向こうに」（サント・ブウヴ、わが毒）。私はこのような心境に似たものを誓子に想像する。長い病床に横たわる作者は、今や自分の望みの向こう側にあって、乾いた言葉で身を嚙《か》むような寂寥《せきりよう》とも悔恨ともつかぬつぶやきをつぶやく――「わが心の帆」と。炎天の海の一つぽつりと浮ぶ遠い小さい帆前船が、彼の孤独の心の寄りすがり処となって、胸中に一点牧歌的な赤い灯をともすのだ。それはまた彼の静かな老境（？）の心の奥底に見出した青春時代への悔恨でもあり、何か不思議な底知れぬ孤独の寂寥感を、この一見稚拙な表現の中から汲《く》み出すことができるのである。

順《じゆん》礼《れい》の棒《ぼう》計《ばかり》行《ゆく》夏野かな　松《まつ》江《え》重《しげ》頼《より》

真夏の日はかがやき、草は生い茂った夏野の道を、巡礼の棒が通って行く。その白衣の巡礼姿を消し去り、鈴をつけた棒ばかりが、通り過ぎると描き出した。夏野を棒ばかりが行くのは、どこか抽象画的な絵様を思わせる。

重頼は貞徳門だが、古風時代にあって抽《ぬき》んでて新鮮な感性を持ち、対象の把握に元禄風、蕉風的な特色を先取りしていた。貞門作家の異端者として、多くの論敵を作り、後には貞徳からも離れるに到った。

夏《なつ》河《かは》を越すうれしさよ手に草履《ざうり》　与《よ》謝《さ》蕪《ぶ》村《そん》

句《く》稿屏風《こうびょうぶ》に「丹波《たんば》の加悦《かや》といふ所にて」と詞書。「丹波」は丹後の誤り。「加悦」は、京都府与謝郡加悦町。蕪村が丹後の与謝地方におもむき、宮津の見性寺《けんしょうじ》に寄寓していたのは、宝暦四年（一七五四）春夏の候から宝暦七年九月までであったから、この句はその間の作である。真蹟詠草に「前に細川のありて潺湲《せんかん》と流れけれバ」と前書がある。水の美しい小川があって、作者はこの小川を渡ろうとして草履《ぞうり》を手に持ち、裾《すそ》をまくって渡ってゆく。別に用事を持って対岸に渡ろうというのではない。少年時代にかえったようなうきうきした気持で、川を徒歩《かち》わたっているのだ。「うれしさよ」に作者の戯れごころが示されており、「手に草履」といったところに作者の郷愁までも垣間見《かいまみ》ることができるようだ。

夏の河赤き鉄《てっ》鎖《さ》のはし浸る　山口誓子

昭和十二年作。「夏の河」の連作の一つ。「暑《しょ》を感じ黒き運河を遡《さかのぼ》る」という句もある。港街《みなとまち》の河口などによく見かける景色である。「赤き鉄鎖」は赤いペンキ塗りの鉄鎖とも取れるが、私は赤は赤錆《あかさ》びた鉄鎖と取りたい。その先端が水に浸っているという誠に無気味な情景であるが、このように言い取ってみると、何となく心惹《こころひ》かれるものがあるのである。都会の場末の海に近い河か運河であり、付近には工場の建物なども見え、満潮時であろう。たっぷりした水量を思わせる。もちろん黒く濁った饐《す》えた匂《にお》いのする水であり、長い鎖の先端が石よりも重く水浸《みづ》いている風景である。この見捨てられた無気味な風景をとらえた作者の詩情は鋭い。作者の代表句の一つである。

夏川の声ともならず夕《ゆふ》迫《せま》る　飯田龍太

この夏川は甲州の笛吹川だそうだが、もちろんどこでもよい。だが、東京のようなどぶ川は困るし、とうとうと流れる梅雨の濁川でもいけない。これはやはり、炎天のもと、白い磧《かわら》をさらして、一筋ちょろちょろと流れている、澄んだ川を思い浮べたい。万象音なく、夕べの気配がただよいはじめるころの、どうしようもない寂寥感《せきりょうかん》が、じわじわと迫ってくるようだ。寂しさは声もなく、形もなく、身にしみ入るのである。

滝の上に水現れて落ちにけり　後《ご》藤《とう》夜《や》半《はん》

滝をあたかも高速度映画に写し取ったような句である。滝の口に水が現れてどっと落ちる。それをじっと見つめていると、何時か滝の水が静止して、うしろの巌がせり上がって行くような錯覚をおぼえる。初句を六音にゆったりと言い、その滝の上に、悠然として水が現れ、結句はまたゆったりと「落ちにけり」と言い取る。「滝の上に」とは、滝をあたかも不動の物体のごとく、その上に水が現れると、凝視に伴う錯覚そのままに叙述している。滝そのものを詠んだ、一元的俳句である。

雀らも海かけて飛べ吹流し　石田波郷

「雀ら」は複数であるとともに、愛称でもある。五月晴の空に、威勢のいい鯉《こい》の吹流しが、あちこち風になびいている。それに負けずに、雀たちも元気に、海かけて飛んで行けと言いかけているのだ。「海かけて」と言ったのは、おそらく作者の郷里伊予の海を思い描いているのではないか。するとこれは、少年期の回想風景になる。広々とした大景のもつ明るさの中に、作者の郷愁と言ってもよい、こまやかな主情が流れている。

菖《しやう》蒲《ぶ》葺《ふ》く千《せん》住《じゆ》は橋にはじまれり　大《おお》野《の》林《りん》火《か》

『飛花集』より。千住大橋のたもと。千住街道は橋にはじまる。芭蕉の「奥の細道」への出発も同様。端午の節句に軒菖蒲を葺く習慣の古風さが、まだ街道筋に残っている。

さうぶ湯《ゆ》やさうぶ寄り来る乳《ち》のあたり　加《か》舎《や》白《しら》雄《お》

五月五日の菖蒲湯《しやうぶゆ》。読んで字のごとく、だれの経験にもあることだろう。強い匂いを放ちながら、かたまりになって、身体に密着してくる。「乳のあたり」に、感覚的な新鮮さがある。

羅《うすもの》をゆるやかに着て崩《くづ》れざる　松本《まつもと》たかし

昭和七年作。おそらくは中年の女人の夏姿である。女の容姿そのものを一句に仕立てたのであって、柔軟な表現の中に色っぽいものが匂い出ている。彼は鏡花と姻戚《いんせき》関係にあり、その愛読者でもあるが、この句は鏡花の小説の挿絵《さしえ》をよく書いた清方《きよかた》などの明治の美人画の匂いがある。「洗髪乾きて軽し月見草」なども同様である。

うすものを着て雲の行くたのしさよ　細見《ほそみ》綾子《あやこ》

昭和七年作。行住座臥《ぎょうじゅうざが》といえば、食と衣とが中心だ。ふだん着、手織の紺、うす色の帯など、氏は後にも衣に関する好みを、折りに触れて吐露《とろ》している。これはうすものに衣を改めて、外出の時のふとした感じを捉えたものか。行雲とともに身も軽々として、楽しいと言った。薄物と雲との眼に見えぬつながりに眼をつけたのが、作者の詩眼というべきである。

忽ちに雑《ぞふ》言《ごん》飛ぶや冷《ひや》奴《やっこ》　相馬《そうま》遷子《せんし》

帰国後、昭和二十一年まで函館の病院に勤務した時代の句。おそらくは二十一年。「送迎桂郎」と詞書あり。家を焼かれた石川桂郎が、同じく『鶴』同人である斎藤玄を訪ねて来て、即席に開いたささやかな酒盛の場。主賓桂郎、あるじ役玄、相伴遷子といったところ。肴《さかな》はささやかな冷奴。波郷が「豆腐得て田楽となすにためらふな」と詠んだ時代だから、もちろん得がたい貴重品だ。それに、何より酒が最高のもてなし。酒に眼のない桂郎もたちまち酔い、べらんめえ調の悪態《にくて》口《ぐち》を吐きちらす。蝦夷路の果ての『鶴』連衆三人の交歓ぶりが彷彿《ほうふつ》としてくる。

函館での遷子も、こんな無頼の雰囲気の中にばかりいたわけではない。一方では、「春立つやちゝはゝに送る物すこし」といった、しおらしい句もある。

心太《ところてん》煙のごとく沈みをり　日《ひ》野《の》草《そう》城《じよう》

冷水のなかに沈めた心太を、「煙のごとく」と言ったのが、巧みである。水の底に白っぽく、うち霞んだようなさまに、いくつも沈んでいるのだ。

白《しら》玉《たま》や良寛の書は「風」とのみ　鈴《すず》木《き》白《はく》祇《ぎ》

『雲海抄』より。白玉は、冷たい砂糖水に白玉団子を浮べた、夏の嗜好食品《しこうしよくひん》。そのすがしさ、やさしさを、良寛の書品に相応うと見たか。凧字「天上大風」の無心さを指していよう。

蚊帳《かや》出づる地獄《ぢごく》の顔に秋の風　加藤《かとう》楸邨《しゅうそん》

昭和十四年作、『颱風眼』所収。不思議な句である。房事の後の、何とも言えない虚脱したような自己嫌悪の気持を言い取ったのだ。「地獄の顔」とはもちろん自分の顔を客体としてとらえたのであって、女の顔ではない。「自分の中にひそんでいるみにくい獣」をその時の顔に感じ取ったのである。作者の日常生活の一齣《ひとこま》である。蚊帳を出た彼の顔に秋風が当たる感触をとらえたことが、その自嘲《じちょう》を深めている。自分の姿を客観的に表すことによって、その句は一種とぼけたような表情を示している。人間臭い句である。しかも俳句でなければとらえられない情景である。

金餓鬼《かねがき》となりしか蚊帳につぶやける　石塚《いしづか》友二《ともじ》

貧しい独り者の夜中の独語だ。俳句の常として、このような取るに足りない自分の所行をも客観的に捕えると、何か滑稽味《こっけいみ》を帯びてくる。「金餓鬼」はやはり友二らしい体臭の濃厚な言葉である。横光氏の言う「飄逸《ひょういつ》な歎き」がこもっている句だ。大胆率直な言い廻しで、陰翳《いんえい》はないが、自嘲の思いは充分打ち出している。

白扇《はくせん》をたためば乾く山河かな　橋《はし》閒《かん》石《せき》

『和栲』より。古俳諧に遊ぶとともに、新しい抽象的手法をも好んだこの老俳人の、特異な俳境。白扇が自在にする夏の山河の乾き、潤いを感じ取る心が面白い。

業《ごふ》苦《く》呼《よび》起《おこ》す未明の風《ふう》鈴《りん》は　石田波郷

蛇笏に「くろがねの秋の風鈴鳴りにけり」というのがあるが、時ならぬ時の風鈴の音は冷《すさま》じいものである。風鈴の音も夕べの端《はし》居《い》には涼しいものであるが、病室の未明の風鈴の音は、何か身の毛のよだつ思いがある。「業苦呼起す」といきなり棒のように一本調子に言い切っているところ、波郷の不敵な作家魂を見る。修辞上のくだくだしい思いは、わずらわしいばかりであろう。衰えた病人の俳句表現はわがままなものだ。子規も茅舎もそうであった。だが、波郷のこの句は、それでいて俳句の骨法をはずしていない。おそろしく生々しい、はっきりした、力強い表現と言うべきである。

自《おのづか》らその頃《ころ》となる釣《つり》忍《しのぶ》　高《たか》浜《はま》虚《きょ》子《し》

昭和七年六月二十一日作。四季吊《つ》り放しにされている釣忍がある。それにおのずから釣忍の季節が巡ってきたというのである。「自らその頃となる」とは人を食った言い方であり、虚子一流の軽みである。このような軽みを模して「疎《そ》懶《らん》風流」の駄《だ》句の山が築かれるのであるが、虚子にあってはそれが単なる軽さ、単純さに終らず、軽みを裏打ちするウイットとも言うべきものがあるのである。軽みとは、虚子にあっては一種の自在な生活倫理とも言えるであろうか。

この句、不精というより、ものにこだわらぬ無礙《むげ》なる主の心境をうかがわせる。打ち棄てられ、かえりみられなかった釣忍が、おのずから時期到来して、檐端《のきば》に所得た存在と化するという、そんなささやかな発見に、心が微妙に動くものがあったのだ。ついでに言えば、飯田蛇笏《だこつ》の「くろがねの秋の風鈴鳴りにけり」は、この句とは反対の境位にある。

田一枚うゑてたちさる柳かな　　松尾芭蕉

元禄二年（一六八九）四月二十日、下野国蘆野《しもつけのくにあしの》での作。蘆野の「清水ながるるの柳」が田の畔《あぜ》に残っているので、わざわざ立ち寄ったのである。これは西行《さいぎょう》が「道のべに清水《しみず》ながるる柳かげしばしとてこそ立ちとまりつれ」（新古今・夏・二六二）の歌を詠んだ柳とされ、遊《ゆ》行《ぎょう》上人の伝説が付会されて遊行柳とも言われた。紀行の前文に「今日此柳《このやなぎ》のかげにこそ立《たち》より侍《はべり》つれ」とあって、この句が出ているのは、西行の歌の文句を裁ち入れているのである。

この句は「植ゑて」と「立去る」と二つの動詞が別の主語を取っている。早乙女《さおとめ》たちが田一枚を植えてしまったのをきっかけに、芭蕉が柳のもとを立ち去るのである。

おもしろうてやがてかなしき鵜舟《うぶね》哉　松尾芭蕉

貞享五年（一六八八）、岐阜滞在中、鵜飼見物に行ったときの作。この句は全体、謡曲『鵜《う》飼《かい》』の「鵜の段」の文句を下敷にしている。「面白さ」から「悲しさ」への急変が、「鵜の段」の見せ場、聴せ場になっていて、この二つの言葉は、幾度も主調低音として繰り返される。甲斐石和《いさわ》川の鵜遣《うつかい》の老人の亡霊が、旅僧の前で罪障懺悔《ざんげ》に鵜を使うさまを見せるのだが、始めにその面白さを現じて見せ、後に月が出て、闇路《やみじ》へ帰って行く哀愁を浮び上がらせる。『笈日記《おいにつき》』のこの句の詞書に「鵜舟も通り過る程に帰るとて」とあり、鵜遣も終り、篝火《かがりび》も消え、酒宴も果て、一夜の興《きよう》を尽くした後の哀愁を、芭蕉は闇路へ帰る老翁の哀れに重ねて、ここに描き出したのである。

花火尽《つき》て美人《びじん》は酒《さけ》に身《み》投《なげ》けむ　高井《たかい》几董《きとう》

どこの花火か知らない。作者が几董だから、両国の川開きではないだろう。加茂川原の床涼みかも知れない。座には、祇園の美女もはんべっていたのだろう。花火を見ながら盃の応酬に、時刻が経つほどに酔いがまわり、座も乱れて来たが、花火が終ったころは、美人もついに前後不覚に酔ってしまったらしい。それを「美人は酒に身投げけむ」と言い取ったのが、艶でもあり、俳でもある。江戸座の系統を引く几董の才の一端を見せている。

ねむりても旅の花火の胸にひらく　大野林火

旅さきで見たある町の花火の美しさが、何時までも心に残っている。夜寝てからも、闇の中にその花火が見え、胸の中にぱっと花開く。闇の中の絵巻であり、その光景があやしく胸さわぎをもたらすのである。この作者の句の特質は、こまやかなその抒情性にあり、甘美なリリシズムにある。この句など、その特色を遺憾なく発揮している。当代の「細み」の作家と言ってもよかろう。

金《きん》魚《ぎょ》玉《だま》天神祭映りそむ　後藤夜半

七月二十五日。大阪天満宮の祭礼。道頓堀でにぎやかに囃《はや》すどんどこ舟や人形舟や、川いっぱいに灯を連ねた壮観が、川沿いの軒につるした金魚玉に、映り出すのである。小さな金魚の世界に、圧縮されて映し出された、人の世の賑《にぎ》わいである。

夜もすがら汗の十字架背に描き　川《かわ》端《ばた》茅《ぼう》舎《しゃ》

「汗たぎちながれ絶対安静に」と「三時打つ烏羽《うば》玉《たま》の汗りんりんと」の間にさしはさまれた句。長病みの床擦《とこず》れ、しかも彼は脊髄《せきずい》カリエス患者だ。激しく痛む背中に、深夜の盗汗《ねあせ》が縦横に流れる。その描き出す十字が、そのまま十字架の苦患《くげん》だ。苦悩そのままに吐き出したような作品。

子別れは瞽女《ごぜ》唄《うた》の尤目《いう》より汗　西本《にしもと》一都《いっと》

『高田瞽女』より。一巻すべて、越後・信濃の山村の瞽女唄を訪ねつづけた句集。瞽女は江戸期からの盲目の旅芸人で、この一巻は亡びゆく瞽女への挽歌とも見える。作者は哀愁の深い「葛《くず》の葉」子別れの段を弾き語りながら、見えぬ目が汗ばんでいるのに目をとめる。

すぐ覚めし昼寝の夢に鯉《こひ》の髭《ひげ》　森《もり》澄《すみ》雄《お》

昭和四十九年作。読んですぐ、何とないおかしさが込み上げてくる句。鯉はまことに、この作者にしばしば詩材を提供している。「水爽やかに仏性《ぶつしやう》の鯉の髭」「鯉浮いて山の春雲一つ啖《く》ふ」「寒鯉を雲のごとくに食はず飼ふ」「山中に身を養ふや洗鯉」「大鯉を料《れう》りて盆のならず者」「寒鯉の人にもこころ離れたる」「冬深みくる色鯉の夢のさま」など、それぞれに面白いが、やはり圧巻はこの句だろう。

福知山線柏原から少し東に入った、たった一軒の温泉宿に、山水を引いた池があり、鯉がたくさん飼われていた。食味よりも姿に惹《ひ》かれると、作者はいう。少しまどろんだ昼寝の夢に、現れたのが「鯉の髭」、その髭だけが大きくクローズアップされて、他の一切朦《もう》朧《ろう》として覚えず。夢の達人芸と思われる。

鹿《か》の子にもものの見る眼《まなこ》ふたつづつ　　飯田龍太

昭和五十四年作。旅中の作だろうか。読者としては、仮に奈良の鹿と思い定めてもよかろう。「もの見る眼ふたつづつ」というのが、何とも言えずよい。芭蕉は「びいと啼尻声悲し夜ルの鹿」と詠んだが、この「悲し」に対して、この鹿の子の眼は可憐《かれん》であり、しかも何か遠眼に見る眼には、憂いと潤いを帯びている。

おもふ事だまつて居《ゐ》るか蟇《ひきがへる》　　菅沼《すがぬま》曲翠《きよくすい》

何か作者の人柄を思わせるような句。師を思うこと厚く、師からも深く許され、彼が伯父幻住老人の幻住庵を芭蕉のために提供して、『幻住庵の記』が成ったことは有名。享保二年（一七一七）、家老曾我権太夫の奸《かん》を憎んで殺し、自分もまた自刃《じじん》した。思うことを黙って胸に堪えていた忍耐を、ついに破っての行だったのだろう。そのような性格を、黙々たる蟇に託したかと思われる句である。

今日の俳人加藤楸邨に、「蟇誰かものいへ声かぎり」（寒雷）の作があるのが、思い合わせられる。

蟇《ひき》歩く到りつく辺《へ》のある如く　　中村《なかむら》汀女《ていじよ》

のっそりと歩きつづける蟇に、目的地は一体あるのか。考えると滑稽《こっけい》だが、彼らにはまた人間のうかがうことのできない自然の摂理が働きかけているのだろう。古寺の境内などにある古池には、早春地中を飛出した蟇が、百メートルもの遠隔地からいっせいに集まって来て、交尾をはじめることがあるという。夜間のことで、十数時間つづき、翌朝はほとんど姿を消してしまう。彼らには、すなわち「到りつく辺」があったのである。

郭公《ほととぎす》　声横《よこ》たふや水の上　松尾芭蕉

元禄六年（一六九三）四月の作。この三月、手許《てもと》に引き取っていた甥《おい》の桃印《とういん》を、長わずらいの末に亡くし、身心くたびれ果てていた。すると杉風《さんぷう》・曾良《そら》などがやって来て、芭蕉の気分を引き立てようと、「水辺の時鳥」という題で句を作ろうと言い出したので、ふと作った句がこれである。同時に、「一声の江《え》に横《よこた》ふやほとゝぎす」とも作り、どちらにしようか迷って、人々の判定を乞うたりした。

蘇東坡《そとうば》の「前赤壁賦」の「白露横《タハリ》レ江《ニ》水光接《ス》レ天《ニ》」という詩句に拠っている。そして「江に横ふや」の方が原詩から離れることが少なく、鋭角的だが、「水の上」の方が漫々たる大川の水面の拡がりをより広く、豊かに感じさせる。白い水蒸気の立ちこめるその水面に、時鳥の一声鳴き過ぎる声の余韻《よいん》が、あたかも形あるものであるかのように、揺曳《ようえい》している感じである。

こひ死《しな》ば我《わが》塚《つか》でなけほとゝぎす　　遊女　奥《おう》刕《しゅう》

奥刕は貞享ごろ（一六八四～八八）の名妓という。吉原か島原か、諸説があるが、志田義秀は島原としている。宝永（一七〇四～一一）のころ、寂光院《じゃっこういん》に入って尼になったともいう。私が恋にこがれて死んだら、時鳥よ、私の塚に来て、声のかぎり鳴いてくれという、激しい思いを託した呼びかけの句。森田蘭氏が指摘するように、恋の句、物語の句も『猿蓑』に一句ありたい、という気持で撰ばれたのであろう。芭蕉にも、「塚も動け我泣《わがなく》こゑは秋の風」のような作があって、強い呼びかけの句はかならずしもきらいではなかった。

恋の詩歌には、古来、時鳥が詠みこまれることが多い。「恋ひ死なば恋ひも死ぬとや霍公鳥《ほととぎす》物思ふ時に来鳴きとよむる」（萬葉・十五、中臣宅守《なかとみのやかもり》）。時鳥の鳴き過ぎるのを「名告る」と言ったが、「名告る」とは、わが名を言って相手に求婚の意思表示をすることだ。時鳥が口を開くと咽喉《のど》が真っ赤なので、「血を吐く時鳥」とも言う。遊女の悲恋には、「ほとゝぎす」がよほど相応《ふさわ》しかろう。江戸吉原の高尾《たかお》の句に「君はいま駒形《こまかた》あたりほとゝぎす」（俳人百家撰）というのもある。

谺《こだま》して山《やま》時鳥《ほととぎす》ほしいまゝ　　杉《すぎ》田《た》久《ひさ》女《じょ》

「英彦山」と前書がある。この句は『ホトトギス』雑詠に投句した時は没となったが、毎日新聞主催の名勝俳句では、同じ選者によって一等に選ばれたという（池上浩山人、久女とその俳句）。また浩山人に、「この下五のほしいまゝの五字がどうしても最初は出て来ず、なんとか神社にお参りした帰りに白蛇を見たんですのよ、その日、家に帰ってからほしいまゝの五字を感得しました」と夢のようなことを言っていたと言う。この五文字、白蛇の霊感で得ただけのことはあると言うべきだろうか。女らしくない雄渾《ゆうこん》な句である。女流俳句にありがちな低俗な台所臭を感じさせない。そしてこのことは、やはり久女の俳句の特異さなのだ。女流の俳句は、多く写生がそのまま平明写生に終って、現実世界とは次元を異にする高次の作品の世界に移調する力において欠けている。これは必ずしも久女の浪漫趣味・王朝趣味によるものでなく、作家魂の問題なのだ。作品に賭《か》けた生命の問題なのだ。

夕風や水青《あを》鷺《さぎ》の脛《はぎ》をうつ　　与謝蕪村

安永三年（一七七四）作。『俳諧品彙《ひんい》』に「加茂川」と前書がある。この句を発句として宰馬・大魯《たいろ》・士朗・几董《きとう》・暁台《きょうたい》らとの歌仙があり、宰馬の脇句《わきく》は「蒲《がま》二三反凄《せい》〳〵《せい》と生ふ」。穎《え》原退蔵《ばらたいぞう》は「脛」をスネと訓んでいるが、ハギの方がよい。安永三年五月二日付柳女・賀瑞宛の手紙にこの句を記し、脛《ハギ》と訓《よ》みをつけている。

青鷺は四時《しじ》見かけるが、水辺や青田の中に立つ青い容姿の涼しさから、夏の季題となっている。この句も、浅い水の中にじっと立っている青鷺の姿に、夕方の涼味を詠み取っているのである。風が吹き起って小波《さざなみ》が立ち、青鷺の脛に打ち寄せるが、いかにも清涼の感じがみなぎっている。たけの高い句である。

鮎《あゆ》の背に一抹《いちまつ》の朱のありしごとし　原《はら》石鼎《せきてい》

昭和十一年作。しごくあっさりと、楚々《そそ》たる鮎の姿を描き出した。それも「あるごとし」ではないのだから、いっそうはかない表現である。あるかなきかのはかない朱を点じたのだ。淡彩ながら、鋭い色彩感覚である。

鮎《あゆ》なます熊野《くまの》の神の客となる　角川源義

『神々の宴』「熊野路」より。熊野三山の神の客として、熊野川の鮎のなますを供せられたと興じた。民俗学者らしい興味の持ち方である。

金魚大鱗夕焼《ゆやけ》の空の如きあり　松本たかし

この句は、大鱗の金魚の繚乱《りょうらん》たる美しさの中に、かつて見た夕焼の空の大景観が、一瞬あざやかに輝き出る。池の金魚であるか、金魚玉の中の金魚であるか、この句は限定していないし、それはどうでもよいことだ。私が句から受ける第一印象としては、ガラスの容器を通して金魚を見ているのだが、書かれていないことをあまり強調すると、鑑賞過剰の弊に陥る。とにかく、ここでは大鱗の金魚が、あたかもバックミラーに映っているような夕焼の空の景観によって、二重映しとなることによって、その豪華さが荘厳《しょうごん》されていると言うべきであろう。この句の比喩《ひゆ》は、強く張っている。

目 に は 青 葉 山《やま》 郭 公《ほととぎす》 は つ 鰹《がつを》　山口《やまぐち》素堂《そどう》

「かまくらにて」と詞書がある。初鰹は鎌倉の海で荷揚されて、江戸へ運ばれることが多かった。初夏のころ、黒潮が太平洋岸の沖にさしこんで来て、一本釣で釣った威勢のいい初鰹を、江戸っ子は女房を質に置いてもと言うほど、珍重し、誇りともした。このころの黒潮を青葉潮ともいい、漁師たちはこの新緑の色をめざして、鰹その他の魚が寄ってくると言い伝えてきた。

この句は初夏の三つの景物を並べただけの句だが、主眼はもちろん初鰹で、青葉、山郭公は従である。「目には青葉」とは、「耳には山郭公」、「舌には初鰹」という気持を強調したもの。山ほととぎすとは、昔の人は渡りの知識がなかったので、初夏に現れる時鳥《ほととぎす》を、山から来ると思ってこう呼んだのである。その初声を聴き落すまいとした伝承があって、時鳥は夏の景物として、春の花、秋の月、冬の雪と並ぶものとした。

素堂の句として最も有名であるばかりでなく、俳句全体の中で最も人口に膾炙《かいしゃ》した句である。

いもうとの追善に

手のうへにかなしく消《きゆ》る蛍《ほたる》かな　向井《むかい》去来《きょらい》

去来は長崎の儒医向井元計の次男、同じく三女に千代があり、長崎のお船手《ふなて》（長崎奉行の御用を承る回漕問屋）、清水藤右衛門に嫁《か》した。俳諧をたしなんで、千子《ちね》という。貞享（一六六四〜八八）のころ、去来とともに伊勢へ詣で、吟詠を残したが、貞享五年（一六八八）五月夭折。その「辞世」に、

もえやすく又消《きえ》やすき蛍哉　去来妹千子（いつを昔）

とあるのを踏まえて、去来のこの追善吟がある。千子が自分の命運を「もえやすく又消やすき蛍」と詠んだのに対して、去来は、妹の命が自分の掌中で「かなしく消る」と嘆いた。「蛍」は和泉式部の歌以来、「身よりあくがれ出る魂」と見ることが多いのだ。芭蕉も美濃から追悼吟、

無き人の小《こ》袖《そで》も今や土用干　芭蕉（猿蓑）

を送った。

淋しさや一尺消えて行く蛍　立花《たちばな》北枝《ほくし》

飛ぶ蛍の明滅を言った。光りながらゆるやかに飛んでいたのが、パッと消え、次の瞬間

また光りながら飛んで行く。その消えていた短い時間を、一尺ほどの飛行距離と言い、そのあいだの短い闇《やみ》を、「淋《さび》しさや」と言った。ふと心を横切った淋しさである。芭蕉の「閑さや岩にしみ入る蟬の声」などの、初五のおおまかな主観的表現に、学んだものか。

うつす手に光る蛍や指のまた　炭《たん》太《たい》祇《ぎ》

捕えた蛍を籠《かご》にうつすところでも、手から手へ移すところでもよい。仄《ほの》かな蛍の光で、女の繊《ほそ》い指の股が透けて見える。ちょっとした情景ながら、艶である。

蛍《ほたる》くさき人の手をかぐ夕明り　室《むろ》生《う》犀《さい》星《せい》

犀星独特の官能的な句である。これは女人の手であろうか。「蛍くさき人の手」に、やはり異性のほのかなエロティシズムが感じられるようだ。ごつい男の手では「かぐ」という動作がふさわしくない。句の形としては緊密なものではないが、彼の異常感覚の詩的断章として惹《ひ》かれる句だ。

蛍《ほうたる》に暮れねばならぬ空のあり　稲《いな》畑《はた》汀《てい》子《こ》

『汀子第二句集』より。「ほうたるに」と、私は勝手に語呂《ごろ》を整えて読んでいる。「ほうたる」というと、句全体に何となく幼い追憶がただよい、水辺の匂《にお》いもしてくる。「暮れねばならぬ」に楽しみへの期待があり、それを「空のあり」と転じ、収めた呼吸が微妙だ。

ひっぱれる糸まっすぐや甲虫《かぶとむし》　高野《たかの》素十《すじゆう》

甲虫と一本の線とである。だがこの句には軽いユーモアがある。子供が甲虫を捕えて糸に結えつけたのであるが、引っぱろうとするのを拒むように、甲虫は地面か物かに必死に取りすがっている。この句は私に昆虫《こんちゆう》の牽《ひ》く力を思わせる。人や馬が自己の重量の八割ぐらいしか牽く力はないのに、昆虫は五倍から四十倍ぐらいまで牽く力があると言う。そしてぴんと張った一本の糸が、その両端に子供の手と甲虫の姿態とを、はっきりユーモラスに描き出している。彼の句は常に単純化の極致を示している。鍛練された彼の眼は、常にある風景の焦点を確実に捕えてしまうのである。

玉虫交《さか》る土塊《つちくれ》どちは愚かさよ　中村草田男

昭和十五年作。玉虫の交尾を詠《うた》った八句連作中の一句。このような珍しい自然現象をとらえた句をほかに私は知らない。草田男の激しい好奇心が集中する。「玉虫の熱沙《ねつさ》掻《か》きつゝ交るなり」「玉虫交る触角軽打しあひながら」「玉虫交る五色の雄と金の雌」「玉虫交る青橙々《だいだい》は青光り」、そしてこの句、「玉虫交る煌《くわう》たる時歩をきり〴〵す」「玉虫交り廃屋藁《わら》と昼の闇」「玉虫の交り了《をは》りて袂《たもと》別つ」。私はこのような誰も詠ったことのない自然現象に触れた句が好きである。自然に対する驚異の心を失っては詩人として欠けるのである。玉虫の交尾という豪華な虫類絵巻を作者は偶然嘱目《しよくもく》して驚喜する。それがこの八句となったのだが、「熱沙」「五色の雄」「金の雌」「青光り」「煌たる時歩」「昼の闇」などという強い言葉の斡旋《あつせん》に、その感動は露《あら》わに出ている。だがその中でもっとも平凡な言葉づかいのこの句には及ばないのである。光沢のけばけばしい玉虫の雌雄の豪奢《ごうしや》な真昼の饗宴《きようえん》の行われるところ、「土塊《つちくれ》どち」の愚かさを彼は嗤《わら》わないではいられないのである。愚かなのは、彼の中のニーチェでなくチェホフである。土塊を擬人化しているのだが、愚かなのは実は佇《たたず》んで虫の交尾を眺めている作者自身であった。だが彼は自嘲《じちよう》するよりも、土塊の聖なる愚かさを讃《たた》えるのである。それによって、玉虫の歓喜図絵を荘厳《しようごん》するのである。

翅《はね》わってってんたう虫の飛びいづる　高野素十

「翅わって」とはこまかいところを見つけたものである。誰でも天道虫の飛び出す直前の動作は見て知っているのであるが、「翅わって」とは言い取ることができないのである。これは小動物の可憐《かれん》な動作をはっきり捕えている。素十にとっては、愛情とは凝視することと以外ではないのだ。

まひ〳〵や雨後の円光とりもどし　川端茅舎

昭和十三年作。まひまひは水面に忙しく輪を描きまわる黒い小虫。その素早い動きは、日に映えて円光とも見えるであろう。「円光」の語に茅舎らしい選択がある。円光とは後光であり、光背である。一小虫に負わしめては、円光も可憐味を覚える。その円光も、晴雨によって現れては消える。「とりもどし」の語、巧みであり仄《ほの》かなユーモアがある。小虫にとって、何かだいじな落しものを取り戻した感じである。

閑《しづか》さや岩にしみ入《いる》蟬《せみ》の声　松尾芭蕉

元禄二年（一六八九）五月二十七日、立石寺《りつしやくじ》（山寺）での作。芭蕉が着いたのは夕刻だった。寺は岩に岩が重なって山となり、山上の釈迦堂《しやかどう》にも芭蕉は登った。初案は「山寺や石にしみつく蟬の声」、再案は「さびしさや岩にしみ込蟬の声」、そして最後の形に決着したのは、『猿蓑』撰以後、おそらく『奥の細道』の定稿の成った時である。変らないのは座五「蟬の声」だけで、初五も中七も、次第に表現の純度を増して来ているさまが見える。そして最後に、「閑さや岩にしみ入る」の詩句が、蟬声いよいよ盛んにして四辺の閑かさがいよいよ深まった夕景の山寺を、彷彿《ほうふつ》とさせる。

おそらくこの句は、紀行中一、二の佳句であろう。蟬の声の他は何も聞えず、前文を注釈として言えば「佳景寂寞《じゃくまく》として心すみ行《ゆ》くのみおぼゆ」るのである。そして、その蟬の声すらも、そのためにかえって一山の閑かさがいよいよ際立って意識される。よくこの句の引合いに出される梁《りょう》の王籍の「蟬噪《さや》ギテ林逾《いよいよ》静カナリ　鳥鳴キテ山更ニ幽カナリ」の詩句にも似通った境地をひらいた。さらにその幽寂さの表現は「岩にしみ入」と微《び》に入った表現になっている。蟬の声が岩にしみ入るとは、同時にあたりの閑かさがしみ入ることであり、そこには、ひそまり返った趣で大地に岩が存在する。そこに立つ作者の肺腑《はいふ》にも、自然の寂寥《せきりょう》そのものとして深くしみ入るのである。

石《いし》枕《まくら》してわれ蟬《せみ》か泣き時雨　　川端茅舎

『定本川端茅舎句集』には、「朴散華《ほほさんげ》即ちしれぬ行方《ゆくへ》かな」に続いて、「洞然と雷聞きて未だ生きて」「夏痩《や》せて腕は鉄棒より重し」そして最後にこの句が置かれている。絶筆であろう。茅舎はここでは手放しで慟哭《どうこく》しながら、わが泣く声に蟬時雨を聴き取っている。庭には蟬時雨がしていたのか、それはこの句の場合どうでもよい。現実世界のことであっても、単なる意識界のことであっても、あるいはまた天上界のことであっても。「心頭の蟬みんみんといさぎよし」ともかつて詠《うた》っているのだ。石枕にぴったりつけた耳のあたりに、ジーンとそれは響いてくる。蟬の声は石に滲《し》み入る性質がある。細道の旅で立石寺の蟬をきいた芭蕉が、鋭い感覚でそれはすでに発見していることである。石枕はこの句では、たった一つの具象的な性質であり、この世のものである。石枕が蟬の声を吸い込んでゆく。さらにまた枕した茅舎の耳が、自然の声か魂の嗚咽《おえつ》か、やがてそれは微かに微かになって、幻ともうつつともわからぬ一すじの音声と化して、余韻を残しながら、虚空に消えていってしまう。これは勝手な私の妄想《もうそう》だろうか。ともあれこの句が茅舎一代の絶唱であることには間違いはない。

石枕とは実際に病者がよくする陶枕であるのか。それとも力衰えたため枕を石のごとく感じて言った言葉なのか。陶枕と言っても、健康者が夏昼寝などに用いるあれでなく、普通の枕の上に置く、小さい長方形の陶器をいくつも紐《ひも》でつなぎ合わせてあんだあれである。私は何となくそう解していたが、茅舎だったら大胆に枕の固さを石枕と言ってしまうこともありそうに思うようになった。

自我ありて泣くこゑ蟬に敗けてゐず　　鷹羽《たかは》狩行《しゅぎょう》

『誕生』より。生れたばかりの赤ん坊に、すでに自我があって、自己を主張するさまを見た。蟬にも敗けじと、大声で泣きつづける。嬰児がすでに具えているものへの、なかばユーモラスな感嘆。

空蟬《うつせみ》の寝墓《ねばか》にあるはあらしめよ　　下村《しもむら》ひろし

作者は長崎の俳人。寝墓とは、外人墓地。墓石に取りすがる蟬の殼に「あわれ」を見た。そのままにあらしめよとは、我とわが胸に言いきかせているのだ。

生れたるかげろふの身の置きどころ　後藤《ごとう》比奈夫《ひなお》

かすかなかげろうの、さらでだにかすかな子かげろう。外気にも堪えぬふぜいの、あるにあられぬその生のあわれさ。薄翅《うすば》蜉蝣《かげろう》・草蜉蝣・紋蜉蝣など、いろいろあるが、何《いず》れにしても命はかない昆虫。

身やかくて孑《ぼう》孑《ふり》むしの尻《しり》かしら　斎《いん》部《べ》路《ろ》通《つう》

「述懐」と詞書。一所不住の己《おの》れの境涯を、腐《ふ》水《すい》にわく蚊の幼虫に擬した述懐の句。その棒を振るような屈撓《くつとう》運動で、尻と頭の区別もなく、すなわち恥も外聞もなく、きらわれながら世を渡り歩いていることへの自嘲である。

夢の如くがんぼ来たり膝がしら　岡《おか》本《もと》松《しょう》浜《ひん》

晩年大阪に落魄《らくはく》した作者の悲愁の思いがただよう。門弟下村槐太に「松浜忌近し　ががんぼに偲ぶ故人のありにけり」とは、この句を指したものか。

蠛《まくなぎ》の阿《あ》鼻《び》叫《けう》喚《くわん》をふりかぶる　西《さい》東《とう》三《さん》鬼《き》

まくなぎとは糠蚊《ぬかか》のことである。眼の廻りをうるさく群をなして飛ぶのでめまとい、いとも言う。なぜわざわざ「まくなぎ」などと聞き馴《な》れぬ言葉を俳人が使うかと言えば、歳時記に出ているからである。まさか日常用語に「まくなぎ」と言っていたわけではあるまい。それはさて措《お》き、この句にも自註がある。「門の傍に楠《くすのき》が一本立っていてそれに添って地上十尺くらいの所にいつもまくなぎがかたまって猛烈に上下していた。その微小な虫どもは全く狂っていた。しかし彼らが生命を持っていることは疑えない。生命を持つものの大叫喚が聞こえないのは人間の耳が不完全だからだ」(三鬼百句)。「阿鼻叫喚」と言い「ふりかぶる」と言い、大げさに言い取ったところがおもしろい。そのような大げさな言いまわしに、「まくなぎ」という大時代な言葉はちょうど照応している。もっと平凡な表現なら、「糠蚊」や「めまとい」でいいはずである。

蟻《あり》地《ぢ》獄《ごく》松風を聞くばかりなり　高野素十

初期の句であろう。美しい句。だがその美しさにも、素十一流の燻《いぶ》しはきいている。素十の句としては若さがあり、「聞くばかりなり」に詠嘆がこもっている。すなわち四S時代の抒情性《じよじようせい》を彼も身につけているというべきであろう。「街路樹の夜も落葉をいそぐなり」

「露けさや月のうつれる革蒲団《かはぶとん》」――このような句にも、目立たないながらに素十の青春の抒情が通っている。

この句、「蟻地獄」の初五で切れている。たとえば「揚羽蝶おいらん草にぶら下る」の初五は「揚羽蝶が」であり、「盆の月拝みて老妓《ろうぎ》座につきし」の初五は「盆の月を」であって、共に下に接続し切れていない。「蟻地獄」のような切れる例は俳句にはきわめて普通のことであるが、素十にはこのほかにあまり作例を知らぬ。「朴《ほほ》の花暫くありて風渡る」などをわずかに数え得るのにすぎぬ。これは素十の作品の一つの特色をなすものである。彼は取り合わせによって発想することがないのである。

蟻地獄見て光陰をすごしけり　川端茅舎

無為の倦怠《けんたい》。孤独地獄。時間の流れだけが意識されている。「光陰」の語はかりそめに置かれたものではあるまい。蟻地獄の小さな世界が、「地獄よりも地獄的な」（芥川龍之介）人生の地獄を媒介する。孤独地獄は「山間曠野樹下空中、どこへでも忽然《こつぜん》として現われる」（同）。茅舎のような豊かな享楽する精神には、虚無への道はいつどこででも啓《ひら》けてくるのだ。過ぎるのは光陰である。だが過ごすのは――光陰を意識するのは孤独の魂である。刻々の歩みが魂に苦悩の影を落す。それは苦い味わいでこの世の地獄をみつめさせる。「蟻地獄見て」この「見て」の一語を見落すまい。

もう一句挙げる。「此石に秋の光陰矢の如し」。ひっそりと置かれた一つの石に過ぎゆく時間の足音をとらえるのは、これも孤独の心である。

木蔭《こかげ》より総身《そうしん》赤き蟻《あり》出づる　山口誓子

昭和十五年、「箱根山中」の一句。一種不気味な感銘がある。それはやはり「総身」という言葉の発見によっている。ただ「赤き蟻」では平凡な嘱目《しょくもく》にすぎないが、「総身赤き蟻」というと何か作者の神経の危機を感得させるのである。だから不気味なのは主題ではない、作者の病的に鋭くなった感受性。一匹の山蟻の総身の赤さを一個の巨大な不気味さとして、突き刺さるように感受してしまうアンバランスなイメージだ。

猫《ねこ》の子に覰《かが》れて居《ゐ》るや蝸牛《かたつむり》　椎本《しいのもと》才麿《さいまろ》

不思議な生物に行き逢《あ》った猫の子の可憐《かれん》な驚きと、自若《じじゃく》とした蝸牛とを対照させ、おのずから微笑をさそう句。「覰れて居るや」と受身で叙したところに、手だれの作者の手際を感じさせる。

蝸牛《でで》《むし》の頭もたげしにも似たり　正岡《まさおか》子規《しき》

明治三十四年作。『仰臥漫録』。「小照自題」と前書がある。

「首あげて折々見るや庭の萩」というのもある。どういう「小照」か今はっきりしない。この句には自嘲《じちょう》の気味があり、自慰の気味もある。角を振りながらおずおずと頭をもたげる蝸牛《かたつむり》に似た感じで、病床からそっと頭をもたげているのであろう。破調であって、かえっておもしろくなった。意味としては一本に通っているが、初五の「蝸牛の」は、下へ接続すると同時に「蝸牛や」とでも言うべき気味合いをもって小休止する。すなわち俳句独特の、言葉が二重に重なり合ったような表現であり、子規の自画像の上に蝸牛のイメージが二重写しとなるのである。

蝸牛《かたつむり》いつか哀歓を子はかくす　加藤楸邨

こういう初五の置き方は、この作者独特の衝撃的方法であったが、今は一般化された。哀歓をかくすようになった子に、カタツムリは不即不離の関係にある。

かたつむり甲《か》斐《ひ》も信《しな》濃《の》も雨のなか　飯田龍太

作者は甲州境川の生家にあって、作品も自然、甲斐の山中を詠むことが多い。これなど、甲斐にあって、山廬《さんろ》（蛇笏居）の近くから、諏訪口を望むあたりの景であろうか。雨中だからもちろん遠くは見えない。だがその通路は、かつて武田信玄の軍勢がいくたびも信濃に攻め入った道であり、八ケ岳山麓を経て、諏訪盆地を望む峠が諏訪口である。作者には、その景がはっきり頭にはいっている。「甲斐も信濃も」には、そのような脳中の景があったはずだ。その雨中の、見えない脳裏の景に対して、作者は小さな一匹の蝸牛を配した。茫々《ぼうぼう》たる煙雨の中、葉表に点じた一点の蝸牛があざやかである。

なめくぢのふり向き行かむ意志久し　　中村　草田男

昭和二十一年作。このなめくじはまさになめくじそのものである。だが同時にさながら作者草田男そのものである。草田男の戯画である。草田男の世界は、動物たちが物言う寓話の世界だ。これは草田男の中に棲《す》むアンチ・ニーチェ的な世界であるが、このような世界があるために、行動力の乏しい草田男は救われているとも言える。角を振り動かすなめくじの躊躇《ちゆうちよ》逡巡《しゆんじゆん》を嗤《わら》う草田男は、それによって久しく意志して動かない己れを嗤うことができるし、嗤うことによって自己に対立する自己を設定することもできるわけだ。それが草田男のギリシャ人的な智恵である。

なめくぢも夕映えてをり葱《ねぎ》の先　　飴《あめ》山《やま》　實《みのる》

『辛酉少雪』より。捉えどころのウイットの面白さ。葱の先になめくじが、初夏の夕映えに、荘厳されている滑稽《こつけい》。

あらたうと青葉若葉の日の光　　松尾芭蕉

元禄二年（一六八九）四月一日、芭蕉は、日光の宿に泊り、翌二日は天気快晴で、裏見の滝や含満《がま》ヶ淵を見て回った。

この句は最初「あなたふと木《こ》の下闇《したやみ》も日の光」（曾良《そら》書留《かきとめ》）という形だった。「日の光」にはもちろん日光の地名を籠《こ》めている。再案は、一山の青葉若葉にふりそそぐ初夏の陽光の荘厳《そうごん》なきらめきを詠嘆した句で、それはまた日光の神域への讃美となっているが、おそらく芭蕉が日光という土地の名から呼び起すイメージは、単に東照宮だけでなく、二荒山《ふたらさん》（男体・女峰）を中心とし、入口に金碧燦爛《さんらん》たる東照宮をも持つところの、神域全体である。古くから二荒神社も輪王寺《りんのうじ》もあり、密教の霊地であった。それが芭蕉の日光という土地の名に対して抱くイメージであって、今日、日光といえば、東照宮を思い浮べる多くの人の通念とは違っている。空海開基とは俗伝で、実際は延暦《えんりやく》年間（七八二〜八〇六）勝道上人である。

「青葉若葉の日の光」というイメージは、おそらく曇り日だった東照宮参詣の時ではなく、快晴だった裏見の滝などを見物した時得たものであろう。二日に山へ登って山全体が光り輝く感動から、「青葉若葉」の詩句がでてきた。自然から直接に得た感動で、溢《あふ》れるような豊かな日光の乱舞を、この句から受け取るのである。

楠《くす》若葉《わかば》即非《そくひ》の大字吹き通す　志城柏《しじょうはく》

『散木抄』より。「長崎崇福寺」と詞書。即非は中国福州の人。隠元の法弟。晩年は崇福寺に隠棲。から寺、崇福寺山門の大字を書く。長崎には楠の巨樹が多い。長崎の初夏の涼気が句に吹き通っている。

葉桜の中の無数の空さわぐ　篠原梵《しのはらぼん》

葉桜は美しい。花の時とはまた違った、初夏のすがすがしいながめである。ところでこの作者も、葉桜の中に一つの発見をした。うす緑色の葉のあいだを透けて、無数の空の青が見え、そよ風が渡ると、それらの空ぞらがいっせいにさわぎ立つ。初夏特有の風の薫りの中に立って、作者は小さい無数のすき間から、引き入れられるように、底知れぬ空の奥処にながめ入る。この作者も、このような鋭い発見に、いつまでも興味を持ち続けることはできなかった。

葉《は》桜《ざくら》やすゞろに過ぐる夜の靴《くつ》　金尾《かなお》梅《うめ》の門《かど》

横光利一の絶筆に近い作品に『夜の靴』というのがあった。「木人夜穿靴去」という文句が引用されてあったのを憶えている。この句の「夜の靴」に寓意はない。だが「夜の靴」という言葉の選択は凡ではない。快適な葉桜の候に、夜戸外を通る靴の音を聞いているのであろうか。地面の硬度や湿度までこの言葉から感じられる。もちろん一人の足音である。そして更《ふ》けわたった時間なのである。

牡《ぼ》丹《たん》散《ちっ》て打《うち》重《かさな》りぬ二三片《ぺん》　与謝蕪村

安永元年（一七七二）以前の作。安永九年七月二十五日付、几董《きとう》宛書簡に「ぼたんちりて」という形で出ている。句の勢いからは、促音「散って」が結句「二三片」の撥音《はつおん》と呼応して、よい。

蕪村の代表句。ある静止した時間を捉え、牡丹の花の本意を遺憾《いかん》なく描きつくしている。琳派《りんぱ》の障屏画《しょうへいが》でも見るようで、絢爛《けんらん》として同時にもろい中に、花の王者らしい品位を見せている。堂々たる壺《つぼ》に活けられ、大きな床の間に置かれてあるものという、水原秋桜子の意見に賛成したい。ただし、清水孝之氏のように、屋外としてこそ、散った花弁の「さらり」とした美しさがある、との意見もある。『ももすもも』には、几董が「卯月廿日のあり明の月」と脇《わき》をつけており、蕪村は「右之ワキ甚よろしく、……さのみ骨を折らずして、いさぎよきワキ体にて愚句も又花いばら（花いばら故郷の路に似たるかな）よりはさらりとして、ぼたんのかた可然候」（前記書簡）と述べた。有明月の刻と見定めたのは几董の手柄だが、「さらりとして」は屋の内外を問うまい。蕪村の牡丹の句には、この花の積極性を誇張的に表現したものが多い。「閻王の口や牡丹を吐《は》かんとす」「寂《せき》として客の絶間のぼたん哉」「地車《だんじり》のとゞろとひゞく牡丹かな」「山蟻《やまあり》のあからさま也白牡丹《はくぼたん》」「広庭のぼたんや天の一方に」「虹《にじ》を吐《は》いてひらかんとする牡丹哉」等々。よほど性に合った花だったのである。

白牡丹《はくぼたん》といふといへども紅《こう》ほのか　高浜　虚子

大正十四年五月、大阪での作。もう一句「白牡丹いづくの紅のうつりたる」というのがあり、同時の作。中七の「いふといへども」と、おおらかに停滞した調子が、白牡丹の豪華清艶《せいえん》な美しさとよく照応している。そして初五の字余りから中七へかけての緩徐調が、結びの「紅ほのか」でほどよく引き締められている。こういう言い方は虚子でなければできぬ。大人《たいじん》の風格ある句である。

まさしく音《おと》夜の牡丹のちる　荻原《おぎわら》井泉水《せいせんすい》

『長流』より。心耳に聴く音。夜のしじまの中に、牡丹の花のちるのを見て、大廈《たいか》のくつがえるような音を聴いたのである。

火の奥に牡《ぼ》丹《たん》崩《くづ》るるさまを見つ　加藤　楸邨

昭和二十年作、「五月二十三日、深夜大編隊空襲、一夜弟を負ひ、二子を求めて火中彷《はう》徨《くわう》」と前書がある。次いで「五月二十四日、我が家も焼失／雲の峰八方焦土とはなりぬ」「明易き欅《けやき》にしるす生死かな」。

豪華な句である。家が火で崩れ落ちるさまを、「牡丹崩るる」と形容したのである。だが単なる形容でなく、楸邨式に言えば作者の感情の昂揚《こうよう》が牡丹に「感合」したのである。蕪村には「閻王の口や牡丹を吐んとす」「虹を吐てひらかんとする牡丹哉」「方百里雨雲よせぬぼたむ哉」など牡丹の豪華さをさまざまに言い取った句があるが、これらに較べると楸邨のこの句は内面的に押し出してくる迫力がずっと強烈である。比喩《ひゆ》としての牡丹ではあるが、作者はまざまざと大輪の真紅《しんく》の牡丹の崩れ落ちるさまに、目を見張っているのだ。比喩の裏付けとしての作者の感動の大きなゆらぎを感じ取ることができるのだ。

ぼうたんの百のゆるるは湯のやうに　　森　澄雄

牡丹園である。百の牡丹が、紅・淡紅・紅紫・白など、さまざまの色に豪華豊麗の姿をきそっている。一瞬、一陣の風が吹き、一つ一つの花の形は消え、全体がたっぷりと湛《たた》えられた湯のように、一色となって揺れたゆとう。「湯のやうに」と、大づかみな表現が、ずばりと的確に、作者の感動の所在を示している。虚子に「ゆらぎ見ゆ百の椿が三百に」があり、あるいはこの句が作者の意識にあったかとも思うが、これはまたこれで、別の花の豪華さの表現である。
この句は湘南二の宮の徳富蘇峰記念館の牡丹が見事だというので、見に行って、花は大方終っていた、そのあとの小句会で即座に出来たものという。言わば幻想の句で、咲き揃《そろ》った豪華さを瞼《まぶた》に描きながら行った、その脳裏の牡丹が句になったものである。湯のように揺れるという機微を、何かそれは明かしている。

あぢさゐに喪屋《もや》の灯《ともしび》うつるなり　加《か》藤《とう》暁《きょう》台《たい》

庭の紫陽花は豊かに咲きほこっているが、紫陽花の主《あるじ》は今はない。通夜する喪屋の灯が、空しく盛りの花を照らしている。女あるじの死であろうか。句の匂いから、そう想像してみたくなる。

紫陽花《あぢさゐ》や明治の母は眉《まゆ》青く　京極《きょうごく》杜《と》藻《そう》

『桃寿』より。明治二十年代生れの作者が、さらにその母なるひとを偲んだ。青々と眉を剃っていた「明治の母」だ。紫陽花の七変化の色が、うすみどりからうす藍に移るころか。

紫陽花《あぢさゐ》や一日《ひとひ》は水もむらさきに　林《はやし》翔《しよう》

『幻花』「虚空」より。七変化の花にふさわしく、ほとりの水も色の変化を見せ、むらさきに変ずる日もあるとの発想。実際を言うのでなく、そう感じ取る作者の心の色である。

泰《たい》山《さん》木《ぼく》白波のごと崩《くづ》れ去りぬ　木下《きのした》杢太郎《もくたろう》

木蓮に似た、堂々たる喬木《きょうぼく》で、花は真っ白な大輪。その崩れ落ちるさまを、「白波のごと」と捉えたことに、この浪曼詩人らしい眼が光る。

朴《ほほ》散《さん》華《げ》即ちしれぬ行《ゆく》方《へ》かな　川端茅舎

茅舎庵の窓前に朴の木があり、それは病床の茅舎にも句材を提供した。前にも「朴落葉光琳笹を打ちにけり」「朴落葉して洞然《どうぜん》と御空かな」「朴を打つ秋雨手裏剣の如く」など と彼は詠んでいるのである。茅舎が死んだのは、昭和十六年七月十七日だが、その夏も朴の木は花をもたらした。「我が魂のごとく朴咲き病よし」と詠い、彼は朴の花に己れが離魂の姿を見ることもあったのだ。「天が下朴の花咲く下に臥す」と朴の下に臥床の安らかさも詠《うた》っている。「朴の花猶《なほ》青雲の志」と、朴の下ではなお若々しいかなしい希望を燃やすこともできたのである。

その朴の散華は、がっくりとした感じで、茅舎の生への希望を断ち切ってしまうのである。散華とは仏教の法会《ほうえ》に行う儀式だが、戦時中戦死者によくこの言葉が使われた。朴の大弁《だいべん》の落花にいかにもふさわしい言葉であり、さらにいっそう花落ちての茅舎の気の衰えを表現し得ている。朴の花に浄土の諸仏の来迎《らいごう》の姿を見ていたのであろうか。だが、あんなにもはっきりと位置を占めた存在であった大輪の花が散華して、あとに残るのは大きなうつろの空間である。昨日までは在ったがゆえの空虚である。「几巾《いかのぼり》きのふの空のありどころ」(蕪村)。「行方知らずも」とは萬葉以来詩人の詠嘆をなしている。行方が知れぬとは、わが魂の行方が知れぬことだ。朴の花が現出させていた荘厳なイメージが崩壊して、茅舎だけが洞然と、魂抜けのように取り残されるのだ。

火を投げし如くに雲や朴《ほほ》の花　　野見山《のみやま》朱鳥《あすか》

夕焼雲の火のような赤さを、一刷毛《ひとはけ》さっと背景に描いて、大輪の黄白色の朴を咲かせた。

朴《ほほ》落つる音の歳月過ぐる音　　斎藤《さいとう》玄《げん》

『雁道』より。作者は波郷門の俊秀。朴の落花の音を、時間の過ぎて行く音と聞いたのは、死に直面する者の心耳である。晩年の句。

柿の花地に落ち侏儒《しゅじゅ》の頭蓋《ずがい》なる　　佐藤《さとう》鬼房《おにふさ》

『何処へ』より。地に落ちた柿の花を、こびとの頭蓋に見立てた。その見立てが新鮮、可憐《かれん》で、ウイットに富む。

あんずあまさうなひとはねむさうな　室生犀星

詩人らしい破調の句。この作者の昔の『抒情小曲集』あたりの調べを思い出させる。季節感のきわめて直感的で率直な把握がある。

花《はな》茨《いばら》故《こ》郷《きやう》の路に似たるかな　与謝蕪村

詞書「かの東皐《とうかう》にのぼれば」。陶淵明の『帰去来辞』による。東の堤に登ったので、蕪村の『春風馬堤曲』に描き出した長柄《ながら》川に沿った毛馬《けま》堤などを想起しているのだ。蕪村の生れた毛馬村に近く、蕪村は幼童のころ友だちとこの堤で遊んだ。彼はとある堤に上ると、花いばらが咲き匂《にお》って、たちまち望郷の思いに胸をふくらませる。

愁《うれ》ひつゝ岡《をか》にのぼれば花いばら　与謝蕪村

「花茨故郷の路に似たるかな」の句と並んで、何時も思い出される。やはり老年の郷愁であろう。「愁ひつゝ」に何の説明も加えていないが、限定的に言う必要のない思い、そこはかとなく胸中を去来する思いである。朔太郎が「青空に漂ふ雲のやうな、または何かの旅愁のやうな、遠い眺望への視野を持つた、心の茫漠とした愁である」（郷愁の詩人与謝蕪村）と言ったのが、この句の空間的、時間的な拡がりを的確に感じ取っている。現実的な心配事などではない。それが一句を、ふんわりと匂いやかなものにしている。茨の香も一句の中に匂い立つ。

花桐や手提を鳴らし少女過ぐ　角川源義

句集『神々の宴』は、国文学や民俗学、国史学、考古学などの素養がないと、なかなか解きほぐせない句が多い。それというのも、蝦夷から対馬まで、日本各地の旅の句がすべてで、旅といえば、作者の尚古癖が発動しないではいないからである。これは、中でもっとも平明な句風の作で、白河の関を過ぎたときの句。だから、古人が冠を正し、衣装を改めて関を越えたことも思い出されているのであって、その昔に対比して、ハンドバッグの止金を鳴らしながら颯爽《さつそう》と過ぎてゆく現代の無心の少女の様が、作者の心に残るのである。

象《きさ》潟《がた》や雨に西《せい》施《し》がねぶの花　松尾芭蕉

元禄二年（一六八九）六月十七日、象潟での作。かつては象潟は、松島と並ぶ奥羽での名所であり、芭蕉は紀行に、「松島は笑ふが如く、象潟はうらむがごとし」と言っている。そしてこの句では、蘇《そ》東《とう》坡《ば》が「湖上ニ飲ム初メ晴レ後雨フル」の詩に西湖を西施に比したのを踏まえて、象潟を西施に比している。

西施は呉《ご》王夫差《ふさ》に敗れた越《えつ》王勾践《こうせん》が、中国第一の美女として夫差に献じた女で、政略から敵地へ送られた憂悶《ゆうもん》の女である。心《むね》を病んで面を顰《ひそ》めたさまが美しかったので、争って国中の女がこれに倣《なら》い、「西施の顰《ひん》」の故事が生れた。「西施がねぶの花」は、「西施が眠り」をかけているので、それは薄倖《はっこう》の美女が憂《うれ》い顔になかば眼を閉じたさまを想い描いて、それを象潟の雨景に比しているのである。

この句はまず、朦朧《もうろう》とけぶる象潟の全景であり、その中から「暗中摸索」して雨中に眠る合歓《ねむ》の花を点出し、さらに胸裏に西施の憂悶の姿を描き出す。テニヲハの魔術で、「象潟」「雨」「西施」「合歓の花」の四つのイメージを組み合わせた、モザイク的、技巧的な作品である。四つのイメージは、リアリティの上でおのずから濃淡の絵様《えよう》をかたちづくっている。

万《ばん》緑《りょく》の中や吾《あ》子《こ》の歯生えそむる　　中村草田男

この句がきっかけとなって、その後「万緑」という季語が方々で詠まれるようになった。幼児の生命力への祝福であり、讃歌である。「万緑の中や」と、単刀直入に物象の核心に飛びこみ、歓喜の歌をうたい上げる。二つの萌《も》えいずるものの対照である。

緑《りょく》蔭《いん》や矢を獲《え》ては鳴る白き的　　竹下《たけした》しづの女《じょ》

『定本竹下しづの女句文集』より。的にブスリと命中する音がきこえる。緑と白との対照があざやか。中七句に、男まさりのこの作者らしい強い表現がある。

桑の実を口のうつろに落す音　高浜虚子

些細《ささい》なことを、わざと大袈裟《おおげさ》に表現した、なにか空とぼけたような句である。桑の実などを食べるのは、まず子供に決っているが、少年時代を思い出して作ったものか。黒紫色の小さな実が、何か暗い奈落にでも落ちて行くような感じ。

若竹や雨をこぼして走る雲　龍岡《たつおか》晋《しん》

若竹の葉に音立てて、雨雲が過ぎる。大粒の雨だが、大量の雨ではない。走る雲に目を遊ばせている作者の心が、見えてくる。

杜若《かきつばた》切ればしたゝる水や空　高浜虚子

「杜若切ればしたゝる」と言える作家は、いくらもいよう。だが「水や空」とは、虚子ならではである。この一句で、句の空間がぱっと拡がった。

あやめ活《い》けてあやめもわかぬ心かな　滝《たき》井《い》孝《こう》作《さく》

鉛筆書きの自筆句集『山桜』より。「古今集の恋歌『郭公鳴くやさつきのあやめ草あや

め も知らぬ恋もするかな』と、蕪村句集『牡丹切つて気のおとろひし夕かな』の句を踏まへて」の詞書。「あやめもわかぬ心」とは、気力をこめて花を活けた後の「気の衰へ」である。この作者に珍しい古体の句。

向日葵《ひまはり》の蕊《しべ》を見るとき海消えし　芝《しば》不器男《ふきお》

向日葵の蕊の中に、眼が吸いこまれているのである。向日葵は海上を渡る真夏の太陽に向かっている。海の日に向かって、向日葵の芯《しん》も燃えている。見ていると、それはくるくる回転し、くるめくようだ。眼の中いっぱいに、その黒い芯がひろがる。その背景の、かがやいた海の色は、すっかり消えてしまった。明るい句だが、明るい中に向日葵の蕊のような暗黒がある。それが真夏の午後の「本意」なのだ。

くもの糸一すぢよぎる百合の前　高野素十

百合《ゆり》は気品の高い花である。ところで作者は、その気品高い花の前に、無造作に、不気味で不吉な一本の斜線を引く。それが点睛《てんせい》となって、彼の百合図は完成する。愁《うれ》うるような翳《かげ》りを帯びた一本の百合の図が——。「一すぢよぎる」は線描の確かさを思わせる。「百合の前」も新鮮な語法だ。高貴なものの前をよぎる無作法のものの感じを強めている。この句、徹底した客観写生が、かえって不思議な主観を呼び起すのである。素十にはまた、

「凧《たこ》の糸二すぢよぎる伽藍《がらん》かな」の佳句もある。

生き得たる四十九年や胡瓜《きうり》咲く　日野草城

ちょっと子規の句に似た感銘がある。一輪の胡瓜の花の可憐《かれん》さにも心をとどめないではいられない病床六尺の世界である。「人生五十年」と言われる年月にほぼ近く生きたその果てに、一輪の胡瓜の花に逢《あ》い得たという彼の境涯の感慨である。

茄子《なす》の紺《こん》ふかく潮騒《しほさゐ》遠ざかる　木下《きのした》夕爾《ゆうじ》

「茄子の紺」と言って、畑の茄子を思い浮べるか、あるいはもがれた茄子、食膳《しょくぜん》の漬物の茄子などを思い描くか。俳句の省筆は、このような場合には、鑑賞者の自由を尊重する。畑の茄子に決ったわけではない。潮騒の遠くきこえるところに、もがれた一個の茄子を置いてみればよいのだ。その茄子のつやつやとして深い紺色を、じっと凝視し、その中からきこえる潮騒の音に聴き入ること。その音が次第に遠ざかって行くようなら、この一幅の画図は完結したのだ。

手にもてば手の蓮《はす》に来る夕かな　河原《かわはら》枇杷男《びわお》

『烏宙論』より。作者は永田耕衣門。特異な形而上的傾向を持つ作家だが、この句など誰にも素直に納得されよう。だが折り持った蓮花のあたりに、夕闇《ゆうやみ》のただよいを見る鋭い詩魂を見落さぬこと。

夏《なつ》草《くさ》や兵《つはもの》共《ども》がゆめの跡　松尾芭蕉

元禄二年（一六八九）五月十三日、平泉での作。『猿蓑』に「奥《あう》劦《しう》高館《たかだち》にて」と詞書。紀行には有名な前文「偖《さて》も義臣すぐつて此城にこもり、功名一時の叢《くさむら》となる。国破れて山河あり、城春にして草青みたりと、笠打敷《うちしき》て、時のうつるまで泪《なみだ》を落し侍りぬ」とともに出ている。

高館は義経《よしつね》の館で、義経主従は藤原泰衡《やすひら》の大軍に攻められて、全員、討死した。その古戦場の跡に立った回顧の詠である。古戦場で命を落したつわものたちの瞋恚《しんい》の執心が残って、矢叫びの音の絶えぬ、修羅場の文学の伝統的発想があった。その慰霊の文学の伝統が、この句にも脈々と伝わっているようだ。「兵共が夢の跡」は義経伝説を育《はぐく》んで来た東北の民衆の間に、ずっと続いている心の伝承であり、芭蕉の詩精神がそれを己れのものとすることで、おのずから詩的肺活量の大きさを示している。

紀行の前文に、杜甫の「春望」詩の「国破レテ山河在リ　城春ニシテ草木深シ」を引いている。同じく廃墟《はいきょ》の上に立っての回顧の詩として、発想の中核においてつながるものがある。

夕影は流るゝ藻にも濃かりけり　高浜虚子

昭和六年七月十九日、古利根での作。流れゆく藻の色に薄暮の情をとらえたのである。大景をささやかな一点においてとらえるのを虚子は得意とする。たとえば「オランダ」と前書ある渡欧中の作、「この国の溝川までも夕焼す」も、写されたのは溝川であるが、とらえられたものは、オランダの国そのものの夕景である。ただしこの句、「藻」だけでは季語にならない。「藻の花」に準じて、夏季としたのであろう。

晩《ばん》節《せつ》やポッと藻《も》の咲く硝《ガ》子《ラス》鉢《ばち》　秋元《あきもと》不死男《ふじお》

『甘露集』より。不死男自身の晩節は、今後論議もされよう。幼年からの生活の苦労が身に滲《し》みたような、生活派の重厚な作風であった。「ポッと藻の咲く」に、思いがけない、つつましやかな晩年の命の灯がともるのを思っていたのか。

黴《かび》の中きらりくと一と日過ぐ　野見山朱鳥

この(昭和四十五年)二月に、朱鳥は五十二年の生涯を閉じたが、終戦直後、いち早く『ホトトギス』に頭角をあらわし、川端茅舎の再来としてもてはやされたことも、記憶に新しい。肺結核であったが、晩年は肝硬変に悩んでいたらしい。梅雨どきの、黴くさい部屋の中に、神経は病的に鋭く磨ぎすまされた一日が経過して行く。暗い病室に仰臥して、眼だけが爛々と輝き、意識だけが冴えきっている病者の容貌が、浮んでくる。自照の心境句と言えよう。

秋

此《この》秋《あき》は何《なん》で年よる雲に鳥　松《まつ》尾《お》芭《ば》蕉《しょう》

元禄七年（一六九四）九月二十六日作。『笈日記《おいにっき》』に「旅懐」と詞書。死の直前の句。この結びの五文字を得るために、芭蕉は「寸々の腸《はらわた》をしぼる」と言った。「から鮭も空也の痩《やせ》も寒の内」の句と同じような言葉を吐いているのだが、から鮭の句は「重み」で、この句は「軽み」なのだ。「何で年よる」という口語的表現を見ても、そのことは納得できる。どうもこの年は、芭蕉に秋が来るのが早く感じられたらしい。「秋ちかき心の寄《よる》や四畳半」の句から後、芭蕉は句中に「秋」と言うことが多い。秋の景物を挙げるのでなく、端的に「秋」と言うのだ。季節の秋に、身の秋が重なって、この秋はひとしお秋の感じを深くした。秋がどっとばかりに押し寄せて、老衰が一時に至る思いであった。その感懐が「何で年よる」だった。

五・七の句が早く出来て、結句に何と置くか、さんざんに迷ったのであろう。それにしても、「雲に鳥」とはよくも置いたものである。芭蕉が自讃するだけのことはある。雲の中に、はるかの一点として消えてゆく、鳥の孤影に、自分の姿の象徴を見ているのだ。「軽み」の手法の究極に、このような奥深い人生表現を見る。

此秋《このあき》も吾亦紅《われもかう》よと見て過ぎぬ　加舎白雄《かやしらお》

山野の雑草に、まぎれるほどの寂しい花でありながら、何となく惹《ひ》きつけられるのが、吾亦紅である。いつも秋になると、心に触れる可憐《かれん》な花であり、この秋もまた、咲いてるなと、心にとめて通り過ぎたのだ。淡泊なこの軽さは白雄の特徴。

くろがねの秋の風鈴鳴りにけり　飯田蛇笏《いいだだこつ》

昭和八年作。氏の代表句として知られている。時機をたがえて存在するもののすさまじさが、「くろがね」の一語にみごとに象徴化されている。鉄錆《かなさ》びた、釣り忘れた風鈴の音に、深まる秋情を感じ取っている。その金属性の音に、蕭条《しょうじょう》たる秋気がこもっているのだ。五行説によれば、金は四時のうち秋に当たると言うが、それも感じとして納得できることである。「くろがねの」にやはり休止がある。もちろん「風鈴」の形容であるが、いったんここに休止を置くことによって、それは「秋」にも「風鈴」にも「音」にも、全体に覆いかぶさるようにその象徴するものを浸透させるのだ。「くろがねの」の「の」に較べれば、「秋の風鈴」の「の」は軽く、「春の蝶」「秋の蚊帳《かや》」「冬の蠅《はえ》」といった場合と同じく、俳句では一つの名詞なみにあつかってよいのである。同じテニヲハにしても、俳句では、意味の上にも調子の上にも、軽重深浅さまざまに使い分けられるのである。

補聴器を持つ人秋を聴きにけり　阿波野《あわの》　青畝《せいほ》

『旅塵を払ふ』より。「補聴器を持つ人」とは、作者自身。凄々切々たる「秋の声」を聴いているのだ。おそらくは心耳に。

秋白し笊《ざる》にほしたる西瓜《すいくわ》種子　中《なか》　勘助《かんすけ》

西瓜の種を、おつまみ用として、干しているのか。種子は黒いが、「秋白し」とはもちろん、種子の形容ではない。晴天の秋の日に、笊に干しているさまを「白」と感じたのである。

真直《ます》ぐ往《ゆ》けと白痴《はくち》が指《さ》しぬ秋の道　中村《なかむら》　草田男《くさたお》

この句の「白痴」は本当の白痴だろうか。白痴に道を尋ねたのなら、滑稽《こつけい》なことだが、これは現実の白痴ではなかろう。想裡《そうり》の景とすれば、白痴は作者によって理想化されている。フールだとすれば、その言葉はかえって賢に近く、ドストエフスキーの名作『白痴』の主人公ムイシュキン公爵なら、愚は聖に通じる。作者は青年時代に友人たちから、もう一つの名作『カラマーゾフの兄弟』のアリョーシャに似ていると言われていた。最も小ざかしさを厭う作者にとって、白痴はいとうべき存在でも何でもなく、むしろ人間存在のかなしみの体現者であり、同時に聖なる童心の崇高さの象徴でもある。その白痴が指し示したのは、人生の曠野《こうや》を遠く地平線まで一本貫いている、寂しい「秋の道」である。「秋の道」には、芭蕉の「この道や行く人なしに秋の暮」の一句が、思い浮べられていただろう。狐疑《こぎ》することなく真っ直ぐこの道を往けと、白痴は手ぶり身ぶりで作者に指し示す。この白痴は背中に光背を負っている。それが作者には見えるのである。

鐘鳴れば秋はなやかに傘のうち　石橋《いしばし》秀野《ひでの》

昭和二十一年九月、彼女は三鬼・多佳子・影夫・辺水楼《へんすいろう》等が開いた奈良句会に招かれて遊んだ。大和の産である彼女は数年ぶりに故国の土を踏むことに感動を押しかくすことが出来なかった。「陵は早稲の香りの故郷かな（大和路に入る）」「白芙蓉しだいに灯恋はれけり」「別れ蚊帳老うつくしきあしたかな（橋本多佳子夫人とありて）」「ひやゝかや日月古りし菩薩たち（三月堂）」等の作をこの時作っている。

この句は「東大寺」と前書がある。秋日がさんさんと日傘に映えて、日傘のうちの作者をも色彩はなやかに映し出す。だが、この場合は、折からきこえるなつかしい東大寺の鐘声にはなやかな秋を聴きとめているのだ。

この句は久し振りで故郷の土を踏んだ者のおのずからな心躍りが打ち出されている。疎《そ》開流寓《かいりゅうぐう》の生活の間に詠みすてた句は、生来の華やかさ、にぎやかさが姿を消して、何となく寂寥《せきりょう》の影を深くしていた。そしてこの「秋はなやかに」といった色彩感の豊かさは、生活のわびしさの底から思わずほとばしり出た彼女の本然の希求と言ってもいいであろう。「陵は」の句にも同様な情感の昂《たか》まりがある。そしてこの束《つか》の間《ま》の輝きを最後として、その後の彼女の句には、流離の翳《かげ》に加うるに病苦の翳が深くさして来るのである。

岐《わか》れ路《ぢ》の塞《く》神《など》の乾《ほし》飯《ひ》秋白き　角《かど》川《かわ》源《げん》義《よし》

岐れ路は道の追分になったところ。くなどは道祖神《さえのかみ》。乾飯は元来、天日に乾燥させた飯で、旅の携帯食だが、ここではからからに乾いた供え飯。その曝《さら》された白さに、秋の色を見出した。

花さげて虚《むな》しき秋の影法師　飯《いい》田《だ》龍《りゅう》太《た》

昭和五十年作。詞書「重態の角川源義氏を見舞ふ」。上京して、臨終に近い源義を見舞ったのだ。蛇笏翁の生前から、源義はしばしば甲斐を訪れ、翁を前にして二人は口角泡を飛ばして俳句を論じ合った。彼はわが師沼空と、敬慕する蛇笏の名を冠した日本の短詩型二つの賞を創設した。その源義を見舞うことに、作者には万感の思いがあった。「花さげて」とは、見舞に際しての寸志だが、その虚しさを嚙《か》みしめたとしても、「虚しき」はそれだけにかかるのではない。臥牀《がしょう》の病者に、虚しい翳の漾《ただよ》うのを、悲しくも看て取ったのだ。「影法師」とは、罔両《もうりょう》、没前《いりまえ》の姿である。その哀しみを叙べるには、多弁を要せぬ。何を言おうが、何をしようが、虚しいと思いきめての、凝念《ぎょうねん》の一句である。

なつかしや秋の仏は髯のまま　　飯田龍太

昭和五十六年作。「麦南仏（九句）」のうち。蛇笏翁の愛弟子、西島麦南が鎌倉の寓居《ぐうきょ》で死んだ。「生涯山廬《さんろ》門弟子」と称して、その志を貫き通した。私もまた鎌倉の寓居に駆けつけた。山廬の訃《ふ》のときは、麦南と同じ列車に乗って葬儀に赴いた想い出もある。この時の龍太氏の句を少し抜抄すれば、「蘭の香にかなひて眠る薄瞼《うすまぶた》」「秋天に死を目守りゐる師の眼あり」「菊にむせびて遺影の眼鏡縁強し」「（かつて〝校正の神様〟といはれしひと）爽涼と目つむりて指花の中」「麦南永久《とは》に去る鎌倉を秋の風」など。

麦南は句作にそれほど熱心であったとは言えないが、ヒューメーンな魂の持ち主で、龍太氏の来し方行方を見守って来た一人であり、その死には万感の思いがあった。父の死に次いで、多数の哀悼句を捧げた所以である。「麦南仏」という前書にそれは籠《こも》っており、ことに冒頭のこの一句には、「なつかしさ」の心を胸一杯にして歌い上げている。芭蕉の「塚も動け」のような慟哭《どうこく》の声ではないが、氏の悼辞はこの一語に尽きるのである。「髯のまま」も、誠に男らしく生きた生涯を、しっかりと胸に受けとめての一語であろう。

次の句「蘭の香」は故人の人柄を偲《しの》び、「秋天に」には、ここに送るのは師の山廬とともにであることを顧み、「遺影の眼鏡」には、故人が生涯を託した岩波書店の校正の仕事の根気強い名人芸を、「縁強し」に籠めている。

みづうみに鰲《がう》を釣る夢秋昼寝　森《もり》　澄雄《すみお》

昭和五十年作。夢の句。しかも眠りの浅い昼寝の夢。鰲は鼇の異体字。海中に棲んで、蓬萊山《ほうらいさん》を背負うという、巨大な亀。その想像上の魚鼈類《ぎょべつるい》を、「みづうみ」というからは琵琶湖あたりだろうが、釣った夢を見たという。この句の面白さも、「すぐ覚めし昼寝の夢に鯉《こい》の髭」に匹敵する。端倪《たんげい》すべからざる、作者独自の句作りである。

山《やま》国《ぐに》の秋迷ひなく木に空に　福田《ふくだ》　甲子雄《きねお》

この「山国」は、作者の生誕地で現住地でもある甲斐の国であろう。だからこそ「秋迷ひなく」に格別の思いが籠る。「木に空に」で、みなぎる秋を言いつくした。師龍太の「生き生きと三月生る雲の奥」に対して、これは秋の故郷讃歌。

鍵しまふ抽《ひき》出《だし》すこし開けて秋　岡《おか》本《もと》　眸《ひとみ》

『十指』より。右足骨折の奇禍に遭い、二か月を経て癒《いえ》近きころの作。簡便な生活の、日常の些事《さじ》ながら、長い夏を経て、さわやかな秋。その上快癒を重ねて、歓びをうち出している。

初秋の蝗《いなご》つかめば柔《やはら》かき　　芥川《あくたがわ》龍之介《りゅうのすけ》

蕪村の「うつゝなき抓《つま》ミごころの胡蝶《こてふ》哉」が尾を引いている。同じように鋭敏な触覚の句であり、比較すれば、指頭の感覚の夢うつつとなき陶酔を表現している点で、蕪村のほうがいっそう微妙な境地だと言えよう。だが即物的な生々しさは、この句のほうにある。知巧的な「蝶の舌ゼンマイに似る暑さかな」などよりすぐれている。『澄江堂句抄』（大正十二・三年）には、「黒背広に鼠《ねずみ》色のソフトをかぶりたる俳諧師の心を思へ」と前書して、「初秋や」（以下同じ）とある。俳諧師すなわち自分の、外見とは食い違った中味への自嘲《じちよう》があるだろう。

文月《ふみづき》や六日《むいか》も常の夜《よ》には似ず　　松尾芭蕉

元禄二年（一六八九）七月六日、越後今町（直江津《なおえつ》）での作。宿は聴信寺の近くの古川屋にとった。ここへ土地の俳人たちが集って、この句を発句として連句を巻いた。

明日は七夕《たなばた》で、牽牛《けんぎゅう》・織女《しょくじょ》の二星が相逢うという前夜で、空の様子も常の夜とは異なり、何となくなまめいた趣に見える、ということ。七夕といえば、おのずから心ときめきがあるが、この夜早や、星の光も天の川のたたずまいも、日頃とは違った感じに見えるのである。なお、直江津では七夕の前夜に盛んな祭が行われたと、土地の古老の回想談を井本農一氏は言っている。そういうことも、或いはこの句に影響しているかもしれない。

秋たつや川瀬にまじる風のおと　飯田蛇笏

昭和六年作。「秋来ぬと目にはさやかに見えねども風の音にぞ驚かれぬる」の古歌が伝統をつくって、立秋と風の音との結びつきには一種のマンネリズムが形作られてしまったが、この句のごときは、改めてまた新鮮な感銘にさそうであろう。いつもきいている川瀬の音の中に、爽《さわ》やかな秋の初風の音を聞き取っているのである。「川瀬にまじる風の音」という句の清涼な味わいが、この立秋の句を生かしているのだ。「秋立つ」「今日の秋」「今朝の秋」などの語は、蕪村の「秋たつや何におどろく陰陽師《おんみょうじ》」の句のごとき、正確に立秋の日をさしたのであるが、近来この厳密さはやや崩れているかもしれぬ。新暦の今日、われわれには立秋の感じが稀薄になってきたのだ。だから立秋の句と言えば、何か作為的になりやすいが、この句は何よりも自然な、素直な淡々たる叙述であるのがいい。「川瀬にまじる」と言って、しかもかえって何物にもまぎれぬ秋風そのものの実体は的確にとらえられているのだ。

かはたれの人影に秋立ちにけり　角川源義

「かはたれ」は明け方。薄暗い「かはたれどき」に、浮び上がった人影に、秋の冷気が流れる。もちろん「目にはさやかに見えねども」である。

立秋と聞けば心も添ふ如く　稲畑《いなはた》汀子《ていこ》

今日は立秋、と聞いただけで、心も秋のあわれに添って行くようだ。まだまだ夏の気配は濃厚なのに。

今朝《けさ》秋《あき》や見入る鏡に親の顔　村上《むらかみ》鬼城《きじよう》

「今朝秋」は「今朝の秋」をちぢめた言い方で、正確には立秋の日の朝であるが、やや自由に、始めて秋を感ぜしめるような爽やかな朝の感触に用いているようだ。鏡に映した自分の顔の、鬢髪《びんぱつ》ようやく白きを加えた容貌《ようぼう》に、幼いころ見馴《みな》れた亡父の面影を認めた驚きである。「見入る」にそのような驚きがこもっている。その驚きが、立秋の日の感じに、匂《にお》い・移りの関係においてつながるのである。

立秋の感じを鋭い感覚でとらえた句としては、蕪村に「秋たつや何におどろく陰陽師」「秋立《たつ》や素湯香《さゆかぐは》しき施薬院《せやくいん》」「硝子《びいどろ》の魚おどろきぬけさの秋」などがある。美しい句であるが、鬼城の句にはこれらにない、しみじみとした感慨がある。

新涼《しんりやう》の身にそふ灯影《ほかげ》ありにけり　久保田万太郎《くぼたまんたろう》

「祭のあとのさびしさは」と前書がある。下町ッ子である作者は、祭というものにいちばん郷愁を憶えるらしい。笛・太鼓のにぎやかな音をきいた後の淋《さび》しさの表現として、この句があるのだ。「新涼の」で小休止がある。初秋の涼気を覚えるような夕刻、ふと独りの自分にそう灯影を見出したのである。むしろ自分の影に、孤独の淋しさを見出したのである。独語のつぶやきが口を衝《つ》いて出た感じだ。作者の生活における即興的・瞬間的な感情の鋒《ほこ》をとらえたような句である。そしてそのような心動きの覚え書として、このような前書が、句と表裏一体の関係において成立する。前書を巧みに用いることにおいて、彼は当代随一である。自分の俳句を「心境小説の基《もと》」と言うこの作者には、それは必至のものであろう。日常坐臥《ざが》のうちにおけるつぶやきや挨拶《あいさつ》や対話や即興、感偶の言葉の集成が彼の俳句なのだ。

新《しん》涼《りやう》や尾にも塩ふる焼《やき》肴《ざかな》　鈴木《すずき》真砂女《まさじょ》

小料理屋の女あるじらしい着眼。鮎《あゆ》とは限らないが、一尾づけの塩焼。尾や鰭《ひれ》に、こく塩をふって焼く。その手さばきに、初秋の新涼を感じ取った。

秋あつし鏡《かがみ》の奥にある素顔《すがほ》　桂《かつら》信子《のぶこ》

我と我が素顔に、秋暑を感じ取った。「鏡の奥に」と言ったのが、顔のみならず、女心の片鱗まで、ちらと覗《のぞ》かせたようだ。

砂の如き雲流れ行く朝の秋　正岡《まさおか》子規《しき》

明治二十九年作。秋は雲の変化が多く、鰯雲《いわしぐも》などは秋の代表的な雲である。「砂の如き雲」はどういう雲を指したのか明瞭《めいりょう》ではないが、作者が要するに砂のように感じたのであって、鰯雲よりはもっと目がこまかく、砂のようにざらついた感じを感じ取ったのだろう。それはとにかく、大ざっぱに「砂の如き」ととらえたところが、秋の朝らしい爽《さわ》やかさを感じさせる。「朝の秋」という措辞は特殊だが、「秋の朝」では満足できなかったので、朝の秋らしい感覚に焦点を置いたのである。

びいどろの花器からっぽの秋まひる　楠《くす》本《もと》憲《けん》吉《きち》

『孤客』より。秋の日の午下《ひるさが》り、からのガラス花器がそこに置かれてある。ひっそりとした一刻を見出した。

此道や行《ゆく》人《ひと》なしに秋の暮　松尾芭蕉

元禄七年(一六九四)九月二十六日、大坂清水《きよみず》の茶店で催された俳会に出句。詞書「所思」。その数日前から案じていて、「人声や此道かへる秋の暮」とも作り、当日その採択を人々に尋ねている。芭蕉の心は「行く」か「帰る」か、二句のあいだを揺れていた。あるいは孤独な心の寂しさの涯《はて》と、人懐かしさの気持との間を。暮れ方の早い晩秋の夕べの、涯知れぬ地点まで一本通った冷やかな道が、この句のイメージであり、同時にそれは芭蕉の五十年の生涯の象徴であった。

雨上る地《ぢ》明《あか》りさして秋の暮　鈴《すず》木《き》花《はな》蓑《みの》

秋の夕暮である。雨上がりに、日がさすというほどではないが、地面の明るさがまた戻ってくるのだ。ほのかな光の感じをとらえている。「仄《ほの》めきし夕焼せずに春の雨」という句があるが、花蓑はなかなか光の感覚が鋭いようだ。虚子は阿波野青畝を現代の凡兆と言ったことがあるが、この評言はむしろ花蓑に与えるべきではなかったか。

百方に借あるごとし秋の暮　石《いし》塚《づか》友《とも》二《じ》

無造作な、大胆な直叙法だ。このような例句は、挙ぐるに暇《いとま》がない。「巨《おほ》き歯に追はるゝごとし十二月」、あるいはまた「夏服や弟といふも愚か者」「蝦蛄《えび》折寝《をりね》寒夜のふぐり哀しけれ」「大壁炉われ凭《よ》れぱわれ猿《さる》に肖《に》る」。俳句にしろ、私小説にしろ、彼には「行」または「道」としてあるもののごとくである。すなわち彼にとって、実践倫理と美学とは別のものでないのだ。彼の作品には、凡愚の至情ともいうべきものが純一古拙《じゅんいつこせつ》に打ち出されているが、俳諧は彼のそのような心情に、自由奔放なはけ口を与えた。同じ『鶴』の仲間の、波郷と違って、彼には詩魂の高い昂揚《こうよう》はない。だが暖かい庶民感情の上に、飄逸《ひょういつ》な、だが頑固《がんこ》な風格を打ち樹てているところ、一茶の直系とも言うべきであろうか。

秋の暮溲《しゅ》罎《びん》泉のこゑをなす　　石田《いしだ》波《は》郷《きょう》

溲罎に取る小便の音に、彼は泉の声を聴《き》いた。一歩も外へ出られない病軀《びょうく》が、居ながらにして造化自然の韻を創《つく》り出した。それは秋深む候の天地《てんち》淅瀝《せきれき》の声さながらである。「満目青山は心にあり」(謡曲、弱法師)だが、耳を澄ましている作者に、肉体の秋の思いはどうしようもない。

石《いし》塀《べい》を三たび曲れば秋の暮　　三《みつ》橋《はし》敏《とし》雄《お》

『真神《まがみ》』より。「秋の暮」は、秋の夕暮で、同時に暮秋である。「三たび曲れば」に格別意味があるわけでないが、白々とした一抹の気配が漂う。

淋《さび》しさにつけて飯くふ宵の秋　夏目《なつめ》成美《せいび》

秋の宵《よい》の淋しさは誰も言うだろうが、「淋しさにつけて飯くふ」とは、成美の見出した境地である。彼は江戸蔵前の札差で、風雅に遊ぶ遊俳の徒だが、蒲柳《ほりゅう》の質で、青年のころ右足の自由を失い、家庭的には不幸に遭うことが多かった。この句なども、どうまぎらしようもない淋しさに、ひとりで飯でも食うしかないというので、作者の深い孤独の思いが迫ってくる一句である。

どの道も秋の夜白し草の中　渡辺《わたなべ》水巴《すいは》

月光のもとの散策である。「どの道も」というから、あの道この道を、目的もなく歩きまわっているのだ。そしてそれは「草の中」であり、郊外の野道である。薄《すすき》や野菊や吾亦紅《われもこう》や、秋の草花のたたずまいも、月の光にはっきりと見て取れる。月の光で、あたりはしろじろとさえわたっている。「秋の夜白し」という表現は、大づかみに言いきって、的確であり、大胆でもある。「月光にぶつかって行く山路かな」という句もあり、この作者はよほど月光が好きのようだ。

繭《まゆ》の中もつめたき秋の夜あらむ　木下《きのした》夕爾《ゆうじ》

秋蚕の繭は春蚕とちがって何かさびしい。秋冷がにわかに膚《はだ》に感じられるころ、繭の中のサナギの小宇宙を思いやった。斎藤玄「たましひの繭となるまで吹雪きけり」と双璧《そうへき》。

長き夜の苦しみを解き給ひしや　稲畑汀子

『星月夜』より。良人《おっと》の逝去に際しての句。これ以上素直にはなれない、と言ってもよい哀歌。

紫陽花《あぢさゐ》に秋冷《しゅうれい》いたる信濃かな　杉田《すぎた》久女《ひさじょ》

調子の張り切った秀吟である。初秋の高地の冷気に、花期の長い紫陽花も、腐り落ちる前の最後の栄耀《えよう》を誇っている。「秋冷いたる」の音調は爽《さわ》やかで快く、「信濃かな」の座五も磐石《ばんじゃく》のように動かない。なぜ動かないか、理屈を言ってもはじまらぬ。とにかく微塵《みじん》揺ぎもしないこの確かさは、三嘆に価する。

手をのべて天《てん》地《ち》玄《げん》黄《こう》硯《すずり》冷ゆ　宇佐美《うさみ》魚目《ぎょもく》

『紅爐抄』より。「天地玄黄」は『千字文』の冒頭の句。「宇宙洪荒」とつづく。習字の手本にするから、結句の「硯冷ゆ」が解ける。天はくろく、地は黄色と言って、天地宇宙の幽遠、広茫《こうぼう》を言い、その語に託して、天高く澄み冷えた秋の気を詠みこんだのが巧みだ。

そぞろ寒《さむ》鶏《とり》の骨打つ台所　寺《てら》田《だ》寅《とら》彦《ひこ》

そぞろ寒は、鶏皮とか悪寒《おかん》とかいった字をあてている。身のうち深く覚える晩秋の寒さ。鶏の骨のたたき団子を作る音に、そぞろ寒の感じを受け取ったのである。

病《びやう》鴈《がん》の夜《よ》さむに落《おち》て旅《たび》ね哉　松尾芭蕉

元禄三年（一六九〇）九月下旬、千那が住職であった堅田《かただ》本福寺での作。九月二十六日付の膳《ぜ》所《ぜ》の茶屋与次兵衛（磯田昌房）宛の手紙に、「昨夜堅田より致二帰帆一候。（中略）拙者散々風引候而、蜑《あま》の苫屋《とまや》ニ旅寝を侘て風流さま〴〵の事共ニ御坐候」とあってこの句が出ている。「蜑の苫屋」でなく、本当は本福寺に臥《ふ》していたので、それはこの作品の地色の注釈と受け取っておいた方がよい。

堅田での旅寝であることが、近江八景の「堅田の落雁」を響かせる。芭蕉は雁の声を聞いたか聞かなかったか、一羽、列を離れて降りてくる病雁を、寝ていて想像した。堅田に夜寒を侘《わ》びているのは、想裡《そうり》の病雁であるとともに、現実の病む自分でもあった。侘《わび》しい自分の境涯の標徴《ひょうちょう》として、病雁を描き出したのであった。

落《らく》雁《がん》の声のかさなる夜《よ》寒《さむ》哉　森《もり》川《かわ》許《きょ》六《りく》

幾つらもの雁が湖上へ降りようとして、その声がうち重なって聞えてくる。膚《はだ》に夜寒もきびしくなって来た晩秋。彦根の秋も次第に深まって来た気配である。

堅田《かただ》で詠まれた、「病鴈の夜さむに落て旅ね哉」（芭蕉）ほど、主情の色は強くないが、湖畔の秋気は十分に捉えられている。

鯛《たひ》の骨たたみにひろふ夜《よ》寒《さむ》かな　室生《むろう》犀《さい》星《せい》

犀星の句のうちでもっとも人口に膾炙《かいしゃ》している。「畳屋の薄刃を研《と》げる夜寒かな」「ふるさとに身もと洗はる寒さかな」「しろがねもまぜて銭ある寒さかな」「魚さげし女づれ見し寒さかな」など、類想的だがそれぞれ鋭い感覚の冴《さ》えを見せている。蕪村の「井のもとへ薄刃を落す寒哉」「易水にねぶか流るゝ寒さかな」などの近代感覚の尾を引いている。

「鯛の骨」の句は、中でももっとも底に沈んだ感銘があり、上十二音と「夜寒かな」との間に取ってくっつけたような感じはない。畳にキラリと光った鯛の小骨をめざとく見付けて拾うというささやかな動作であり、その小動作における冷《ひや》りとする感じが、夜寒なのである。さきに挙げた蕪村の句や犀星の句は、すべてこのようなイクォールの関係に「夜寒」や「寒さ」があるわけだ。このような方法はひどく大衆化され、俗化されたから、今の若い俳人はかえってあまり用いない。だが蕪村や犀星のような鋭い感覚の持ち主は、時に効果的に用いて、しかも新鮮な感銘を与えることができるのである。

なお一本「ひらふ」は「ひろふ」のほうがよい。

足の毛の足を擽《くすぐ》る夜《よ》寒《さむ》かな　内田《うちだ》百閒《ひゃっけん》

足の毛にそよ風が吹くのか。くすぐったさに、夜寒が加わった、ユーモラスな句。

あはれ子の夜《よ》寒《さむ》の床《とこ》の引けば寄る　中村《なかむら》汀《てい》女《じょ》

仙台時代（昭和十一・二年）の作。典型的な主婦俳句の作家である汀女には、必然的に母子抒情を奏《かな》でた句が多い。これも母親らしい心使いの行きわたった句だ。東北らしいけわしい夜寒に、並べ敷いた幼児の小さい床を、片手ですこし自分の方に引き寄せる。頼りないような軽さである。「あはれ、子の、夜寒の、床の、引けば、寄る」とテニヲハの妙を尽くしている。「あはれ、引けば、子の、床の、寄る、夜寒かな」とでもすべきところ。叙法の倒置によって柔軟な曲節を生じ、また「の」を畳用《じょうよう》することによって調子が切れずに連続し、リリックな調べを打ち出した。

秋深き隣《となり》は何《なに》をする人ぞ　松尾芭蕉

元禄七年（一六九四）九月二十九日、芭蕉は芝《し》柏《はく》亭の俳会に出る予定であったが、身体の調子が悪く出られそうになかったので、当日か前日かに、この句を芝柏亭に送った。このとき芭蕉は、西横堀東へ入ル本町の之道《しどう》亭にあった。「此秋は何で年よる雲に鳥」とともに、芭蕉の生涯の発句の頂点である。これも、「偶感」とでもいうべき句である。「何をする人ぞ」とは、どんな生業《なりわい》にたずさわっている人か、の意になるが、別にその職業を詮索《せんさく》しているわけではなく、どういう人なのであろう、と床《ゆか》しがっているのである。床しがらせるようなものが隣の気配に感じられたのであろう。

「秋深き隣は」には、隣人と自分とのあいだの、それぞれ孤独でありながら、その孤独を通してつながり合うという、連帯の意識がある。ことりとも音しない隣人のひそやかな在り方は、また自分の在り方でもあり、自分の存在の寂寞《せきばく》さを意識することが、隣人の存在の寂寞さへの共感となるのだ。その共感を具象化するものが、最も寂しい深秋という季節感情である。

孤独でありながら、隣人を通して他者へ拡がろうとする人懐かしさの心の動きが、この句を芝柏亭の俳席の句にふさわしいものにする。心のなかで自分に呟《つぶや》きながら、同時に他へ呼びかけているという、二重の声を、この句は響かせている。

くらがりへ人の消えゆく冬隣《ふゆどなり》　角川源義

「冬隣」とは、冬が間近にせまった暮秋のこと。この句の「くらがり」がどういう所かは、人それぞれの感じ方で、さまざまに想像できよう。とにかく、くらがりに人が消えたというだけで、十分暮秋の景を言い切ったとするのが、俳句なのである。

九月尽遥に能登の岬かな　加藤《かとう》暁台《きょうたい》

「九月尽」は、陰暦九月晦日。秋の終りの日である。別に「三月尽」があって、春の終りの日である。この二つの月をとくに言うのは、春と秋という二つのよい季節の逝くことが、惜しむに価するからである。「行く秋」「秋惜しむ」「秋の行方」などに同じ。「能登の岬」を言っているのは、越中の海岸地方で詠んだものか。空気が澄みわたって、山の稜線も海岸線もくっきりとした輪郭で遠景に描き出され、行く秋の愁《うれ》いを深くさせる。

秋の日のずんずと暮《くれ》て花《はな》芒《すすき》　夏目成美

中七「ずんずと暮て」が面白い。「釣瓶《つるべ》落し」は比喩《ひゆ》的《てき》表現だが、同じことをこれは、擬音的表現で、ずばりと言い取った。

時計師に微《み》塵《じん》の秋日身のまはり　桂信子

時計師の仕事風景を見たことのある人は、この句をただちに納得するだろう。身をかがめて、こまかな仕事に心を集中している彼に、窓から秋日がさし、こまかな塵《ちり》が日光に輝いて舞っている。時計のような精密機械の作業には、塵埃《じんあい》は禁物だが、秋の日射はそのあまりにもこまかな浮游物を照らし出す。時計師という居職の職人が、立ち舞う微塵をかぶりながら、一心に仕事に打込んでいる情景が眼に浮ぶ。「身のまわり」と言ったのが、この職人のいる風景にふさわしい。

秋声《しゅうせい》を聴《き》けり古《こ》曲《きょく》に似たりけり　　相生垣《あいおいがき》瓜人《かじん》

秋の季題に「秋の声」「秋声」がある。欧陽修の「秋声賦」に基づいている。秋の蕭颯《しょうさつ》たる風雨の音、木の葉・笹の葉のそよぎの音、せせらぎの音、虫の声など、自然の奏でるいろいろの音に秋の気が籠《こも》って、寂寥《せきりょう》の感がただようのをいう。「爽籟《そうらい》」という季題もあり、爽《さわ》やかな秋の声を言う。籟とは笛の一種で、転じて孔《あな》から発する響きである。この季題は秋季にのみふさわしく、他の季に「春声」「夏声」「冬声」などといっても、熟さない。

作者は心耳に「秋声」を聴きえたが、「古曲」に似ていると言った。笛や簫《しょう》や尺八や琴や鼓や、そんな楽器で奏でられた古典的な楽曲を想い起しているのだ。「越天楽《えてんらく》」とか「想夫憐《そうふれん》」とか「雪」とか「六段」とか。「古曲に似たりけり」と言い切って、恬然《てんぜん》としているのが、磊落《らいらく》でもユーモラスでもあり、それがこの作者の特異さである。

秋《しゅう》天《てん》や心のかげを如何にせん　　鈴木花蓑

一点雲なき秋天。だが、その下なる我の「心のかげ」が、それゆえにこそかえって濃い翳《かげ》として、意識される。「心のかげ」と言ったのがよい。別に風生作に「秋天の一翳もなき思ひなり」の句がある。等類というのではないが。

鰯《いわし》雲《ぐも》炎《も》えのこるもの地の涯《はて》に　石原《いしはら》八束《やつか》

秋の夕焼。鰯雲のつらなるはてを、朱にそめる。「炎えのこる」に、何か淋《さび》しさがただよう。

一《ひとつ》家《や》に遊女もねたり萩と月　松尾芭蕉

元禄二年（一六八九）七月十二日、市振《いちぶり》での作とされている。その作られた事情は、『奥の細道』の本文にあるが、そこに「曾良《そら》にかたれば書《かき》とゞめ侍る」と記してあるのに、曾良の『書留』にはまったく書いてない。物語的興味を盛るための虚構だろうが、虚構としても、越後路の何処《どこ》かで田舎《いなか》わたらいをする遊行女婦に行き逢《あ》った経験はあったようだ。そして、紀行文全体を一巻の連句と見立てれば、恋の座に当たる。

同じ家に遊女と同宿するようになった奇縁に打ち興じている句である。おそらく西行法師の江口《えぐち》の故事が頭にあっただろう。俄雨《にわかあめ》にあって江口に宿を借りようとすると、女主が貸してくれないので、「世のなかを厭《いと》ふまでこそかたからめ仮の宿りを惜しむ君かな」と歌を詠んだ。そこで女主（遊女妙）の返歌「世をいとふ人としきけばかりの宿に心とむなと思ふばかりぞ」（新古今・羇旅《きりよ》・九七九）。この物語は『撰集抄』にも書かれ、謡曲『江口』にも作られている。その故事を下敷にして、この句が発想されているのである。そして、「一家」は同じ家という意味ながら、謡曲『江口』の諸国一見の僧が尋ねた江口の君の旧跡が「宇殿《うどの》の蘆《あし》のほの見えし、松の煙の浪《なみ》よする」さびれた野中であることが重なって、野中の一軒家という幻想的なイメージをうち重ねる。現実の「ヒトツイエ」に、幻想の「ヒトツヤ」が二重映しとなり、さらに観想の「仮の宿」という意味を、三重に重ねてくる。「萩と月」とは、その幻想の一軒家の面影であるとともに、艶なる人と風雅の世捨人とを匂《にお》わせてくる。実と虚の入りまじった句柄《くがら》である。これを白雄《しらお》のように「ヒトツイエ」と訓《よ》んでは、句の調べも情趣もぶちこわしとなる。

月に行く漱石妻を忘れたり　　夏目《なつめ》漱石《そうせき》

明治三十年、漱石が熊本五高の教授として単身赴任する時の句。「妻を遺して独り肥後に下る」と詞書がある。句に詠む時は、わざと事実を踏み違えて、月の清さにすっかり妻のことは忘却して独り出掛けた、とユーモラスに表現する。それが俳諧の常道であり、滑《こっ》稽化《けいか》する心の余裕が、言わば俳諧の心なのである。『吾輩は猫である』の作者は、子規からも、滑稽の句に長じていると書かれた。

遥《はる》かにも彼方《かなた》にありて月の海　中村　草田男

見のがされやすい句であり、また草田男の句として格別取り上げるべき句でもないかもしれぬ。だがこの単純でおおまかな表現の中に、作者の純な童心はまぎれもないのである。はるか彼方にはっきり存在する月の海——それは彼の心の故郷であり、心の拠点でもある。それは現実の海でもあり、童話の世界でもある。

森を出て花嫁来るよ月の道　川端《かわばた》　茅舎《ぼうしゃ》

お伽話《とぎばなし》のような風景。狐《きつね》の嫁入りかと思えそうで、可憐《かれん》だ。ナイーヴな心の弾みはこの句の調子にも出ている。これも茅舎浄土の一つである。

月《げつ》明《めい》の畝《うね》あそばせてありしかな　永《なが》田《た》　耕《こう》衣《い》

美しい句である。無為に放置してある畝へ月光が惜しみなく降りそそぐという、事柄は単純であるが、何か贅沢《ぜいたく》の美しさ、豊かさとも言うべき感情が横溢《おういつ》している。「畝あそばせてありしかな」が非常に含蓄が深いのである。例によって言えば、「月明の」に小休止がある。

我庭の良夜の薄《すすき》湧《わ》く如し　松本《まつもと》たかし

昭和十四年作。名句である。「良夜」は月の明らかな夜であり、俳諧ではことに中秋名月の夜に用いることが多い。明月に照らし出された群がった庭の薄を「湧く如し」と形容したのは、率直大胆であり、豪華な美しさの極致である。感動が豊かでおおらかであり、それがそのままこの句のリズムの美しさとなって結晶している。

北《きた》国《ぐに》のどこか小《を》暗《ぐら》き良《りやう》夜《や》かな　伊《い》藤《とう》柏《はく》翠《すい》

芭蕉に「名月や北国《ほくこく》日和さだめなき」の句があるが、これは「きたぐに」と訓《よ》みたい。越前三国か。「良夜」は十五夜。月が曇っているわけではないが、何か小暗さのただよう北国の感じ。

荒《あら》海《うみ》や佐《さ》渡《ど》によこたふ天《あまの》河《がは》　松尾芭蕉

元禄二年（一六八九）七月四日、越後出雲崎《いずもざき》での句か。披露されたのは七日、越後今町（直江津）での会吟の折である。出雲崎は、古来、舟泊《ふなどまり》の便のために繁栄した港で、佐渡が指《し》呼《こ》のあいだに見える。波のおだやかなところだが、佐渡まで十八里の北の海を、芭蕉が「荒海」と観じたことは、別に不自然でない。それは、承久（一二一九〜二二）の順徳院をはじめ、古来、大罪人や朝敵が遠流《おんる》された島が浮ぶ海であり、波の音が断腸の思いをさそう大海洋なのである。芭蕉は「佐渡」という島の名を、歴史的な回顧の思いを籠《こ》めて言っているのだ。

この句はほとんど、強音のa音とo音とで組み立てられ、雄渾《ゆうこん》な調べを持っている。「横たふ」は、元来、他動詞であるべきものを自動詞として用いた文法的誤用だと言われている。だが、これは、たとえば他動詞「寄する」を、自分を寄せるという意味で自動詞「寄る」と同じように使った場合に準ずべきもので、反射動詞（再帰動詞）的用法として、日本語の自然法から外れているわけではない。学者よりも詩人が、母国語の法則を直感的に把握している一例と見做《みな》してよいであろう。

妻二タ夜あらず二タ夜の天の川　　中村　草田男

『火の島』は「夕汽笛一すぢ寒しいざ妹《いも》へ」（昭和十一年）の一句に始まっている。妻を得、子を得て草田男の童心はさらに新しくかき立てられる。長子たる彼はここで夫となり父となる。新しい責務が彼の上にかかってくるが、彼はアブラハムのごとく、古代の族長のごとくそれを負う。彼の生命は家族に、妻に、子供たちに集中する。だがそれを小ブルジョア的な炉辺の幸福だと言う必要はない。小鳥たちの巣の営み、獣たちの穴の営み、人間の竈《かまど》の営み――そのような原始的な生の営みにつながる家長草田男の生活感情である。

家庭は彼が外に向かって戦い守らねばならぬ幸福の泉であり、生命の河である。家庭そのものが彼にあっては一つの寓意的な存在と化するのだ。それは彼の運命愛が「必然《ことわり》」として責務として身に負うたものではあるが、同時に彼が創造する楽園でもある。必然から自由への道を、彼は家庭の上に実現しようとする。

　彼が妻子を詠んだ句は彼の俳句の楽しさの中枢でもある。彼女たちが身辺の点景として私小説的俳句の上に出てくると言うのではない。彼女たちはいわば彼の幸福への意志として、生命への意欲としてそこにあるのである。その存在の強固さは、肉親としてつながる本能的な強さでもある。妻を詠んだ句をここにすこし挙げておく。「妻禱《いの》る真黄色なる夕焼に」「吾妻かの三日月ほどの吾子胎《やど》すか」「八ッ手咲け若き妻ある愉しさに」「妻抱かな春昼の砂利踏みて帰る」「妻恋し炎天の岩石もて撃ち」「妻のみ恋し紅き蟹《かに》などを歎かめや」「月ゆ声あり汝は母が子か妻が子か」（火の島）「冬蒲団《ふゆぶとん》妻のかをりは子のかをり」「妻と其の寒気凜々《りり》しきピアノの音」「足はつめたき畳に立ちて妻泣けり」「虹《にじ》に謝す妻よりほかに女知らず」「玉菜は巨花と開きて妻は二十八」（万緑）「秋草に昔《さき》のひとの娘《こ》吾妻佇《た》つ」「吾子の母乳房もやすき懐手《ふところで》」「奪ひ得ぬ夫婦《めをと》の恋や水仙花」「子を抱くや林檎《りんご》と乳房相抗ふ」「健気さが可愛さの妻花柘榴《ざくろ》」（来し方行方）。草田男の妻への愛情がどのようなものであるか、これらの作品が余すところなく語ってくれるだろう。

　ここに挙げた句は、結婚生活の初期（昭和十二年）の句であるが、妻の二夜の不在が端的に天の川の二夜の存在となって転置される。それは草田男の正常な満ち足りた生活の持続に、たちまち一つの断層をもたらす。天の川が妻のアリバイなのであり、彼の不安定感のシンボルなのである。天の川と彼との間には、気持の上の均衡はないのである。しかもそれは一夜でなく、二夜でなければならない。妻の不在というその空虚な空間を充たすものは、二夜めも正確に恒星《こうせい》の川なのである。

酔ひ諍《いさ》かひ森閑戻《もど》る天の川　石塚　友二

ここにも愚かしい下性下凡の己れへの歎《なげ》きが、表現されている。このような題材においても、「森閑」といかめしく言い取らないではおかないのが、友二の俳句の性格である。これは誇張ではない、言葉と内容との間に横たわるある歪《ゆが》みから来るイロニイが、彼にあっては俳句性の支えとなっているのだ。「森閑戻る」だからおもしろいのであって、でなければただの痴愚の言葉にすぎない。

天の川大風の底あきらかに　佐野《さの》　青陽人《せいようじん》

『青陽人句集』より。作者は水巴門の高弟。これは代表句である。大風の日、天の川がいよいよ冴《さ》えて、星の光がその底から輝き出すように見えるのである。武蔵野寓居の句。

秋風や藪《やぶ》も畠《はたけ》も不破の関《せき》　松尾芭蕉

貞享元年（一六八四）、美濃国不破の関址に立ったときの句。秋も末の季節である。不破は不破郡関ケ原町大字松尾にある。古来、歌枕《うたまくら》で、三関の一とされたが、平安末にはすでに廃されている。昔から、その荒廃のさまを詠むのが定めで、芭蕉のこの句も「人すまぬ不破の関屋の板庇《いたびさし》荒れにしのちはただ秋の風」（新古今・雑中・一六〇一　藤原良経）の古歌を踏まえている。

良経が詠んだ関屋も影を止めず、秋風が蕭条《しょうじょう》と吹きすさぶ藪や畠が、今は不破の関址なのである。その土を、現に今、自分の足で踏んで立っているのだ、という実感に、この句は溢《あふ》れている。紀行中の佳作。この句の「藪も畠も」には、『古今集』の「里は荒れて人は古《ふ》りにし宿なれや庭も籬も秋の野らなる」が響いていよう。

あかあかと日は難面《つれなく》も秋の風　松尾芭蕉

元禄二年（一六八九）、七月十七日作。紀行には「途中吟《ぎん》」と、金沢と小松とのあいだのように記してあるが、実は金沢での吟。浅野川大橋の近くに立花北枝《ほくし》の立意庵があり、そこで秋の納涼の句座が開かれた。

「あかあかと」の語から、真っ赤な残照の景色を受け取る。「難面《つれなく》も」は、心強く素知らぬ顔をしていることで、日を擬人化している気味合いがあり、秋になったのを知らぬ顔に、日は赤々と照りつけている、という意味。だが、そのつれなし顔を裏切るかのように、秋風が爽《さわ》やかに吹きわたるのだ。秋草の咲き乱れた広い野原の西方に、日が傾いたころの景色であり、その草の葉末を吹きなびかせて、秋風のそよぎが膚《はだ》にも感じられるのである。

烈日と秋風との感覚的ギャップに想を発した句で、それは実際の寒暑と暦の上の日付とのあいだの食違いでもある。そのような季感の上の齟齬《そご》に想を発した古歌として、藤原敏行の「秋来ぬと目にはさやかに見えねども風の音にぞ驚かれぬる」があり、芭蕉のこの句と、想においてつながっている。

十《とお》団《だ》子《ご》も小粒になりぬ秋の風　　森川許六

「宇津の山を過《すぎ》」と詞書がある。十団子は東海道中、駿河宇津の山の名物で、茶店で団子十箇を貫いて売っていた。作者は前にも通ったことがあって、心なしか前より団子が小さくなったように思う。きびしい浮世の波が、こんな山間の茶店の団子にまで現れていることを嘆じたもので、そのうそ寒さの気持がそのまま「秋の風」に通じるのである。芭蕉が「この句しをりあり」と評したといい、去来はしをりについて「句の余情にあり」と注している。

終宵《よもすがら》秋風聞《きく》やうらの山　河合《かわい》曾良《そら》

一足先に立って行った曾良を、芭蕉が追うようにして、加賀大聖寺《だいしようじ》町の郊外全昌寺に泊ると、前夜、曾良もこの寺に泊って、この句を残していたとある。「一夜の隔《へだて》千里に同じ。吾も秋風を聞て衆寮《しゆれう》に臥ば」云々と、紀行にはある。「衆寮」は、禅寺で修行僧たちの宿舎。曾良も同じところに泊って、裏山の秋風の蕭々《しようしよう》とした音を、身にしみて聴いたのである。

何の解説も要らず、このままで寂寥《せきりよう》の思いは伝わってくる。

秋風の吹《ふき》わたりけり人の顔　上島《うえしま》鬼貫《おにつら》

『犬居士《いぬこじ》』に「(元禄三年九月)七日盤水《ばんすい》見ゆ。つれだち出てほとりの野径《のみち》に遊ぶ」と前書して出る。淡々と叙しながら、結句「人の顔」で一気に引きしまった。わがひとりの顔でなく、わが顔も含めて連れ立つ複数の顔を、秋野の風が吹きわたるのだ。その風の感触をおさえて、「人の顔」と言った。

人に似て猿も手を組む秋の風　浜田《はまだ》洒堂《しやどう》

『猿蓑』には有名な「初時雨猿も小蓑をほしげ也」(芭蕉)があり、これも『猿蓑』である。腕組みをしてどこかに坐《すわ》っている姿が、何か人に似て憐れなのだ。老猿であろうか。群を離れた孤猿だろうか。これは飼猿がふさわしいという解もあるが、かならずしも飼猿と限る必要はあるまい。秋風が吹き、やがて猿たちにきびしい冬がやって来る。「人に似て」に、作者の主観の色がある。

大豆《まめ》の葉も裏吹《うらふく》ほどや秋の風　斎部《いんべ》路通《ろつう》

葛《くず》の葉なら、白い裏がわを見せて秋風に翻《ひるがえ》るので、「裏吹く風」「うらみ葛の葉」という。田畑の畦に植える豆の葉も、秋風に裏を見せて吹かれるのである。秋風に黄ばんで散りはじめるのが早いのだ。柳田国男が『豆の葉と太陽』に、東北南部領で畦豆《あぜまめ》の葉の早い色づけを見、東北でうたわれる盆踊唄《ぼんおどりうた》、「秋風が吹けばいの、豆の葉が散るわいの」(『山家鳥虫歌』では「豆の葉が枯れるいの」)を思い出している。漂泊の詩人路通は、諸国でそのような侘《わび》しい風景に触れていたのだ。秋風が吹き出すことは、わが境涯の寒《さむ》ざむしさを、身にしみて感ずることでもあった。

悲しさや釣《つり》の糸吹《ふく》秋の風　与謝《よさ》蕪村《ぶそん》

几董《きとう》の文によれば、我則興行の会での発句。初五「江渺々《かうべうべう》」あるいは「うら寂し」など、いろいろ置いてみて、「かなしさや」に治定《ちてい》。欧陽修《おうようしゅう》「秋声賦《しゅうせいふ》」の「ああ悲しい哉《かな》」によるか。南宋画《なんそうが》、文人画中の風景に、老翁の心境が見える。

秋風や白き卒都婆《そとば》の夢に入る　榎本《えのもと》星布《せいふ》

『星布尼句集』より。「二七日は草庵に帰りて」と詞書。師白雄の追悼句。初七日の句に、「ことゝひも墓の秋風ありやなし」とあり、八王子に帰ってからの吟。亡師の真新しい卒都婆が、心にしみて思い出される。

淋《さび》しさに飯《めし》をくふ也《なり》秋の風　小林《こばやし》一茶《いっさ》

文政八年（一八二五）作。二番目の妻ゆき女を離別し、三番目の妻や女をまだ迎えていなかった、男やもめ時代の句。淋しさに酒を飲むのでなくて、飯を食うというのが一茶的である。「蚊屋《かや》つりて喰《く》ひに出る也夕茶漬」の句境とも、相通じるものがある。一人住いの所在なく、人恋しくなれば飯屋へ出掛けるといった生活ぶりがうかがわれる。

秋風や模《も》様《やう》のちがふ皿《さら》二つ　原《はら》石鼎《せきてい》

大正三年作。「父母のあたゝかきふところにさへ入ることをせぬ放浪の子は伯州米子《よなご》に去つて仮の宿りをなす」と前書がある。「深吉野篇」に次ぐ二年秋から四年春までの作品は「海岸篇」に収められ、山陰地方を放浪して歩いた時期のものである。中でもこの句は秋風索莫《さくばく》の情感が沁《し》み透った一世一代の秀吟である。「模様のちがふ皿二つ」とはデリケートな情感を託したものである。小さな卓袱台《ちゃぶだい》に、模様のそろわない皿二つを置いた殺風景な、落魄《らくはく》した男の独り暮らしを想像できると言うべきだろうか。いやそれよりも、模様の違う（おそらくは大きさも違う）皿二つを、秋風との配合の上に想い浮べるだけでよい。そしてその二つの模様を廓大《かくだい》して脳裡《のうり》に浮べるがよい。意外に華《はな》やかさを持っている小さな陶器の模様を、あたかも不思議な発見であるかのようにじっと見入っている男の所在なさ、遣瀬《やるせ》なさの思いは、ひしひしと胸に伝わってくるではないか。二枚の皿の模様の違いという微細なものをとらえて、しかもそこに打ち出された作者の主観は非常に強いのである。梶井基次郎が一顆《いっか》の檸檬《レモン》に心の贅沢《ぜいたく》を見出したように、ここには不ぞろいな二枚の皿の模様に凝結した作者の憂愁と倦怠《けんたい》とがある。皿の模様を通して、彼は己れの新鮮な感受性を再発見しているのである。

なきがらや秋風かよふ鼻の穴　　飯田蛇笏

昭和二年作。「仲秋某日下僕孝光の老母が終焉《しゅうえん》にあふ。風蕭々《せうせう》として柴垣《しばがき》を吹き、古屏風《こびょうぶ》のかげに二女袖をしぼる」と前書がある。横たわった亡骸《なきがら》の鼻孔に焦点をあて、その一点を拡大することによって、下僕の老母の死への無惨な悲しみを強調している。それは死んで、もはやある硬直を示そうとしている顔面の鼻であり、秋風が通ってきてももう何の感触をも示さぬのである。息の通わぬその開いたうつろに通ってくる秋風をとらえて、読者に冷やりとするような感触を覚えしめる。これは作者独特の異常感覚と言ってもよい。そしてそのような異常感覚を引きしぼったものは、ほかならぬ作者の哀切の情の深さである。

ひとすぢの秋風なりし蚊遣《かやり》香　渡辺水巴

立ちのぼる蚊遣のけむりのかすかな揺れに、秋風の姿をとらえたのである。「なりし」と過去形になっているところ繊《ほそ》く幽《かす》かな気分を言い取っている。蚊遣の煙の筋の乱れに、一瞬見とめた秋風の訪れであって、あとはまた一直線に立ち昇《のぼ》っているのである。もちろん秋の風一般ではなく、立秋ころのいかにも秋の到来を感じさせる一抹《いちまつ》の涼風であって、「秋きぬと目にはさやかに見えねども」といったあれだ。ここではふとした身辺の動きに、はっきりとさやかに秋風を見たのである。

あきかぜのふきぬけゆくや人の中　久保田万太郎

無造作のようで、凡ではない。にぎやかな人通りか何かの中を、秋風が吹き抜けてゆくのであろう。春風ではこの句は死んでしまうから不思議である。秋の蕭条《しょうじょう》たる気分を、人《じん》寰《かん》の中に感じ取ったのである。

秋風にあらざるはなし天《てん》の紺《こん》　高《たか》橋《はし》馬《ま》相《そう》

『鼎門句集』より。空には深い秋天の紺がおおい、地には秋風が遍満《へんまん》しているのだ。近ごろこういう秋色を見ること稀になった。作者は石鼎門、夭折《ようせつ》。

栓《せん》取れば水筒に鳴る秋の風　相《そう》馬《ま》遷《せん》子《し》

昭和十六年作か。乾いた喉《のど》をうるおす水筒の栓を取れば、ゴボゴボと鳴って、秋の風に呼応する。同じく秋風を詠んでも、この句には遷子の境涯をめぐる寒々とした風が吹く。許六《きょりく》の句、「十団子も小粒になりぬ秋の風」に、冷たい世間の風が吹きめぐるように——。波郷（遷子句集『山国』の跋文執筆）は同じく、大陸で病魔を得て帰国しただけに、遷子のこの句の切実さが、秋風とともに身に入《し》みて分るのだ。

秋風や仔《こ》熊《ぐま》の眠る家昏《く》らし　角川源義

『角川源義全句集』「拾遺」（昭和四十年）より。「安達太良土湯峠附近より漸く全山紅葉」と詞書。行き過ぎる家のくらい奥に、ふと眠る仔熊を認めた。見過しがたい、その無心の眠り。

みほとけに秋かぜの瓶《みか》かろからむ　伊丹《いたみ》　三樹彦《みきひこ》

『仏恋』より。百済観音を詠んだ。楚々《そそ》とした姿態のかろやかさに触れている。この集を「初期句集」などとは、言わずもがな。

あれ〳〵て末は海《うみ》行《ゆく》野分哉　窪《くぼ》田《た》　猿《えん》雖《すい》

『猿蓑』より。猿雖は芭蕉の伊賀の門弟。野分は台風で、野の草を吹き分ける風という俗解がある。野分が、野山を吹き荒れて、海へ抜けたという意。言水の「凩《こがらし》の果はありけり海の音」（新撰都曲）と双璧《そうへき》。単純だが、力強い句。

酢《す》をおとす手もと野《の》分《わき》を聴きわけし　河野《こうの》　多《た》希《き》女《じょ》

『こころの鷹』より。味を締めるために、一、二滴酢を落す、きわめてデリケートな厨《くりや》での動作。心を集中したその瞬間、ふと野分の音を聴き分けた。如何《いか》にも女らしい句。

いなづまやどの傾《けい》城《せい》とかり枕《まくら》　向《むか》井《い》　去《きょ》来《らい》

『去来発句集』に「長崎丸山にて」と詞書。『後麿山賦《のちのまるやまふ》』（風俗文選）の文章に、十月八日は丸山の遊女たちが近くの山寺に参る日とあり、この句が出ている。戦後になって、この句碑が丸山料亭花月《かげつ》の門前に建てられた。頼山陽《らいさんよう》も坂本龍馬も遊んだという、元遊郭引田屋《ひけたや》である。謹厳な去来としては珍しく、なまめかしい句ぶりである。ただ一夜の「仮枕」を交すのだから、「いなづまや」と置いた。「稲妻」で秋。「稲つるみ」とも言い、稲をはらませる意味だから、艶《つや》っぽい連想が、元来、ないわけではない。季題としての「稲妻」は、晴れた夜、雷鳴や雨は伴わず、電光だけが光る現象である。

長崎生れの去来も、京都に移住後は、長崎へ帰るのも旅寝であった。「(崎陽《きやう》に旅寝の比《ころ》)故郷《ふるさと》も今はかり寝や渡鳥」(けふの昔)などという感慨を洩らしている。

霧ながら大きな町に出《いで》にけり　田河《たがわ》移竹《いちく》

子規が推賞した一句。蕪村と親しく、蕪村は移竹の早逝を惜しんで、「去来去り移竹うつりぬ幾秋ぞ」の作がある。この句は如何《いか》にも子規が気に入りそうな、印象明瞭の写生句である。子規は、この句のような趣は解せぬ者が多い、と言う。そして、この句は「歩行《アル》ク旅行の趣」だと、『仰臥漫録』に言っている。まだ見知らぬ地方を旅していて、名は知らないが、霧の中に大きな町に出てしまった、というのだ。霧深い中から、突然のように現れたのだ。山の中の町であろうか。

入《いり》相《あひ》や霧《きり》になりゆく一ツづゝ　黒《くろ》柳《やなぎ》召《しょう》波《は》

入相は、入相の鐘、すなわち晩鐘。霧で秋季となる。新古今集の三夕《さんせき》の歌以来、さびしさの代表とされる「秋の夕ぐれ」の句である。入相の鐘だけでも、寂しいものに聴きなされるが、時を置いて撞《つ》かれる鐘の音、一つずつが固まって霧に化して行く、つまり聴覚が視覚化して感じられる、感覚の転位を詠んだ。同じような例は、芭蕉の「海くれて鴨のこゑほのかに白し」があるが、直接には師蕪村の「涼しさや鐘をはなるゝかねの声」から導き出されていよう。声が何か固形物のように、鐘を離れる瞬間を、これは思い描いていて、発想にある類似がある。

有明《ありあけ》や浅間《あさま》の霧が膳《ぜん》をはふ　　小林一茶

「軽井沢」の詞書がある。句意は説明するまでもない。秋風が立ってくると、こういう景色に、いまも避暑客たちはたびたび出会うであろう。人生詩人一茶にも、こういう素直な叙景句を作る一面がある。

蔓《つる》踏んで一《いち》山《ざん》の露動きけり　　原石鼎

大正二年作、吉野山時代の句。思わず蔓を踏んで、あたりの草木を揺り動かしたざわめきを、「一山の露動きけり」と言い取ったのである。この誇張した表現に、作者の驚きはよく表現されている。動揺する主体として、草木に置く露を持ってきたのがいい。言うまでもなく露は秋の季物であり、草木が色づいた山の全容が、この一語によって豁然《かつぜん》とひらけてくるのだ。

「深吉野篇」には、その他彼の主宰する俳誌名の由来する「淋しさにまた銅羅うつや鹿火屋守《かびやもり》」のほか、「山川に高浪も見し野分かな」「樵人《そまびと》に夕日なほある芒《すすき》かな」「日のさせば巌に猿集《よ》る師走かな」「杣が往来《ゆきき》映りし池も氷りけり」「朴《ほほ》の木に低くとまりぬ青鷹《もろかへり》」「かゝる夜の雨に春立つ谷明り」「風呂の戸にせまりて谷の朧《おぼろ》かな」「粥すゝる杣が胃の腑《ふ》や夜の秋」「深山田に雲なつかしや早苗《さなへ》時」「山の色釣り上げし鮎に動くかな」「馬の鼻芒は食はで行きにけり」等の作がある。色彩はきわめて鮮明であり、あでやかであって、一読印象に焼きつくようなところがある。深吉野の自然が青春のみずみずしい感覚を呼びさましたのだ。作者はその時数え年二十七、八歳であった。

力《ちから》竭《つく》して山越えし夢露か霜か　　石田波郷

成形手術を受けた後の作品の一つ。この句には、芭蕉の臨終に近いころの作品、「此秋は何で年よる雲に鳥」の、影響という言葉が強すぎるなら、それと遠く響き合うものが認められるように思う。手術の後の衰えた身体に、露や霜をかきわけての苦しい登山の夢を見て、覚めてみると、ぐっしょり盗汗《ねあせ》をかいていたものであろう。夢から覚めて、取りもどした娑婆《しゃば》の感覚の端的な把握《はあく》が「露か霜か」である。それは夢の中の仮象であるとともに、窓の外の寒々とした現実でもある。この夢の句が、外的な物象につながっている唯一の地点が、この「露か霜か」であるが、それが露と霜という二つの気象現象を、ただ並列しているだけで、妙になまなましく、リアルな感銘を持っている。芭蕉が「雲に鳥」の句について、「心の味を云ひとらんと、数日はらわたをしぼる」と言っているが、この「露か霜か」という表現も、現実であり仮象であるとともに、作者の「心の味」でもあって、作者はたしかに、寸々の腸《はらわた》をさいた句に違いない。何か力脱《ぬ》けて投げ出してしまったような表現だが、病衰の感慨が、そのまま口をついて出たような切なさがこもっている。

病む母のひらがなことば露の音　成田《なりた》千空《せんくう》

「母の死」と詞書。南部八戸に住む作者の、母を死なせた時の挽歌。「ひらがなことば」「露の音」に、四角な言葉を知らぬ「みちのくびと」の、いまわの声を聴き取ったかなしみをうち出した。

秋の水《みづ》心の上を流るなり　加藤暁台

秋の頃のよく澄みわたった水。秋水は曇りのない利刀《りとう》の喩《たとえ》にも言う。連歌書『産衣《うぶぎぬ》』に初出し、「秋冬の水はもっぱら澄む心にするなり」とある。この句は、秋水の清らかに流れる光景を目撃しながら、自らの内部に沁《し》みこんでくるような思いに駆られる。

案山子《かかし》翁あちみこちみや芋嵐《いもあらし》　阿波野　青畝

この句の「芋嵐」はおそらく造語であろう。闊大《かつだい》な葉が風にはたはた揺れるさまを「芋嵐」と言ったのだ。その強風に案山子もあち見こち見して揺れるのである。「案山子翁」と言い、「あちみこちみや」と言って可笑《おか》しさを盛り上げてゆきながら、「芋嵐」と結んでみごとな終止符を打っている。「芋嵐」の言葉そのものに、すでに可憐《かれん》なユーモアを湛《たた》えているのである。

また一人遠くの蘆を刈りはじむ　高野《たかの》　素十《すじゅう》

水郷風景。一面の蘆原である。蘆刈る人がおちこちに点々と望まれる。と見ると、また新たな一人が遠くの蘆を刈りはじめた。ここにも素十の単純化の極致がある。遠望の一人の動作を描き出すことで、大きな水郷風景を彷彿《ほうふつ》たらしめる。調子が一本通っていて、「刈りはじむ」とM音で結んだところ、引き締まるような快感がある。

夕日尚《なほ》鰯《いわし》の網《あみ》の中に在り　安斎《あんざい》　桜磈子《おうかいし》

『続春夏秋冬』より。地引網風景。夕日が西に入ろうとしてまだ入らず、鰯網を照らしている。後に白秋は、「網の目に閻浮檀金《えんぶだごん》の仏ゐて光りかがやく秋の夕ぐれ」（雲母集）と歌った。その景を、写生俳句の上で先取りしている。

鰯《いわし》引《ひき》見て居るわれや影《かげ》法《ぼ》師《ふし》　原　石鼎

これは山陰流寓《りゅうぐう》時代の句だから、いずれこの浜辺は日本海のある漁村である。たまたまこの地へやって来た「放浪の子」が、折からの地引網を、朝はやく浜へ出て来て眺めている。その自分の影が長く浜辺に印されているのだが、それは物理的な影であるばかりでなく、「我」の魂のあくがれ出た形とも思われる。作者は自失のさまで鰯引に見入っているのであり、だから「影法師」は、さながら作者の心の姿なのである。

七夕《たなばた》や髪ぬれしまゝ人に逢ふ　橋本《はしもと》多佳子《たかこ》

日常茶飯の句で、浮世絵の世界だが、この作者が詠むとどことない艶っぽさと新鮮さがある。七夕だから、いっそうである。

日ぐれ待つ青き山《さん》河《が》よ風の盆《ぼん》　大《おお》野《の》林《りん》火《か》

越中婦《ね》負《い》郡八《やつ》尾《お》町で、九月一日から三日間、風の盆といって、全町夜明けまで唄いまた踊りぬく。出身の青年男女も、大方この故郷の山河の懐に帰ってくる。

地蔵会《ぢざうゑ》のこどもの色の紅冬瓜《きんとうぐわ》　森　澄雄

昭和五十一年の作。私は森氏が偏愛する土俗的題材の三幅対として、地蔵盆と雪女郎とほとの神を挙げる。盆の二十四日は地蔵の縁日で、主として関西では、各地の石地蔵に祭壇を設け、供物をそなえ、子供たちが押しかけて行って、供物を貰《もら》ったりしてはしゃぐ。地蔵には赤い前垂掛をつけてあるから、供物に供えてある紅冬瓜の鮮やかな赤色を、作者は「地蔵会のこどもの色」と興じた。紅冬瓜は西洋南瓜の変種で、皮はすべすべして、黄赤色に熟して美しい。食べるためでなく、青物屋の装飾や、家畜の飼料などにする。

中七に作者は心の灯《とも》を点して、一句に仕立てた。京都は六地蔵詣その他、地蔵盆の盛んなところだから、おそらく京での嘱目《しょくもく》であろう。私の好きな一句。外に「冬瓜《とうがん》にことに燈《ひ》のいろ地蔵盆」という句もある。

行き過ぎて胸の地蔵会《ぢざうゑ》明りかな　鷲谷《わしたに》　七菜子《ななこ》

盆の二十四日は地蔵の縁日。関西で盛んで、楽しい子供たちの行事。たまたま通り過ぎても、何時《いつ》までも心にその灯がともっている。

尼寿貞《じゅてい》が身まかりけるときゝて

数《かず》ならぬ身となおもひそ玉祭り　松尾芭蕉

元禄七年（一六九四）七月、玉祭の時の作。尼寿貞は『小ばなし』に野坡《やば》談として「寿貞は翁の若き時の妾にて、とく尼になりしなり。其子次郎兵衛もつかい被レ申し由」と見える。彼女は深川の芭蕉庵に引き取られていたが、この年六月二日頃に没し、芭蕉はその知らせを八日にはすでに受け取っている。六月八日付松村猪兵衛宛の手紙に「寿貞無仕合《しあはせなき》もの、まさ、おふう同じく不仕合、とかく難二申尽一候」とあり、また「何事も〳〵夢まぼろしの世界、一言理くつハ無レ之候」とある。この旅に連れてきた次郎兵衛は、芭蕉と寿貞との間に出来た子といわれ、まさ・おふうは寿貞の連れ子と思われる。

「数ならぬ身」だなどと自分を卑下しないで、私の手向《たむけ》の供養をどうか受けてくれよ、と寿貞の魂に呼びかけた句である。生前にはかばかしい世話もしてやれなかった相手を、「無仕合もの」と言って嘆いた芭蕉の深い悲しみが、この一句に沁《し》みとおっている。

玉《たま》棚《だな》の奥なつかしや親の顔　向井去来

お盆は、七月十三日の夕刻から十五日（または十六日）までの魂祭《たままつり》。家々では盆棚を座敷や庭先に飾って、祖霊を迎える。「魂棚《たまだな》」「精霊棚《しょうりょうだな》」とも言う。仏壇を利用するのは後世の風である。盆供養《ぼんくよう》のような民間行事を詠んだものは、和歌には少ない。連俳時代に秋の季語となった。この句は、盂蘭盆会《うらぼんえ》に際して、亡くなった親の顔を思い浮べるという、実に季題にふさわしい情感を持つ。

盆《ぼん》棚《だな》や木《こ》のミかぐのミ皆あはれ　椎本《しいのもと》才《さい》麿《まろ》

この作者は単純きわまる発想の句に、えも言えぬ匂《にお》いを出すのに長じている。あまり案じ入った句より、こんな句に「無内容」ともいうべき短詩型文学のよさがにじみ出る。「盆棚」（魂棚、精霊棚）に仏壇を利用するのは後世の風で、別に庭先や座敷に骨組を作って、真菰筵《まこもむしろ》を敷き、盆花を供え、初物の野菜や果物を供える。だから、供えられる新藷《しんいも》や梨、栗、蜜柑《みかん》など、みな小さく、未熟である。それらの初物も、まず先祖の霊に捧げてからという心で、それぞれに可憐《かれん》で、「あはれ」である。「かぐのミ」は「橘の香《かぐ》の実《み》」で、小粒の柑子《こうじ》蜜柑である。

こういう句が、才麿の句の本領と思って挙げた。

盆《ぼん》三《みっ》日《か》あまり短かし帰る刻《とき》　角川源義

『西行の日』より。二女真理の魂を迎えた盆三日もたちまち過ぎ、送り火の刻限となった淋《さび》しさ。「帰る刻」の結句が利いている。

初恋や燈《とう》籠《ろ》によする顔と顔　炭《たん》太《たい》祇《ぎ》

恋の句である。盆燈籠のかげに、二人の若い男女が、顔と顔を近く寄せ合って、うぶな恋をささやき合っている。燈籠を配合として恋人同士の姿態を描いた巧み。

生涯にまはり燈《どう》籠《ろう》の句一つ　高野素十

「須賀田平吉君を弔ふ」と前書がある。いったい素十には前書のある句は寥々《りょうりょう》として少ない。これは一面においては彼が純粋俳句の探求者であることを証している。前書にもたれかからず、ただ十七字において表現は完了するという強い信念である。だがその反面、それは芭蕉のような境涯の作家でなく、要するに吟行俳人、写生俳人、手帳俳人にすぎぬということを物語っているのである。旅の詩人芭蕉と吟行の俳人素十との差異は決定的である。彼は一句一句の完成に賭《か》けているが、生活や人間を読者に示そうとはしないのである。これは彼の唯一の句集『初鴉』を通読してのどうにもならぬ焦躁《しょうそう》である。

さて、この句はしみじみとした情懐のこもった挨拶《あいさつ》句である。句が人々の記憶の中に残るということはたいへんなことである。思い出されない名句というものが何の意味があろう。この俳句の下手《へた》な故人は、下手の横好きで熱心でもあったが、「まはり燈籠」の句によってたった一度人々を三嘆させたことがあった。故人と言えば、思い出すのは「まはり燈籠」の句一つである。もって瞑《めい》すべし。それが「花」の句とか「月」の句とかでなく、「まはり燈籠」の句であることがおもしろい。軽いユーモアを含んだ明るい弔句である。

　闇ふかき天に流燈《りゅうとう》のぼりゆく　石原八束

『黒凍みの道』より。沖に流れる流燈が、天に上るような錯覚を持たせる。否、錯覚ではなく、真実昇天のさまなのだろう。

　一ところくらきをくゞる踊の輪　橋本多佳子

神社の境内かどこかで、盆踊りをやっている光景を作者は眺めているのだと思う。その大きな踊りの輪が、月の光か提燈《ちょうちん》の明かりではっきり照らし出されているのだが、ただ一ところ木の影か建物の影になるかして、暗い箇所があるのだ。踊っている人たちは、輪を描きながら、どうしても一時はその暗い影にはいり、また出てこなければならない。その一か所の暗さが、踊りの場が明るくにぎやかであるだけに、気にかかってしようがないのだ。やはりこれも、作者の眼の働きによって、華《はな》やかなものの中に、一点慄然《りつぜん》とするような情景をとらえたものである。

　相撲《すまう》とり並ぶや秋のから錦《にしき》　服部《はっとり》嵐雪《らんせつ》

相撲が俳諧で秋の季語になっているのは、もと宮中の相撲《すまい》の節会《せちえ》が秋に行われたからで、今も諸所の祭に行われる宮相撲は、秋祭のころ行われることが多い。この句は、力士がそれぞれ化粧回し《けしようまわ》をつけての、華やかな土俵入りを詠んだもの。

野山の秋の彩りを、「野山の錦」とか「秋の錦」とか言っているから、化粧回しの彩りを草木の紅葉したさまにたとえて、「秋のから錦」と言った。「から錦」とは舶来の錦ということ。見立ての句ながら、機智と華麗さで惹《ひ》きつける。天明（一七八一〜八九）の白雄が追和して、「嵐雪がその唐《から》にしき相撲見ん」（白雄句集）と作った。

負《まく》まじき角力《すまひ》を寝《ね》物《もの》がたり哉　　与謝蕪村

如瑟《じよしつ》宛書簡（安永年中七月二十一日付）にこの句を挙げ、「角力ひを」とあるので、「すまう」でなく「すまひ」と訓《よ》ませたことが分る。この手紙は如瑟に角力の句を作るに当たって助言を与えている手紙で、この句の作句年代とは関係がない。この手紙の中に「角力の句ハ、とかくしほからく相成候て、出来がたきものニテ候」とある。塩辛くなるとは、味が単調になるから、物語の一齣《ひとこま》として仕組むなり、工夫が大事だ、と言っているのだ。初五は「まくまじき」か「まけまじき」か不明だが、「まくまじき」が妥当であろう。

句意は、負ける筈《はず》がなかった、あるいは負けてはならなかったのに負けた今日の一番を寝物語りしているのか、絶対に負けられない明日の一番を語っているのか、二つに分れるが、妻との寝物語としては前者の解がしみじみとした哀れがある。「負まじかりし角力を」である。また『蕪村句集講義』に鳴雪は、負相撲のあと家へ帰っての夫婦の寝物語と解し、虚子・碧梧桐《へきごとう》・紅緑らは、相撲の見物人が明日の勝負を気づかいながらの寝物語ととり、子規は鳴雪説に賛成しながら相撲部屋などでの小相撲の男同士の寝物語だとしている。だが、これは鳴雪解でなければ「寝物がたり」という言葉が死んで殺風景になることは、木村架空の説く通りである（蕪村夢物語）。かなり複雑な物語的情景を句にしたもので、口惜しがる負相撲を慰める妻の姿も目に見えるようである。

やはらかに人わけゆくや勝角力《かちずまう》　高井《たかい》几董《きとう》

蕪村の俳画「角力図」に、嵐雪・柳居・太祇・几董・蕪村の、五つの角力の句が書いてある。相手のもろ差しを、大きな力士が閂《かんぬき》に決めようとしている、剽軽《ひょうきん》な絵。この句は「やはらかに」が大変効《き》いている。草相撲・辻相撲・宮相撲など、相撲はもともと、秋の季語であった。

甲斐《かひ》なしやうしろ見らるゝ負角力《まけずまう》　加舎白雄

今の大相撲ではない。神社などでやる草相撲。負けてさがる甲斐ない「うしろ姿」に、あわれを見た。

鹿《しか》二つ立ちて淡《あは》しや月の丘《をか》　原石鼎

月光がむこうの丘を、淡く浮き立たせている。しかも丘の頂きには、牝《めす》と牡《おす》とであろう、二匹の鹿が月に向かって立っている。俳諧では、鹿も秋、月も秋だ。妻恋う声のあわれさから、鹿は秋季の景物と決められた。古歌に、「奥山に紅葉踏みわけ鳴く鹿の声きく時ぞ秋はかなしき」などと詠んで以来のことだ。日本人ほど鹿の声に、「もののあはれ」を感じたものはいない。だが、この句は声の哀れを詠んだのではない。丘の上に佇《た》つ姿の淡さを詠んだのである。秋の澄みきった月かげが、鹿も丘もこめて、淡い陰画のように描き出したのである。

驚《おどろ》けば秋の鳥なる烏《う》骨《こつ》鶏《けい》　加《か》藤《とう》楸《しゅう》邨《そん》

うこッけい、又おこッけいとも言い、鶏冠もくちばしも脚も黒い、容貌怪異《ようぼうかいい》の鶏である。どこかの家に飼ってあったのを、たまたま見て驚いたのだが、表現は「驚けば」と置いて、故意に倒錯した表現を取っている。つまり、驚きの次に認識が来たわけで、その怪奇な鳥をも秋の諸鳥の中に数え上げたところ、俳句的ユーモアがある。

大空に又わき出でし小鳥かな　高浜《たかはま》虚子《きよし》

小鳥は、秋に渡って来るから、秋の季語。小鳥の群が大空に、わき出たかのように現れて来た驚き。こういう単純で、淡々とした句の味いは、虚子の独擅場《どくせんじよう》である。

高浪にかくる秋のつばめかな　飯田蛇笏

昭和十七年作。「高浪」とは、高くうち寄せる浪ということである。浪の上をすれすれに飛んでいる燕《つばめ》が、一瞬、高浪にのまれたかのように、姿が隠れたのだ。もう帰り仕度をしているころの、秋の燕である。単純な風景だが、的確にとらえられている。北斎《ほくさい》の、高浪の穂先に遠富士をあしらった『浪裏富士』の絵を思い出す。「や」とか「かな」とかをやたら使うと、マンネリズムにおちいりやすいとは言え、蛇笏の作品では、その荘重な調べによく合って、さすがにみごとな、揺がない据《す》わりようを示している。

頂上や淋しき天と秋《しゆう》燕《えん》と　鈴木花蓑

花蓑一代の名句。頂上といっても、高山ではなく、低い丘。秋晴の空漠の眺めと、帰燕の営みが、劃然《かくぜん》と描き出された。これも石鼎の「頂上や殊に野菊の吹かれ居り」と併称すべき句。

篁《たかむら》に一《いっ》水《すい》まぎる秋《あき》燕《つばめ》　　角川源義

『秋燕』より。源義の忌日、秋燕忌の名のもとづくところ。蛇笏の葬儀に列するため、甲州境川村に赴いた折の句。山廬《さんろ》の後山に、竹やぶがあり、狐川《きつねがわ》というせせらぎが、その中にまぎれ入っている。源義の句の師は、結局は蛇笏というべく、両者の深い宿縁を物語る句。

御空より発《はっ》止《し》と鵙《もず》や菊日和　　川端茅舎

「鵙猛《たけ》る」ぐらいなら誰も言う。「発止と鵙や」という表現は、やはり茅舎の独擅場《どくせんじょう》であろう。これほど鵙の動きを正確にとらえた句を他に知らない。しかも菊花を描き添えて、一幅の好花鳥画を成した。

かなしめば鵙《もず》金《こん》色《じき》の日を負ひ来《く》　　加藤楸邨

秋の夕べの輝きを負って、鵙が高音を張りながら一直線にこちらの樹へ飛翔《ひしょう》してきたのである。「鵙日和」とか「鵙の晴」とかよく俳句で用いられるように、その乾いた高音は澄み切った秋の大気を感じさせる。この句、「金色の日を負ひ来」と言ったのは、何もかも茜色《あかねいろ》に染め出すような秋の入日の景にふさわしい。「かなしめば」は直截《ちょくせつ》かつ大胆な主観表出であり、また一羽の鵙の姿・動作にも滲透《しんとう》する主観である。豪華な色彩と強烈な主観とに彩られ、音律も大きく躍動して重々しい。

鵯《ひよどり》や紅《こう》玉《ぎよく》紫《し》玉《ぎよく》食《は》みこぼし　川端茅舎

鵯は秋、冬のころ、人里近く現れて、かまびすしく鳴き立てる。木の実を好んでついばむが、この時期は、赤や紫や藍色の木の実、草の実が多く熟するころである。「紅玉紫玉食みこぼし」とは、いかにもせわしなく飛びかわし、甲高く鳴きかわす鵯の生態を詠み取っている。紅玉は南天、仙蓼《せんりよう》、万両、梅もどき、藪柑子《やぶこうじ》など、紫玉（または藍玉）は、鵯上戸《ひよどりじようご》、紫式部、竜の髭、えびづる、山葡萄、臭木《くさぎ》など。

世の中は鶺《せき》鴒《れい》の尾のひまもなし　野《の》沢《ざわ》凡《ぼん》兆《ちよう》

鶺鴒は、渓谷・河原・湖畔・水田付近に多く、たえず尾を上下に動かす習性があるので、「石たたき」「庭たたき」の異名がある。古歌には詠まれていない。秋の季。動作が敏捷《びんしよう》だから、何か秋の水辺にふさわしい小鳥と感じられる。絶え間なく動く尾のはげしさから、凡兆は「世の中」を連想している。

啄《き》木《つつ》鳥《き》や落葉をいそぐ牧の木々　水原《みずはら》秋桜子《しゆうおうし》

秋桜子の代表句の一つとして知られている。赤城山での五句連作の一。「コスモスを離れし蝶に谿《たに》深し」「白樺《しらかば》に月照りつゝも馬柵《ませ》の霧」「月明や山彦湖をかえし来る」「二の湖に鷹《たか》まい澄める紅葉《もみぢ》かな」が同時の作である。

これらの句を見ても感じられるのは、彼の作品が在来の俳句的情趣から抜け出ていかに斬新《ざんしん》な明るい西洋画風な境地を開いているかと言うことだ。これらの新鮮な感触に満ちた風景画が、それ以後の俳句の近代化に一つの方向をもたらしたことは、特筆しておかなければならない。在来の寂《さび》・栞《しおり》ではとらえられない高原地帯の風光を印象画風に描き出したのは彼であった。これは一つの変革であって、影響するところは単なる風景俳句の問題ではなかったのである。

この句の感触には、いつまでも色あせない瑞々《みずみず》しさがある。このような句で「牧」と言うと、日本流の牧場よりも西洋流の meadow といった印象を受けるから不思議である。高爽《こうそう》な清澄な晩秋の空気さながらに美しい風景句として現出する。「落葉をいそぐ」というのも美しい言葉だ。葉を落とした樹肌《きはだ》に、啄木鳥が叩《たた》いている姿があらわなのである。

雁がねもしづかに聞《きけ》ばからびずや　　越智《おち》越人《えつじん》

「深川の夜」と題し、名古屋から江戸へ来て、芭蕉庵を訪ねた越人と芭蕉との両吟歌仙の発句。芭蕉は「酒しひならふこの比《ごろ》の月」と脇句《わきく》を付けた。静かな庵の秋の夜に聴く、雁のからびきった、よく通る声を賞美することが、あるじ芭蕉の簡素な庵生活への挨拶《あいさつ》となっている。「からび」とは、連俳の美的理念でもあり、同時に秋の澄み透った空をも示している。芭蕉の脇句も、このごろ酒を強いて嗜《たしな》んでいますと、自分の生活の一端を言うことで、さりげなく客に一献《いっこん》をすすめるのだ。

田の雁《かり》や里の人《にん》数《ず》はけふもへる　小林一茶

文化八年（一八一一）の作。田に雁が降り立って、田の面《も》の景色は賑《にぎ》やかになるころ、里の男たちは出稼ぎの季節となって、一人、二人と減ってゆく。「椋鳥《むくどり》と人に呼ばるる寒さ哉《かな》」である。信州や越後は、冬場の奉公人の本場であった。農村の貧しさに起因する、江戸時代のそのような社会現象を背景にして、この句は詠まれているのである。

雁《かりがね》やのこるものみな美しき　石田波郷

「留別」の前書がある。「昭和十八年九月二十三日召集令状来。雁のきのうの夕とわかちなし、夕映えが昨日のごとく美しかった。何もかも急に美しく眺められた。それらことごとくを残してゆかねばならぬのであった」（波郷百句）。死を覚悟して出征《いでた》つ者のフレッシュな感傷が息づいている。あえて末期《まつご》の眼に自然が美しく映ったのだと言うまい。だが、雁も夕映えも人も故国も、二度と見ぬかもしれぬという愛惜の思いには、すべて美しいのである。時に波郷は『馬酔木』を脱退して自立の二年めに当たり、韻文俳句を唱え、『猿蓑』と競うと称してようやく俳句は佳境に入ったところであるから、ひそかに打ちたてようと企図している美の世界、自分がいなくなればついに実現しないであろう文芸の一世界を想いみて、後ろ髪を引かれる感じだったであろう。「のこるものみな美しき」――それはまた彼が仕残した俳諧の美的世界でもあった。

古九《く》谷《たに》の深むらさきも雁《かり》の頃　細《ほそ》見《み》綾《あや》子《こ》

昭和五十一年作。「金沢にて」と詞書。九谷焼はもちろん加賀特産。だが、きわだって古九谷が珍重される。「むらさき」は「くれなゐ」とともに、作者の最も珍重する色。陶器の「深むらさき」に、「雁の頃」と通い合う「あはれ」を見出した。

雁《かり》わたる男の帯のこまむすび　磯貝《いそがい》碧蹄館《へきていかん》

もちろんよれよれ帯の、なりふりかまわぬ男の姿である。市井の一点景として、そのコマムスビをクローズアップして、空には渡る雁の列を点出した。秋が深まったのである。

落《おち》鮎《あゆ》や日に〳〵水のおそろしき　加賀《かがの》千代女《ちよじよ》

最も有名な女流俳人。加賀松任《まっとう》の人。千代女作と伝える句も多いが、「朝顔に釣瓶とられて曬《も》らひ水」以外、その大方は確証がないか、はっきり別人の作であるものばかりである。女らしい、柔軟な情緒の句が多く、その中でこの句など、むしろ男まさりというべき鋭い味わいを見せている。初案は結句「すさまじき」か（築藻橋）。鮎が落ちる秋もたけなわの候となり、川もだんだん水嵩《みずかさ》を減じてきて、白い川床もあらわに見える。その中を産卵を果した渋鮎《さびあゆ》が、息もたえだえに、死にどころを求めて下ってくる。秋も果てに近い、荒涼とした末枯《うらがれ》の景色のなかに、小さい魚の終《つい》のいのちを思いやっている。

法師蟬しみ〴〵耳のうしろかな　川端茅舎

昭和九年作。病茅舎は庭に背を向けて臥《ふ》しているのであろう。秋蟬には夏の蟬の喧騒《けんそう》はない。耳のうしろをくすぐるような、しみじみとした啼《な》き声である。「うしろ」の語、蟬が啼く庭木と耳との間のある距離感を意識させる。蛇笏に「袷人《あはせ》さびしき耳のうしろかな」の句がある。

とんぼ連《つ》れて味方あつまる山の国　阿《あ》部《べ》完《かん》市《いち》

『絵本の空』より。赤とんぼの群か。少年たちの、敵味方に分れての遊びに、とんぼまで連れている。「山の国」も、岡の上をかりに砦かのように見做《みな》した、少年たちの夢。全体、絵本のような、童べうたのような風景にあふれる。

とうすみはとぶよりとまること多き　富《とみ》安《やす》風《ふう》生《せい》

灯心《とうしん》はとうしみとも、とうすみともいう。灯心のように細長い蜻蛉《とんぼ》ということで、灯心蜻蛉と言い、略してとうすみともいう。糸蜻蛉とも。飛翔力が弱いので、生れた水辺をあまり離れることがない。普通の蜻蛉より出現が早い。

この句はとうすみの本情を捉えた、といった句である。漢字はわずかに一字、あとは平がなだ。それはこの作者の好みでもあるが、とうすみの性質、ひいてはこの句の性格をよく示している。女手の草《そう》がなの句と言ってもよい。

とうすみは長く翔ぶにたえないかのように、物あれば何にでもすぐとまりたがる。水草の葉のさきとか、花弁のさきとか。とうすみの外、句には何も描かれていないが、おのずから広々として静かな水面を感じさせる。

雨《あま》音《おと》のかむさりにけり虫の宿　松本たかし

昭和三年作。藁葺《わらぶき》のたかし庵であろう。「かむさりにけり」というのは巧みに言い取った表現である。藁屋根いっぱいに秋雨のしとしとと降る音が、虫の音の上に「かむさった」感じなのだ。「かぶさり」とは言わなかったのも、こまかい心遣いだ。国語に対する語感の鋭さ潔癖さにおいて、たかしと波郷は当代の双璧《そうへき》である。

たかし庵は鎌倉浄明寺の谷戸《やと》の奥のささやかな住居であるが、家に較べて庭は広く二百坪ほどもあり、四季の草花がところ嫌《きら》わず植えてあった。この平和な庵での嘱目諷詠《しょくもく》が、太平洋戦争ごろまでのたかしの作品の大部分であった。草田男は「茅舎の浄土」に対して「たかしの楽土」ということを言っている。さらにまた、茅舎が知的・世界人的・造型的・異常であるのに対して、たかしは感性的・東洋的・色彩的・正常であると言っている。もちろん両者の性格を、対照的に誇張した上での言葉である。

虫の闇死の闇ほどは深からず　成瀬《なるせ》桜桃子《おうとうし》

『素心』より。この句集の題には、心の負目があることを、あとがきで教えられた。作者も「死の闇」を思うことが深い年ごろとなったのか。死後の心残りに、胸をかきむしられるような痛みを想像する。

心ゆるめば蟋蟀《こほろぎ》の音《ね》に溺《おぼ》るべし　加藤楸邨

「心ゆるめば」とは、観念的な傾向のあるこの作者の表現の癖だろう。古くは「驚けば秋の鳥なる烏骨鶏《うこっけい》」があり、近くは「土にかがめば妻より蟻の世が近し」がある。秋の夜の蟋蟀の音を聞いていると、人生の哀感に引きずりこまれそうな心細さを覚える。それをあやうくささえているのは、作者の気持の張りである。その張りと弱さとの気持のかねあいを、鋭く意識したところに、この句が成立した。観念から出発して、結果としては秋の夜の具象を横溢《おういつ》させた。

ことされてなほ邯鄲《かんたん》のうすみどり　　富安風生

作者はある年、邯鄲の孵化《ふか》をよくする人から、その一匹を頒たれ、それは手製の紗の小《こ》筥《ばこ》の中で、秋から冬へかけて鳴き通した。これは、その虫がついにあえなくなった日の、虫への挽歌である。その死を見つめる作者自身にも、死と隣り合って生きる老の意識があって、死んで行くものが鳴かなくなり、動かなくなって、なお美しい薄みどり色をたたえている哀れが、身にしみるのである。「美しき死」と、作者は別の句（邯鄲の連作）に言っている。

鉦《かね》叩《たたき》ただ一筋や二夜三夜　　中村汀女

秋の虫の音を、欧米人はただの雑音としか聴かない、という学説を聞いたことがある。日本人のように、古代から虫の音をいろいろに聞きなして楽しんだ民族は、少ないのかも知れない。鈴虫、松虫、邯鄲《かんたん》、馬追、こおろぎなど、さまざまだが、中で鉦叩は、チンチンチンと鉦を叩くような音色が、連綿として絶えない。

この作者はよほど鉦叩の音が好きなのだろう。外に、「鉦叩ところを移す幽《かす》かかな」という句もある。これはその虫の場所の移動を感じるほど、こまやかに聴き入っているのだが、「ただ一筋や」は、ひたすら鉦を叩きつづける、小さな生き物の一心さに感じ入っている。女性らしい繊細さと言えよう。

しづかなる力満ちゆき蝗蚸《ばった》とぶ　加藤楸邨

草の葉にとまった一匹の蝗蚸に眼をとめている。蝗蚸は何か危険な気配を感じたのか、踏んばった四肢《しし》に静かに力が満ちてきて、今にも飛ぶよと息をひそめている瞬間、ぱっと勢いよく跳躍する。昆虫《こんちゅう》と自分とが向かい合った一瞬間の呼吸合《いき》いを正確にとらえている。句の調子も、徐々に強まり切迫して行った呼吸が、座五の促音《そくおん》に至ってみごとに転換し終止している。小動物そのものに対する作者の凝視、さらに動物そのものへの「感合滲透」が生み出した佳句である。

みのむしの掛菜《かけな》を喰《くら》ふしづけさよ　加舎白雄

田家の風景。掛けた干菜《ほしな》に蓑虫《みのむし》がぶらさがっている。秋日和《あきびより》に見出した、静かな農家の一些事《いちさじ》である。高浜虚子に「蝶々の物くふ音の静かさよ」という句があるが、この句が響いているのかも知れぬ。

蚯蚓《みみず》鳴く六《ろく》波《は》羅《ら》密《みつ》寺《じ》しんのやみ　川端茅舎

俳人は古来いろいろの虫けらを鳴かせるようである。「蓑虫《みのむし》鳴く」「亀鳴く」「田螺《たにし》鳴く」「われから鳴く」。「蚯蚓鳴く」は秋の季題に立てられ、俳人はことにこのグロテスクな虫が鳴くというユーモアに興ずるようである。秋夜耳を澄ませば、何ものとも判ちがたいジーという音が聞えるのを言ったので、今では実は螻蛄《けら》が鳴くのだと言っている。蚯蚓は眼がなくて声が佳《よ》いということは、古い民間のなぜ話の一つで、あるいは昔蛇と蚯蚓が歌と眼を交換したのだとも言い、座頭の伝えた語り草であるという。この句、所は京の東山に近い由緒《ゆいしょ》のある寺、しかも闇夜《やみよ》。六波羅密寺という七音の怪奇な固有名詞が、このうら悲しい言い伝えを伴った秋夜の現象に釣り合って、しかも「しんのやみ」と結んで、その怪奇さに終止符を打つのだ。

道《みち》のべの木槿《むくげ》は馬にくはれけり　松尾芭蕉

貞享元年（一六八四）、大井《おおい》川《がわ》を越えてからの作。『野ざらし紀行』に詞書「馬上吟」、『芭蕉翁道之紀《みちのき》』には詞書「眼前」とある。

芭蕉は馬の上で、道ばたの白い木槿の花を目にした。眼前ま近になって、その白が拡大の限度に達した瞬間、意識の外にあった馬の首が、横からひょいと芭蕉の視野にはいって来て、木槿の花を喰ってしまった。芭蕉は、はっと驚いて、我に帰る。眼前の木槿の花がなくなったのである。なくなった後、その白い花のイメージが、かえってはっきりと意識に上ってくるのである。

この句は人々に瞠目《どうもく》されたが、素直に眼前を言っている「眼前体」の面白さを、それが示していたからだ。その意味で「眼前」の前書は、芭蕉の創作の機微に触れている。それを「馬上吟」としたのは、作者の位置を明示する言葉がこの句になかったからだ。馬上の芭蕉の軽い驚きを表した即興句の面白さ。

白《はく》桃《たう》に入れし刃《は》先《さき》の種を割る　　橋本多佳子

白桃の柔らかい肉によく切れるナイフを入れたときの、瞬間の気合いが感じられる。はじけそうになっていた種に、刃先が触れることによって、真っ二つに割れたのである。動詞終止形で止めた、散文的な直叙体である。こういう句の形は、秋桜子や誓子以後さかんに作られるようになったのであって、ことに誓子の即興的な非情の句には、よく調和した表現であった。たとえば、「夏の河赤き鉄鎖のはし浸る」のごとき。このような表現法は、俳句的なイロニックな把握《はあく》が弱く、悪くすると散文的な説明調に流れやすいが、切れ字を濫用《らんよう》して大時代な月並み調になる怖《おそ》れは少ないわけで、即物的なメカニックな対象把握には、成功する場合が多い。この句では、白桃の肉の柔らかさ、その中にある固い種の抵抗感が、刃物を通してはっきりとらえられている。予想された抵抗感が、案外あっけなく、あっという瞬間に事は片づいてしまった軽い驚きが、この句の根底にあるのだと思う。

桃の木や童子《どうじ》童女《どうじょ》が鈴生《すずな》りに　中村《なかむら》苑子《そのこ》

鈴生りの桃の実。童子童女が、ワーッといっせいに歓声を挙げているようだ。幼少時の木登りの楽しさも連想させる。

日々《ひび》水《みづ》に映りていろのきたる柿　宇佐美魚目

『秋収冬蔵』より。たわわに実った柿が、水に影を映している。日々に見るなじみの風景が、次第に青から黄、そして赤へ、鮮やかな色に染って行く。水中の柿が色づくと捉えたのが面白い。

露人ワシコフ叫びて石榴《ざくろ》打ち落す　西東《さいとう》三鬼《さんき》

「ワシコフ氏は私の隣人。氏の庭園は私の家の二階から丸見えである。商売は不明。年齢は五十六、七歳。赤ら顔の肥満した白系露人で、日本の妻君が肺病で死んでからは独《ひと》り暮らしをしている」（三鬼百句）。この句には巧まざるユーモアがある。ワシコフという舌を噛《か》みそうな固有名詞も効果的だ。三鬼のユーモアは、彼の無表情に胚胎《はいたい》する。だが彼の俳句は直叙的で、俳句的なイロニックな把握はない。「緑蔭に三人の老婆わらへりき」「道化師や大いに笑ふ馬より落ち」「赤き火事哄笑《こうせう》せしが今日黒し」「悴《かじか》みて貧しき人の義歯作る」なども同様である。これは彼が出発においてすでに新興俳句作者であったことを物語るものであろう。新興俳句は切れ字のもつ伝統俳句的なひねりに始めから反発していたのである。

胡桃《くるみ》割る聖書の万《まん》の字をとざし　平畑《ひらはた》静塔《せいとう》

聖書を読むことは基督者の日課であるはずだ。燈下のもと、ぎっしり細字のつまった聖書の読みさしのページに、栞《しおり》をはさんでパタと伏せる。そして胡桃割りというささやかな、だがやはり精神の集中を要する作業にとりかかる。と言うことは、彼が書を伏せて家庭の団欒《だんらん》にはいったということだ。彼の手もとに妻子らの眼が集まっている。クリスチャン家庭の日常の些事《さじ》に感を発した句である。殻《から》の固い胡桃と分厚い革表紙の聖書と、やはり配合の妙があるようだ。固い殻の中にかくされた豊かな滋養と、豊かな心の糧《かて》と――。ここまで言ってしまうとことわりめくが、そこに匂《にお》い・移りの通い合うものはあるであろう。彼の聖書の句には、「寒厨《かんちう》の濡手《ぬれて》聖書に触れんとし」というものもある。

銀杏《いてふ》散るまつただ中に法《はふ》科《くわ》あり　山《やま》口《ぐち》青《せい》邨《そん》

「大学の庭にて」と前書した八句のうち。ほかに「いまははやいろはもみじも冬木かな」「学び舎《や》にともり銀杏は夜も散り」「顕微鏡見し眼に冬の三日月を」などがあるが、この句ほどのおもしろさはない。ことに「学び舎に」の句のごとき、素十の「街路樹の夜も落葉をいそぐなり」にとうてい及ばない。

青邨は工学博士、東大工科の教授である。「法科はもちろん建物であるが、伝統ある東大の法科を象徴させている、『まつただ中に』によってさかんな落葉のさまもわかるだろうと思う」（山雨海風）と自句自解する。東大法科の「光栄ある伝統」など私は思ってもみないことだ。軍閥とともに日本を破滅に追い込んだ官僚の大量養成所として、国民にはいい記憶ばかりもないのである。私は官僚主義を近代日本の最大の癌《がん》と思っている。――さて、銀杏は東大の名物である。「まつただ中に」とずばりと直線的に言い切ったことは、「法科」という近代建築物の印象によく映発し合っている。単純で印象明快である。明治時代には「赤い椿《つばき》白い椿と落ちにけり」（碧梧桐）などという句がそういう評を受けたが、句風の推移を見るに足るだろう。

よろこべばしきりに落つる木《こ》の実《み》かな　　富安風生

『ホトトギス』を除名された杉田久女が、この句を皮肉って「喜べど木の実もおちず鐘涼し」の句を作ったことを憶えている。それほど高名の句であったことが、ヒステリックな彼女の疳《かん》にさわったのだろう。この句は軽妙洒脱《けいみようしやだつ》の趣がある。「よろこべば」は大げさだが、あえてそう言い切ったところが作者の愛すべき稚気と言うものだろう。何を喜んでいるのかさっぱりわからないが、読み終えてさて振り返ると、しきりに木の実が落ちるのを子供のように手を拍《う》っているようである。

「よろこべば」の稚拙《ちせつ》さも、童心に還《かえ》った作者の気持にぴったりとしている。と言って、草田男のような童話的な世界を打ち出しているわけではない。もっと淡いリリシズムなのだ。草田男や楸邨や誓子のように俳句に打ち込むと、こんな軽い即興句はなかなか出てこなくなる。

手にのせて火だねのごとし一位《いちゐ》の実　飴《あめ》山《やま》實《みのる》

一位はアララギ。紅色肉質の実。斎藤茂吉が『赤光』に性的連想をもって「仄《ほの》かなるはかなきもの」とうたった伽羅木の実も、この属である。この作者はまた「火だねのごとし」と、別の強い印象を詠んだ。

榧《かや》の実は人なつかしく径《みち》に降る　長谷川《はせがわ》素逝《そせい》

素逝の句集を読みながら、こういう句に出会うとほっとするのである。白秋の「榧の木山の榧の実は、何時かこぼれて拾はれて」という童謡などを思い出していたのかもしれぬ。

この句の人なつかしさには童心がある。

朝顔やおもひを遂げしごとしぼむ　日野《ひの》草城《そうじよう》

朝顔を詠んでも草城は草城だ。「かれが俗情此にいたりて本性をあらはせり」（去来抄）と言いたいところだが、私は悪い意味で言っているのではない。「おもひを遂げし」がエロチックなのだ。こういう概念的な表現で、凋《しぼ》む朝顔の本性をとらえていると言うべきか。

遺品そのまま紺朝顔の殖《ふ》ゆるまま　福田《ふくだ》蓼汀《りようてい》

ことし（昭和四十四年）「蛇笏賞」を獲た「秋風挽歌」の中の一句。昨年八月、次男善明君が「奥黒部ヒュッテ」を発ち「平の渡し」に向かったまま消息を断った。鉄砲水か山崩れに遇《あ》ったらしく、遺体も発見されない。茫然自失《ぼうぜんじしつ》の父親の歎《なげ》きを、これは冷静に凝視して、いたずらに咲き殖える紺朝顔の空しさに形象化しているのである。「生涯の苦悩に直面し、呼んでも谺《こだま》のない寂寥《せきりよう》を自分の為に記しておきたかった」と作者は言っている。

鶏頭の十四五本もありぬべし　正岡子規

明治三十三年、子規庵における病床の句。子規の句のなかで最も論議の対象となった句。虚子は最後まで認めなかったが、茂吉は激賞した。病床から前庭を眺めたときの句で、小菊や葉鶏頭その他咲き乱れていたのを、一切抹殺して、真赤な鶏頭の群落だけに焦点を当てた。鶏頭の野性味あふれる無骨な生命力を、爛々《らんらん》と燃え立った子規の眼がはっきり摑《つか》み取った、ともいうべき力強い句である。ものの本性を見据えた句である。

鶏頭に秋の日のいろきまりけり　久保田万太郎

この句には前書がない。美しい句である。晴曇定めなかった秋の日が、地上に深紅《しんく》の鶏頭を得て、ぴたりと光度が定まったという感じなのである。「物の見えたる光」を即座に言いとめた句である。

鶏頭きれば卒然《そつぜん》として冬近し　島《しま》村《むら》元《はじめ》

作者は大正期のホトトギス作家。虚子に嘱目《しょくもく》されたが、夭逝《ようせい》した。たくましく秋を栄えた鶏頭を伐り倒して、にわかに冬到る思いがした。季節の歩みの緩急を、一つの季物の終《しゅう》焉《えん》によって描いた。

鶏《けい》頭《とう》のほとほと暮れてまだ暮るる　松本たかし

庭前の鶏頭に忍び寄ってくる夕景のあわれを、作者は見出した。もう一句「萩むらに夕影乗りし鶏頭かな」というのもある。鶏頭は夕影をふくむことが深い。そういう情緒の発見が、言わばものの「本意」「本情」の発見なのである。たとえばこれに「白菊」とか「コスモス」とか持ってきても、「鶏頭」のようにうまくは行かぬ。とっぷり暮れて、やがて秋の夜の闇《やみ》は、鶏頭を呑《の》みつくす。秋の日暮の、ひいては人生の、底深いかなしみを感じさせる。

　ゆつくりとはたりと暮れぬ葉鶏頭　　森　澄雄

昭和五十一年作。「ゆつくりとはたりと」と叙したその呼吸の巧みさに尽きる。釣瓶落《つるべおと》しとも言われる秋の日の暮れざまを、ぴたりと言い得て、絶妙である。こういう句には、贅言《ぜいげん》をつけ加えるだけ、野暮である。参考までに、「秋の日のずんずと暮て花芒」（成美）。

　晴《せい》天《てん》やコスモスの影撒《ま》きちらし　　鈴木花蓑

「撒きちらし」がいい。庭に生い茂ったコスモスの花や葉の淡々しさ、はかなさを、地上に撒き散らすようにくっきりと落した影によってとらえているのだ。「源平桃地にも紅白散りみだれ」は影ではないが、やはり地面の花弁によって、目もあやな美しさを描いている。

　コスモスの押しよせてゐる厨《くりや》口《くち》　　清《きよ》崎《さき》敏《とし》郎《お》

「押しよせてゐる」とは、いくさのようだ。厨口にはびこって咲き乱れるコスモスを、ユーモラスに擬人化した。

菊の香や奈良には古き仏《ほとけ》達《たち》　松尾芭蕉

元禄七年（一六九四）九月九日、奈良での作。重陽《ちようよう》の日に奈良へ着くことを、芭蕉は考えたらしい。芭蕉の脳裏は、菊の香でいっぱいだったし、それがこの古京での回顧の地色となり、ひいてはこの句の地色となって、「古き仏達」を呼び出す。取り合せ物として、眼前の菊を詠みこんだといったものではない。「仏達」という言葉にも、仏への親愛感があふれている。

白菊の目に立《たて》て見る塵《ちり》もなし　松尾芭蕉

元禄七年（一六九四）九月二十七日に、園女亭に呼ばれ、この句を発句として歌仙が巻かれた。この句は、主人の園女に対しての挨拶《あいさつ》で、もちろん「白菊」は、俳席での嘱目《しよくもく》である。「白菊」の清浄さを言うことが、園女への挨拶になるのである。なお、この句は、『山家集』の「曇りなき鏡の上にゐる塵を目に立ててみる世と思はばや」の歌を裏に持っている。だが原歌を全く換骨奪胎《かんこつだったい》していることは、言うまでもない。原歌の「鏡」、句中の「白菊」、実在する園女を、三位一体として踏まえたところが、この句の手のこんだ技法であろう。

一点の塵もとどめぬ白菊の清浄さを賞するという この句の内容だけでなく、この句の姿そのものが清浄さを現している。黄金《こがね》を延べたような一本に通った表現で、少しも凝滞《ぎようたい》がない。白菊の清さそのものが詠まれていて、ずばりと竹を割ったような明快な表現である。「塵もなし」という否定形で表現していることも、かえって強い響きをもたらしている。この句の一種冷たい感触を持った清浄感は、句のリズムが凛然《りんぜん》として張り切っているところに由来する。

百菊を揃《そろへ》けるに

黄《き》菊《ぎく》白《しら》菊《ぎく》其《その》外《ほか》の名はなくも哉《がな》　服部嵐雪

「菊花九唱」の「三章」として出る。桃山以降、菊作りが盛んになり、さまざまの変り品種が作られたが、「黄菊白菊」の清高ささえあれば、あとの品種はあらずもがなだ、といったもの。菊を東籬《とうり》に愛した陶淵明《とうえんめい》をも思い寄せているのだ。その清貧に似ればよく、いたずらな富貴を望まないのだ。「蒲団着て寝たる姿や東山」の句とともに、最も嵐雪の名を高からしめた句。

有る程の菊抛《な》げ入れよ棺《くわん》の中　夏目漱石

明治四十三年、修善寺から東京へ帰り、胃腸病院に入院中の作。日記には十一月十五日のところに、「床の中で楠緒子《なをこ》さんの為に手向《たむけ》の句を作る」と前書して、「棺《ひつぎ》には菊抛げ入れよ有らん程」と二句並記してあるが、『思い出す事など』や『漱石俳句集』には「有る程の」だけをとどめている。「棺には」のほうは棄てたのであろう。

対詠の句であり、挨拶の句である。だが故人の棺に「有る程の菊抛げ入れ」て荘厳《しょうごん》しようとする気持の昂揚《こうよう》には、やはり漱石の人間世界への執着が表現されているだろう。漱石は大塚保治《やすじ》と親交があり、夫人の楠緒子の死を悼《いた》む心も、一人の才媛《さいえん》を惜しむという以上のものがあったはずである。表現にいささかの渋滞もなく、まっすぐに作者の気持に引き入れられる。似た感じの句に久保田万太郎の「あきくさをごつたにつかね供へけり（友田恭助七回忌）」がある。

頂上や殊に野菊の吹かれ居り　　原　石鼎

石鼎句集『花影』は冒頭「深吉野《みよしの》篇」一四二句をもって始まっている。医たらんとして失敗した石鼎は、明治四十五年東京を去って深吉野にはいり、そこで医を開業した兄の仕事を手伝って、一年あまり小川村字小《あざおむら》に落ち着いた。山人の人情、深吉野の風物は、都会での生活に敗れた彼の心に深く触れるものがあった。そして当時の作句は虚子の手を経て『ホトトギス』に発表され、驚異の眼をもって俳壇に迎えられた。そして今日においても石鼎の句を語る者は、吉野山時代の句をもってするのである。この句は大正元年、鳥見之霊時趾《とみのれいじ》でできた句であるが、鳥見は神武天皇の遺跡である。一躍作者の名を高からしめた句であるが、どのような点がこの句は新しかったのであろうか。丘の頂上に咲き乱れた秋草の中で、ことに野菊の美しい色彩が目に立って風に吹かれている景であるが、「頂上や」と無造作に置かれた初五は、その大胆な措辞が俳諧者流を驚かすに足りたであろう。初五のや留は、「春雨や」「秋風や」のような季語を置いても、「閑さや」「ありがたや」のような主観語を持ってきても、一句の中心をなすものとして感動の重さをになっている。それに対して「頂上や」はいかにも軽く、無造作に言い出した感じで、半ば切れながらも下の句に自然につながっていく。その軽さが「居り」という軽い結びに呼応しているのだ。「殊に」というのも、いかにも素人《しろうと》くさい、物にこだわらない言い廻しである。そしてそれらを綜合して、この一句の持つ自由さ、しなやかさは、風にそよぐ野菊の風情《ふぜい》にいかにも釣り合っている。頂上の野菊の風に揺れる可憐《かれん》な姿をとらえたのが、この一句の眼目である。大正時代の俳句の軽やかで自由な表現は、こういう句が先蹤《せんしょう》をなしていると言ってもよいであろう。

愉《たの》しきかな零余子《むかご》の衆愚犇《ひしめ》くは　　飯田龍太

昭和五十三年作。「愉しきかな」とは、真向《まっこ》う上段に振りかぶった。何を言い出すのかと思いきや、「零余子の衆愚」の犇きである。勢いを一転して、破顔一笑に読者を導くところがみそ。

ひら〳〵と月光降りぬ貝割菜　川端茅舎

こういう美しい句に対しては何も言うこともあるまい。貝割菜の畑に降りそそぐ月光であればこそ、「ひら〳〵」の措辞は心にくいばかりである。ひらひらするものは月光か貝割菜か、この世の美しい浄土相を現出して、茅舎の魂もひらひらと離れさまようであろう。

紫蘇《しそ》の実も夜明の山も濃紫　木下夕爾

『枕草子』に言う夜明の「紫だちたる雲」、濃い紫に染めた遠い山々。そして眼前の、庭の紫蘇の実の紫とに、作者は一つの照応を見出した。

刈るほどにやまかぜのたつ晩稲《おくて》かな　飯田蛇笏

昭和三年作。山田の晩稲刈るころと言えば、風も冷たいであろう。この句には山村の晩秋のもつ哀愁がある。晩稲の収穫をすませば、山村は冬にはいるわけである。この句の背後には、無慈悲な重苦しい冬が、岩襖《いわぶすま》のようにそそり立って、近づいてくる跫音《あしおと》を感ずる。それはそこばくの晩稲田を刈り進むうちに、短い日が暮かかり、夕風立ってきて残りの稲刈りに心せかるるような気持とも、また通じている。日の暮に追われる農夫の心は、同時にまた近づく冬に追われる心でもあった。残ったわずかの晩稲をそよがす夕べの山風に、冷酷な自然の無関心の姿を感じ取っている。それがこの句に、ある寂寥《せきりょう》と不安とをもたらしているのだ。

あきくさをごつたにつかね供へけり　　久保田万太郎

「友田恭助七回忌」と前書がある。漱石が大塚楠緒子《なおこ》に手向《たむ》けた「有る程の菊抛《な》げ入れよ棺の中」の句を想い出す。友田恭助・田村秋子夫妻を中心に文学座結成の計画が、友田の応召で破れ、彼は呉淞《ウースン》クリークで戦死した。「ごつたにつかね」に作者はあふれる哀悼の情をこめたのである。これも万太郎特有の措辞だ。

これは彼の慶弔句の代表である。彼は虚子とともに当代挨拶《あいさつ》句作者の双璧《そうへき》である。私は俳句は挨拶であると思っているが、それはいわゆる挨拶句に限らず、俳句という形式が持っている対詠的性格をさしているのだ。名句は必ず一句の周辺に談笑の場を開いている。俳諧の発句《ほっく》が俳句になって、すなわちダイアローグの芸術がモノローグの藝術に転化することによって、どのような性格を失ったか、考察に価することである。そしていわゆる冠婚葬祭の挨拶句というものは、そのような対詠的性格をあらわに示している点で、もっとも本来的に俳諧的だと言えないこともない。

ところでこの作者は、挨拶句の中でももっとも追悼句を得意とするのは、やはりその文学の日本的湿潤性によるのであろうか。ここでは参考に少し梨園《りえん》に関する悼句を挙げておこう。「長羽織着て寛闊の二月かな（中村梅玉逝く）」「人徳《にんとく》の冬あたゝかきほとけかな（松本幸四郎逝く）」「和事師の春寒顔のまことかな（沢村宗十郎を悼む）」「夏じほの音たかく訃のいたりけり（六世尾上菊五郎の訃到る）」「さがみ野の梅ケ香黄泉《よみ》にかよひけり（井上正夫を悼む）」。

ほの〲と御《おん》粧《よそほ》ひや草《くさ》の香《かう》　椎本才麿

元禄五年（一六九二）秋、作者は須磨《すま》・明石《あかし》の秋の夕べを賞《め》でようとして難波《なにわ》を出発した。その折の俳諧紀行が『椎《しい》の葉《は》』である。これは、明石人丸《ひとまる》神社での作。だから、人麻呂作と伝えられてきた、「ほのぼのと明石の浦の朝霧に島がくれ行く舟をしぞ思ふ」（古今・羇《き》旅《りょ》・四〇九）を下に踏まえて作っている。

「草の香」という珍しい季語の発句としては、私の知る唯一の作例である。平安時代の和歌には、前栽《せんざい》歌合などに、萩・薄《すすき》・女郎花《おみなえし》などの秋草と並んで「芸《くさのこう》」が詠まれている。南欧原産、ミカン科のヘンルーダのことで、古くからシルクロードを通って伝来したのか、中国では「芸香《うんこう》」、日本では「くさのこう」と言った。香料・除虫剤に使われた。和歌の作例としては、

式部卿《しきぶきやう》の宮の前栽合に

くさのかう色かはりぬるしらつゆはこころおきてもおもふべきかな　伊勢（伊勢集）

色目《いろめ》の名にも「草香」があって、襲《かさね》は表白、裏青、織物は経《たていと》が白、緯《よこいと》が青。これは「芸香」の葉の緑白色の印象から来ている（実際に古く渡来したのは、小型のコヘンルーダ）。

才麿にはもちろん、「芸香」についての知識はなかっただろう。だが、色目についての知識はあって、朝霧につつまれた明石の浦のたたずまい、ひいては歌の聖《ひじり》人麻呂のほのぼのとした粧いを、色目の名の「草の香」で表したのだろう。

才麿の古典的教養の一端をうかがうに足り、それが彼の句にほのぼのと匂《にお》い立っているのだと思う。

萩の野は集つてゆき山となる　藤後《とうご》左右《さゆう》

『熊襲ソング』より。かつて『ホトトギス』で、草田男、左右と並称された彼が、はじめての句集を出した。その当時、俳人たちを驚かせた句の一つ。萩の野が傾斜面をせり上って行って、ついに山となると見た、一種幾何学的、抽象画的見方に斬新さがあった。

萩《はぎ》の風何か急《せ》かるゝ何ならむ　水原秋桜子

一叢《ひとむら》の萩に初秋の風が吹いている。少しの風にもほろほろとこぼれる萩の花である。秋の訪れ。風の音。地に散りしく萩の花。何かせかるる思い。だが何であるか思い出せない。空は高く澄んでいる。初秋の午後の一刻である。

をりとりてはらりとおもきすすきかな　飯田蛇笏

昭和五年作。名句である。「はらりとおもき」に、一本の薄《すすき》の穂の豊かさ、艶《あで》やかさ、みごとさを表現し尽くしている。視覚的な美しさが、すべて重量に換算され、折り取った瞬間のずしりと響くような重さを全身で感じ取ったような感動がある。花穂がはらりと乱れてその重量が作者の腕にかかってくる瞬間、作者はその重さの中に薄の持っているあらゆる美しさを感じ取って、満ち足りた感情を味わっているのだ。ここにはただ折り取った一本の薄の、その重さが詠われているにすぎないが、しかも作者の感動は全身的であり、生命的であり、その一瞬の歓喜は絶対的である。

けふの日の終る影曳き糸すすき　野見山《のみやま》朱鳥《あすか》

作者は肺結核で、長く病床にあったが、これは晩年の作。この糸すすきは、枕《まくら》もとの花瓶に挿しているのか。とにかく秋の一日が暮れようとし、糸すすきは西日を受けて、長いかぼそい影を曳《ひ》いている。糸すすきのような仄《ほの》かなものの命に心を寄せるのも自分の消え入りそうな微《わず》かな命を見つめていればこそであろう。一日が過ぎ、長い、おそろしい夜が始まろうとする。その時刻の病者の心の翳《かげ》が、糸すすきの曳く影を通して、忌憚《きたん》なく現されている。

あなたなる夜雨の葛《くず》のあなたかな　芝《しば》不器男《ふきお》

「二十五日仙台につく　みちはるかなる伊予の我が家おもへば」という前書がある。この句は虚子の名鑑賞で有名になった。彼は「この句は作者が仙台にはるばるついて、その道途を顧み、あなたなる、まず白河あたりだろうか、そこで眺めた夜雨の中の葛を心に浮べ、さらにそのあなたに故国伊予を思う、あたかも絵巻風の表現をとったのである」と述べた。大方は、ただ、仙台の旅宿で夜雨そぼふる庭前の葛を眺め、その彼方に闇《やみ》の途《みち》はるかな伊予の故郷を思うというふうに解したのである。

この句について石田波郷《はきょう》はさらに次のように言っている。「今、縁あってゆくりなくもこの句を思い起こし、僕は佳《よ》い句の発《はな》つ香と、酔うような快美な情趣につつまれて夢みるような心持ちがするが、この句の結構をみると、これは虚子解以外の解は成り立たない絶対のものであることに気づくのである」。さらに付け加えて、「葛でなくもよし、葛でもよし、目前に夜雨にうたれる庭草の風情《ふぜい》は当然なければならない」「不器男の句には幽婉《ゆうえん》なる情趣、遊子《ゆうし》のかなしみがある」とも言っている。

私も絵巻風の虚子解によってこの句に瞠目《どうもく》する。ただ少し付け加えれば、「目前雨にうたれる庭草の風情」は作句の機縁としてあってもいいが、むしろ闇の中に眼を閉じて、ひたすらにはるかな或る地点の「夜雨の葛」を、それのみを瞼《まぶた》に思い浮べている作者を描き出したい。機縁としては、仙台の客舎での遊子のかなしみがあれば足りる。途中見た物悲しい夜雨の景が、仙台と郷里との距離感を倍加するのだ。その夜景が頂となって、仙台と郷里とのつながりを中断しかつ中継するのである。もし眼前に夜雨の風景があるのなら、伊予の故郷にも忘れがたい葛の花の風景があるべきだろう。だがそれらは共に朦朧《もうろう》とぼかされ、さては作者の脳裡《のうり》から消え去って、ある日ある所の夜雨の葛の印象が、あまりに鮮明に作者の眼に映し出され、それがいっそう遊子の情をそそるのだ。
なお蛇足《だそく》を言えば、この句のイメージには、何か故郷の老母を偲《しの》ぶ感情がこもっているようである。私は何も葛の葉の子別れを聯想《れんそう》して言うのではない。この句に裏打ちされてある孤独感がそう思わせるのである。「あなたなる」の繰り返しに、なぜか「お母さん！お母さん！」と呼ぶ切ない思慕の声を聴き取るのである。句集ではこの句の前に、「郷を出づることのさしせまるにそのまうけごとのくさぐさもおい母にまかせきりなりければある夜」と前書して、「秋の夜のつゞるほころび且つほぐれ」の句が載っている。

山川のある日濁りぬ葛《くず》の花　　五十嵐《いがらし》播水《ばんすい》

渓流に濁りがさした。水源地帯に降雨があったらしい。山の斜面には、葛の花が咲きみだれている。ある日のささやかな異変である。

葛《くず》咲くや嬬《つま》恋《ごひ》村《むら》の字いくつ　　石田波郷

昭和十七年作。「八月、草津にいる義妹を迎えにゆく途中、沓掛《くつかけ》軽井沢に遊び、上田の六川水声、石田光女と鹿沢に出かけ徒歩で一村が一郡の大きさをもつという嬬恋村の字々《あざあざ》を通り抜けた」（波郷百句）。葛と嬬恋村という美しい地名とが、不思議にぴったり照応している。葛は何となく肉親の情をそそる花であるのか。『猿蓑』調の温雅な完成を示している句である。

つきぬけて天《てん》上《じやう》の紺《こん》曼《まん》珠《じゆ》沙《しや》華《げ》　　山《やま》口《ぐち》誓《せい》子《し》

昭和十六年作。療養のため四日市市富田へ移ってからの作品。曼珠沙華のすっくりと立ったさまを、紺碧《こんぺき》の空を突き抜けていると誇張的に言ったのである。紺と赤との色彩の対象が目に鮮やかである。曼珠沙華そのものを描いた点で、後の一元俳句的傾向に通じている。

四《よ》十《そ》路《ぢ》さながら雲多き午後曼《まん》珠《じゆ》沙《しや》華《げ》　　中村草田男

昭和二十二年作。草田男はだいたい四十代に多事な戦争前後の時代を過ごしている。その多事な四十代さながらに雲の多い秋の午後なのである。「末枯や御空は雲の意図に満つ」という句もある。自然と人事とを巧みに衝撃させ、それは表裏一体となって「四十路さながら雲多き午後」という表現となっている。だから表裏引っくり返して、自分の四十路はさながら今日のこの雲の多い午後に似ていると取ることもできる。しかも雲の多い秋の郊外には、おびただしい曼珠沙華の群である。「曼珠沙華」はこの場合動かない。曼珠沙華は何か寓意的な花である。だから草田男の、あたかも蜥蜴《とかげ》や蟇《がま》や蚯蚓《みみず》や蛞蝓《なめくじ》を愛するように、愛する花の一つである。

曼《まん》珠《じゆ》沙《しや》華《げ》御《ご》油《ゆ》赤《あか》坂《さか》をつらねたる　森《もり》田《た》峠《とうげ》

東海道五十三次の中で、御油・赤坂間は最も距離が短いので知られる。その間を、松並木と並んで、狐《きつね》ばなの赤の群生が、あやしくつづく。芭蕉も広重も一九も連想される古典的風景に、鮮やかな色を点じて、見事に新風景に転換させた。

野に摘めば野の色なりし濃《こ》りんだう　稲畑汀子

「野の色」といっても、特定の色ではない。秋の野の花らしい色を、そこに見たのだ。野遊びに出た、秋晴の好日。

大いなる蒲《がま》の穂わたの通るなり　　高野素十

作者は一面に蒲の生えた水辺にある。時は深秋。ふと作者の眼前を蒲の穂絮《ほわた》が風に乗って飛び過ぎた。それは絮の形のあまりくずれていない大きな穂絮であった。その大きさが作者の興趣を惹《ひ》いたのだ。小さな絮が一面に飛んでいる広々とした背景はここでは切り棄てられて、彼の眼はふととらえた一つの現象に焦点を集中する。嘱目吟《しょくもくぎん》としておおらかな軽みの中にも、句としての単純化は利いている。

爛《らん》々《らん》と昼の星見え菌《きのこ》生《は》え　　高浜虚子

昭和二十二年十月十四日作。小諸を引き上げる前の作品で、「長野俳人別れの為に大挙し来る」と注記がある。「昼の星」とは太白星（火星）である。山の秋気が澄んで、まだ日の高いうちから、爛々と大きく、赤く燃えるような色を放って輝いている。地には「菌」がにょっこりと頭をもたげている。おそらく、紅天狗茸《べにてんぐたけ》か月夜茸か、あまり見かけない、色彩の鮮やかな毒茸の類であろう。空と大地と、二つの異様な色彩のものを対置し、抽象的な装飾画のように、ただその二つのものが並べ置かれているだけである。連用形で止めたのは、萩原朔太郎の「地面の底の病気の顔」「竹」（ともに『月に吠える』所収）などの詩における用法に始まる。

「地面の底に顔があらはれ／さみしい病人の顔があらはれ」(「地面の底の病気の顔」)「まずぐなるもの地面に生え／するどく青きもの地面に生え」(「竹」)

この用法の創始の功は朔太郎に帰せねばならぬ。連句の連用形止めは、たいてい「見えて」「生えて」というふうに「て」止めである。この句の感じは、やはり朔太郎の用法に近い効果を見せ、何か不気味な、感覚的な戦慄《せんりつ》を生み出している。老境の虚子の、感覚的な若さを感じさせる。

月《つき》夜《よ》茸《だけ》山の寝《ね》息《いき》の思はるる　飯田龍太

昭和五十九年作。もう一句、「毒茸《どくきのこ》月薄眼して見てゐたり」。月夜茸は橅《ぶな》の幹に生じる毒茸で、一種の臭気があり、夜間に白く発光する。「山の寝息」とは、よくも言ってのけた。月夜茸と阿《あ》吽《うん》の呼吸というべきか。

冬

冬すでに路《ろ》標《へう》にまがふ墓一基　中村《なかむら》草田男《くさたお》

「路標にまがふ墓一基」はいい言葉である。これは一本の黄金を延べたような表現である。だが「冬すでに」は何か続く下の句を欲している句法でありながら、屈折せしめられている。何が「冬すでに」どうなったのであるか。作者は路傍に打ち忘れられた一基の墓を示す。そのうらぶれた光景が取りも直さず冬そのものであると示すかのようである。「すでに」が例によって上下両方へかかるような俳句特有の曖昧《あいまい》さを持っているが、はっきりした表現を好むとなれば、「冬すでに」で切ればよいのである。よりこまやかな鑑賞を欲する人は、そこでいったん切りながら、余韻を下の句に残して続けるであろう。「墓一基」に「冬すでに」の言葉の持つ余韻のすべてを封じ込めるであろう。季節の運行と一個の人間の運命とが、ここに融合する。「行て帰るの心発句也」(黒冊子)と芭蕉は言った。つまり「墓一基路標にまがふ冬来たり」では句にならないのだ。

み仏に美しきかな冬の塵　細《ほそ》見《み》綾《あや》子《こ》

昭和十三年作。『奈良百句』として発表した中の一句。自解によれば、唐招提寺金堂《とうしょうだいじこんどう》の本尊盧《る》舎那《しゃな》仏《ぶつ》の蓮座に、うっすらと積った塵である。「それを〈美し〉と言った、作者の凍《りんれつ》冽たる季感がただよっているから、「冬の塵」の結句は動かぬ。

心が見える」と、私は『句歌歳時記』に書いた。冬の凛《りんれつ》冽たる季感がただよっているから、

梅漬の種が真《まっ》赤《か》ぞ甲斐の冬　飯《いい》田《だ》龍《りゅう》太《た》

昭和五十二年作。甲州野《や》梅《ばい》の梅漬であろう。飯田家で自家用に漬けるのである。桶《おけ》に漬けこんだ真っ赤な梅干を、ちょいとつまんで口に入れてみたのか。その酸味が身に入《し》み、口から取り出した種が肉に劣らず真っ赤で、身に入みるのだ。それこそ「甲斐の冬」のシンボルと言いたげに――。

一物をそのものずばりに言い放して、他の景物にいささかも心をわずらわされない、凝念の句が龍太氏には眼につく。「人参のくれなゐも夏去りしいろ」「存念のいろ定まれる山の柿」（共に『今昔』）。

一輪の薔《ば》薇《ら》の端《つま》紅《べに》冬となりぬ　大谷《おおたに》碧雲居《へきうんきょ》

中七に休止がある。一輪だけ咲き残った薔薇の花弁のはじに、紅がさしているのを、爪《つま》紅《べに》に見立てた。色彩の乏しくなった冬庭の紅一点で、そこに何か、冬となった実感があった。

白湯《さゆ》一《いち》椀《わん》しみじみと冬来たりけり　草間《くさま》時彦《ときひこ》

『桜山』より。ふきながらしみじみと味わう白湯一椀のうまさ。蕪村が「白湯かぐはしき施薬院」と詠んだのは、秋立つ日であった。

明《あ》け六《む》つも暮れ六つも鐘冬に入る　角川《かどかわ》春樹《はるき》

『補陀落の径』「百戸の燭」より。加賀白山麓《はくさんろく》、白峰村での作。六つは、午前六時と午後六時頃。朝夕の鐘が、時刻を知らせる。紬《つむぎ》の里、古びた村の、毎日の単調なりわいに心を寄せた。

峠見ゆ十一月のむなしさに　細見綾子

昭和二十一年作。この句『句歌歳時記』に私解がある。「〈十一月のむなしさに〉と、大胆に言ってのけた。理由のない心の空虚感。それは雲一つない、小春日和《こはるびより》の〈太虚〉に通じる。澄みわたった青空に、一つの峠を鮮かに浮び上らせる。山でも峰でもなく、人の通う道がずっと続いている〈峠〉に、作者の心が通うのである」。

これ以上贅語《ぜいご》を要せぬが、この景気の句から、私はこの句の人肌ほどのぬくもりを、感じ取ろうとして書いたのだった。

何に此《この》師《し》走《はす》の市にゆくからす　　松《まつ》尾《お》芭《ば》蕉《しょう》

元禄二年（一六八九）歳末、近江《おうみ》膳《ぜ》所《ぜ》での句。『赤冊子《あかぞうし》』に「此句、師のいはく、五文字のいきごみに有となり」とある。冒頭、主題の中心に切りこんだ勢いの烈しさがある。表現の一本に通った勢いが、結句「からす」まで持続している。芭蕉は元来、賑《にぎ》やかな場所が嫌いではない。この句も、初めて年を越す膳所の町の雑踏の方へ、心は引き寄せられている。「何に此」と、烏《からす》を咎《とが》めるような口吻《くちぶり》で、実は顧みて自分のことを言っているのだ。一直線に年の市をさして飛んで行く烏への、羨望《せんぼう》さえ感じられる。あの貪欲《どんよく》な烏と同じように、飛んで行きたくて浮かれている自分の気持を、「何故？」「何を好んで？」と、自分でいぶかり、自分に問いかけているのである。

水《すい》仙《せん》にたまる師《し》走《はす》の埃《ほこり》かな　　高《たか》井《い》几《き》董《とう》

水仙は早春酷寒の候に開花し、花弁は白、花冠は黄色で匂《にお》いがよく、姿は清楚《せいそ》である。和歌や連歌には詠まれず、俳諧になってからさかんに詠まれる。冬の季。この句は、みずみずしい水仙の花に、師走の埃がたまったところを見ている。慌《あわ》ただしい十二月にふさわしい発句で、市井の人たちの生活がうかがわれる。

小傾城《こけいせい》行《ゆ》きてなぶらんとしの昏《くれ》　榎本《えのもと》其角《きかく》

『雑談集《ぞうだんしゅう》』に「世の中をいとふまでこそかたからめ」と詞書がある。『新古今集』「羇旅《きりょ》歌」に、

天王寺へ詣でけるに、俄に雨のふりければ、江口に宿を借りけるに、貸し侍らざりければ、よみ侍りける

世の中を厭ふまでこそ難からめ仮のやどりを惜しむ君かな

返し

世を厭ふ人とし聞けば仮の宿に心止むなと思ふばかりぞ

この西行説話は『撰集抄』にも載せられ、謡曲にも作られているが、謡曲『江口』に、「小傾城どもになぶられて」云々とある文句を、其角は句に流用した。遊里に出かけて、幼い禿《かむろ》を少しからかって来ようかと、年の暮の忙しさからはみ出した閑人の所在なさから、つい口にした台詞《せりふ》である。「なぶられて」を「なぶらん」と転じたところが磊落《らいらく》。其角らしい句として、この句を撰んだ。

うつくしや年暮れきりし夜の空　小林《こばやし》一茶《いっさ》

年の暮とは、十二月になってからを言うが、また十二月も押しつまってからをも言う。

この句は「年暮れきりし」であるから、まさに大晦日《おおみそか》のことであろうか。すでに日も無くなり、じたばたしてもどうしようもない、いわば追いつめられた心境になると、歳晩の空が美しく感じられるという韜晦《とうかい》である。

逝《ゆ》く年の人のあゆまぬ闇に入る　角《かど》川《かわ》源《げん》義《よし》

「逝く年の」で小休止。夜ふけて、人っ子ひとり通らない闇の道を、歩いている。師走の作者の、ある時の、ふとした所感。

一月の川一月の谷の中　飯田龍太

昭和四十四年作。この年「俳句」二月号に、「明るい谷間」と題する三十句の冒頭に置かれた句。この句を最初に高く評価したのは、中村苑子（『俳句研究』同年二月号）であったという。「かがやくような作品が光りを競いあったなかでも、特に抽《ぬ》きんでて格が高く、句柄が悠然としたたたずまいをみせている」。また、「句意も、そこに現出する実景も、口を噤《つぐ》んでなにも語らず、表現以外の連想をきびしく拒んでいる句である」。

だが、私は別に、波郷の「琅玕《ろうかん》や一月沼の横たはり」を思い出した。「一月の川」「一月の谷」という措辞には、波郷の「一月の沼」が暗黙のうちに翳《かげ》を落してはいないかと臆《おく》測《そく》するのである。先人と後人との間には、このような黙契がおのずと生じていることがしばしばだ。波郷のこの句だって、実は抽象的意図を深く潜めているのである。

具体的には、この川は山廬《さんろ》の裏を流れている狐川《きつねがわ》である。かつては山女《やまめ》も棲息した渓流だが、その後河川改修が進み、野面積《のづらづ》みが切石ブロック積みとなり、昔の面影はない。作者は「幼時から馴染んだ川に対して、自分の力量をこえた何かが宿しえた」（「自句自解」）という。それは作者自身、思惟を超えた境に得た句だった。それだからこそ、具象抽象の差別を超えて、読む者の魂を摑《つか》むのである。根底には、移りゆく故郷の山河に対する深い嘆きがある。

きびきびと万物《ばんぶつ》寒に入りにけり　富安《とみやす》風生《ふうせい》

「寒といふ恐ろしきものに身構へぬ」「大寒と敵《かたき》のごとくむかひたり」などという作品もある。よほどの寒がりであろう。一つ年を取るということは、一つ寒を送迎することだ。自然の万象も、座右の品々も、これから寒にはいろうとする構えの中にある。何か悽愴《せいそう》の感がある。もちろん誇張だが、作者自身がけなげな覚悟のほどを決めているのだから、万物はその主観を反映するのである。

鍋《なべ》蓋《ぶた》の縁《へり》より煮《に》立《た》つ寒の入　松《まつ》本《もと》旭《あさひ》

『長江』より。寒中の食物は、鍋物が最高。鍋蓋の縁からつゆが沸騰してくる。楽しい夕《ゆう》餉《げ》につどう人たちの喜び。

から鮭《さけ》も空《くう》也《や》の痩《やせ》も寒《かん》の内　　松尾芭蕉

元禄三年（一六九〇）暮の作。ずいぶん変った句である。いや、むしろ新しい句である。一句によって描き出された具体的な情景が、ここにはない。これは一幅の抽象画だ。三つの「もの」を、テニヲハでつないでいる。それで一つの気持が、一本、縦に通っているから不思議だ。芭蕉はこの句について、「心の味《あぢは》ひを云ひとらんと、数日はらわたをしぼる」と言ったと伝える。観想のなかで、三つの「もの」をつなぎ、それを「心の味ひ」で統一し、構成したといった句だ。そのような構成された風景は、芭蕉の心の中にしかない。統一する情緒が、「心の味ひ」なのである。

「から鮭」なんて言っても、今どき私たちは、目にしたことも、口にしたこともない。知っているのは、塩じゃけの方だ。棒鱈《ぼうだら》なら知っているが、あんなふうに鮭をこちこちに乾かしたものか。「空也の痩」も、京都人しか知らない、寒中の鉢叩《はちたた》きの印象から来ている。その二つが、「寒の内」という季節の詞《ことば》に結合する。それらをつなぐ「心の味ひ」は、「冷え」「やせ」「からび」といった中世的な芸術理念だ。そのような古い理念が、実に新しい、誰も真似手《まねて》のない、一つの境地をうち出している。芭蕉の句の中で、最も「重み」を持った作品の一つである。

大寒《たいかん》の一戸もかくれなき故郷《こきやう》　飯田龍太

昭和二十九年作。作者の一文によれば、「決して上品な趣味とはいえないが、私は立小便が大好きである。田舎住いのよろしさは何だ、と聞かれたら、誰はばかることなく自由にソレが出来ることだと即答したい。特に寒気リンレッたる今日この頃、新雪をいただく南アルプス連峰を眺めながら、自然の摂理に従う。この気分は極楽のおもいである。これもそんな折の一句」（季節の窓）。

この一文に関聯《かんれん》して、私は龍太氏の「自作ノート」（現代俳句全集、一）の次のような引用文を思い出す。「二十年ほど前、ある会の席上、亡くなった石川桂郎氏がオエラ方の挨《あい》拶《さつ》を黙って聞いていると、飯田龍太は蛇笏と同じように、こころならずも甲州の山の中へ帰った、気の毒だ深刻だ——なに云ってやんでえ。そんなの、みんな嘘《うそ》っぱちだ。俺はちゃんと証拠をにぎってるんだ。龍太を図書館に訪ね、いっしょに山廬へ行ったことがあるんだが、バスから降りたら『桂郎さん、ここで立小便しよう。南アルプスを眺めながら立小便するのはいい気分だよ。天下をとったような気持になるよ』といいやがる。いやいやながら田舎に引込んで、こんなセリフが吐けるもんか」。

こういう句の批評を試みようと思うなら、無芸のようながら、相手のインキ壺《つぼ》から汲《く》み上げて筆を執るより仕様がない。これは龍太氏が、小黒坂の百戸の聚落を見下ろしながら、浮んだ感慨を句にしたものだ。「落葉しつくした峡村の一戸一戸がさだかであるばかりではない、こんな日には、数里離れた釜無川の清流まで鋼の帯となってきらめくのが見える」（自句自解）。

はせを翁の病床に侍りて

うづくまる薬《くすり》の下の寒さ哉　内藤《ないとう》丈草《じようそう》

『去来抄』に「先師、難波《なには》の病床に、人々に夜伽《よとぎ》の句をすすめて、今日より我が死期《しご》(後）の句なり、一字の相談を加ふべからず、となり。さまざまの吟ども多く侍りけれども、たゞ此一句のみ、丈草出来たり、とのたまふ」とある。師の臨終直前に、「出来たり」と賞讃されたのは、丈草ひとりである。去来は「かゝる時は、かゝる情こそ動かめ。興を催し、景をさぐるいとまあらじとは、此時こそおもひ知り侍りける」とある。芥川龍之介はこの時のことにより、小説『枯野抄』を作っている。

去来の言うように、いろいろ景を探り、作為の方途《ほうと》をつくす暇はないわけで、日々心を充たしていたものの工夫が、こういう非常の際には、ごく自然にほとばしり出るのだ。日常の作為のはて、自分より大きなものに心を委ねてしまった無心の中に、芸術の真諦《しんたい》を見るのが、「造化に随ひ、造化に還る」（笈《おい》の小文《こぶみ》）という言葉の意味であった。そのような、個を超えた真実を、丈草のこの一句に見ることが出来る。

奥底の知れぬ寒さや海の音　　遊女哥川《かせん》

遊女の教養として、俳諧をたしなむ者は多かったが、そのうち最もきこえ、作品も多く伝わるのは、越前三国の遊女哥川であろう。加賀の千代女よりやや若く、千代女ともつきあいがあった。

この句は、哥川の句中最も知られたもの。三国に近く、東尋坊《とうじんぼう》の奇巌《きがん》もあり、日本海の荒浪に向かって絶壁をなしている。冬ここで海の音を聴いていると、そぞろ鳥膚《とりはだ》たつ思いである。もちろんこの句は東尋坊を詠んだ句と決めることは出来ないが、外にも越前岬その他、怒濤《どとう》が巌にぶつかって、すごい波音を奏でるところが多い。巌にぶつかった波が、泡状の珠をなして舞い散り、波の花と言っている。そのような越前の冬の風土色を詠んで、端的に「奥底の知れぬ寒さ」と言ったのは、凡でない。

さむきわが影とゆき逢《あ》ふ街の角　　加藤《かとう》楸邨《しゅうそん》

同じような発想の句に、「はたとわが妻とゆき逢ふ秋の暮」「老婆過ぎ街角にふと秋の暮」などがある。「さむき、わが、影と」という表現は、ぼそりぼそりと一語ずつ言い淀《よど》んだような稚拙《ちせつ》さがあり、その表現上の渋滞感がこの場合かえって効果をあげている。いかにも寒むざむと首を縮めて歩いている者のつぶやきのような感じがあり、ふとした小さな驚きを的確につかみ出している。

しんしんと寒さがたのし歩みゆく　星野《ほしの》立子《たつこ》

これも単純な俳句だが、こもっている主情は、凡庸ではない。虚子は「純粋な情感の天地に住まっている立子の句は自然が柔らかくその懐にとけ込んでくるように感ずる」と言っている。こういう単純、素朴なようで、やわらかい女性的な情懐をつつんだ句を見て、虚子などもハッとすることがあるのだろうと思う。この句の五七でいったん切れて、最後に「歩みゆく」とポッンと置いたような叙法も、立子の独擅場《どくせんじょう》で、そういえば彼女の初期の句で、「風うけて蘆の枯葉や流れゆく」というのも、同じような言い方である。普通ならこういう場合、結びの五文字には何かゴタゴタと配合物を持ってきたくなるところだ。そういう場合、立子はあまり欲ばらず、こだわらずに、あわあわと、さりげなく心情を叙してしまう。彼女の素質のよさを物語るものである。

くれなゐの色を見てゐる寒さかな　細見綾子

こんな俳句にもならないようなことを、さりげなく言ってのけるところに、この作者の大胆さと感受性のみずみずしさとがある。ふつう青や藍《あい》は寒色だが、赤や紅は暖色、いや、熱色ともいうべき色である。だが、作者は、紅の色にじっと見入って「寒さかな」とつぶやく。「くれのある」は底に藍を含んだ奥深い色なのだ。赤よりいっそう鮮烈で、心頭を滅却して見つめると、背筋を戦慄《せんりつ》に似たものが走る。具体的に花とも布《きれ》とも、紅《べに》とも言わない。形が消え去り、ただ「色」を見ているのである。色がさむざむとした深淵となる。

鯛《たひ》は美のおこぜは醜の寒さかな　鈴木《すずき》真砂女《まさじょ》

『夕蛍』より。磊落《らいらく》で、一寸《ちょっと》面白い句。ことに作者が小料理屋で庖丁《ほうちょう》を握っているひとなので。読者は、寒い季節の白味の魚、鯛とおこぜのうまさを、舌に思い出すがよい。

鱒《ます》鮓《ずし》や寒さのもどる星のいろ　古《ふる》舘《たち》曹《そう》人《じん》

『樹下石上』より。富山名産のますずしか。冴《さ》えかえる季節の、冷たい感触。しみじみとしたサーモン・ピンクと、寒空の星の色とが、通い合う。

寒《かん》波《ぱ》来《く》るや山脈玻《は》璃《り》の如く澄む　内《ない》藤《とう》吐《と》天《てん》

寒波が言われるようになったのは新しいから、寒波の句はまだ多くない。季節風ではなく、北極圏の氷大陸から寄せてくる冷気塊だから、気温の降下が激しい。からりと晴れた日で、遠い山脈の雪が、ひとしお寒気に澄み輝いているものである。「ヤマナミ」でなく、「サンミャク」とよむのであろう。

うつし身の寒極《かんきは》まりし笑ひ声　岡本《おかもと》眸《ひとみ》

笑い声に、寒の極みを聴き取った。「うつし身の」と置いたのが、さりげないようで、よく選択されている。

短日《たんじつ》の気《き》息《そく》のままに暮しけり　阿部《あべ》みどり女《じょ》

『月下美人』より。「気息」は呼吸だが、「短日の、気息のままに」というと、老人または病者の、如何《いか》にも弱々しげな息づかいが想像される。作者の日常を、ずばりと言い切った表現。

とくさまっすぐな冬の深さよ　室生《むろう》犀《さい》星《せい》

如何《いか》にも詩人らしい破調の句。これも「とくさまっすぐな、冬の深さよ」の、切れるようでつながっている叙法がデリケートだ。まっすぐに突っ立つ一むらの木賊《とくさ》、その指し示す彼方に、深い色の冬空がある。余計なもの一切を拒んだ、そのきびきびした姿そのものが、冬の深さなのである。

春を待つ何も挿《さ》さざる壺《つぼ》円《まる》く　菖蒲《しょうぶ》あや

『菖蒲あや集』より。「何も挿さない壺」に、興を発した。「春待つ姿」であるが、べつに、花を待つというわけではない。

石垣に影のゆきかひ春隣り　川崎《かわさき》展宏《てんこう》

『観音』より。「春隣り」は、文字通り冬の終りのこと。春への期待をうちに含む言葉。石垣に人の行き交う影がうつる。その上、中旬に、触れるというほどでなく、季節感の行き交いを、微妙に感じ取っている。

大仏の冬日は山に移りけり　星野立子

立子の住居は鎌倉だから、この「大仏」は長谷《はせ》の大仏であろう。露坐《ろざ》の大仏と言われているように、直接大仏に日が当たるのである。今まで日が大仏にあたっていたのが、夕刻になるに従って影になり、うしろの山を照らしているのだ。俳句の特殊な文法として、初五の「の」に小休止を置いて下へつづく叙法があるが、この場合は休止を置かないで「大仏の冬日は山に」と、なだらかに叙したものである。それだけに俳句的な「ひねり」はなく、単純な表現だが、淡々としたなかに、大づかみにうまく大景を捕えている。

行く馬の背の冬日《ふゆひ》差《ざし》はこばるゝ　中村草田男

昭和十八年作。『来し方行方』より。ぽかぽかと冬日ざしを馬の背に受けているのを、「はこばるゝ」と言ったのは巧みというほかない。『甲子吟行』の芭蕉の句に「行く駒《こま》の麦になぐさむやどりかな」というのがある。いずれも和《な》やかな感銘がある。馬の歩みによって、暖かさそのものも運ばれてゆく思いがするのである。

冬晴をすひたきかなや精一杯　　川端《かわばた》茅舎《ぼうしゃ》

「心身脱落抄」と題した五句の最後の句。「そと咳くも且つ脱落す身の組織」「冬晴を我が肺は早吸ひ兼ねつ」「冬晴をまじまじ呼吸困難子」「冬晴を肩身にかけてすひをりしか」に続いている。ここにはもう技巧も見栄もない。ぎりぎりの希《ねが》いをそのまままつぶやくように吐露しているだけだ。しかもこの瀕死《ひんし》の希いに、微笑を浮べられるのは、俳諧の功徳《くどく》と言うべきだろうか。

冬《ふゆ》晴《ばれ》の青《あを》潮《しほ》もよし石《つ》蕗《は》もよし　　中《なか》村《むら》三《さん》山《ざん》

『中村三山遺句集』より。往年の新興俳句の旗手。「京大俳句」事件以後、句を廃し、これが初めての句集。これは急角度に作風を変えた直前の作。空と海の青に、一点の黄を点じて、一抹の新鮮さがある。

冬麗《とうれい》の微《み》塵《じん》となりて去らんとす　相馬《そうま》遷子《せんし》

作者は昭和五十二年一月に死去した。最後の日の吟という。気持の切迫が見られる。「冬麗」という異様な詠みは、俳句作者の時に試みることである。

芭蕉翁送別

木《こ》がらしの吹《ふき》行《ゆく》うしろすがた哉　服部《はっとり》嵐《らん》雪《せつ》

貞享四年（一六八七）十月、芭蕉が『笈《おい》の小文《こぶみ》』の旅に立った時の送別吟。芭蕉の文には、「神無月の初、空定めなきけしき、身は風葉《ふうえふ》の行末《ゆくすゑ》なき心地して」とあって、「旅人と我名《わがな》よばれん初しぐれ　芭蕉」（笈の小文）の留別吟《りゆうべつぎん》を作っている。深川木場の其角《きかく》宅での吟で、嵐雪のこの句も、芭蕉が「旧友、親疎《しんそ》、門人等、あるいは詩歌文章をもて訪《とぶら》ひ、我は草鞋《わらぢ》の料を包て志を見《あらは》す」とある中の餞別吟《せんべつぎん》であろう。

昔の旅立ちというと、ある心細さが伴い、その情が「木がらし」と言い、「うしろすがた」と言わせるのである。「木がらし」も「時雨」も初冬の季物であるが、とくに作者が「木がらし」と言ったのには、『野ざらし紀行』の時の、「狂句《きやうく》こがらしの身は竹斎《ちくさい》に似たる哉　芭蕉」（冬の日）の一句が、心にあったのかも知れない。

凩《こがらし》の果はありけり海の音　　池西《いけにし》言水《ごんすい》

言水の句の中で最も人にくちずさまれ、そのため彼は「凩の言水」という異名を取った。きびしい冬の到来を告げる凩の行く果てに、遠い海鳴りの音を聴き取った。野山を吹き、甍《いらか》を吹き、木々の葉を落しながら吹きすさんだ凩は、何も吹くもののない海上に出て、海の音と化したというのだ。山口誓子に「海に出て木枯帰るところなし」という句があり、これもすぐれているが、「あり」と「なし」の違いに、二句の発想の違いが見えて面白い。

木がらしや目《め》刺《ざし》にのこる海のいろ　　芥川《あくたがわ》龍之介《りゅうのすけ》

大正七年作。凩は彼の好んだ句材であった。「凩にひろげて白し小風呂敷」「胸中の凩咳となりにけり（三汀の病を問ふ我亦時に病床にあり）」「凩のうみ吹きなげるたまゆらや」「凩や大葬ひの町を練る」など。この句はやはり彼の愛好した言水の句「凩の果はありけり海の音」が意識下にあったのではないかと思う。もちろん感覚はずっと近代的で、鋭くなっている。凩の候は新目刺の出初めるころであり、鮮やかな目刺の膚の青さに、したたるような深い海の色を感じ取ったのである。句の形としては古典的なオーソドックスであるが、「目刺にのこる海の色」は鋭い把握《はあく》である。

作者自讃の句とみえ、大正八年小島政二郎宛の書簡にも書き添えているし、同十一年真野友二郎宛には「長崎より目刺をおくり来れる人に」と前書をつけている。

海に出て木枯《こがらし》帰るところなし　山口《やまぐち》誓子《せいし》

昭和十九年作。すぐ思い浮べられる句は、池西言水の「凩の果はありけり海の音」であろう。私は言水の句を小主観の小理屈とは思わない。木枯の行く果てに遠い海鳴りの音を聴き取り、木枯の変質した姿を感じ取っているのだ。「果てはありけり」と「帰るところなし」という表現はともに観念的であり、時代的な差異を除けば共通した感じを持っている。ただし「あり」というとらえ方と「なし」というとらえ方とは反対の極に立っていると言ってみれば、誓子のほうがイロニックなのだ。言水の木枯は変貌《へんぼう》するが、誓子の木枯は消え去るのである。野を吹き木の葉を落しながら吹きすさんで行った木枯は、何も吹くもののない海上に出て消え失せるのである。木枯を擬人化することによって、自然現象の上にも己れの存在の虚無の投影を見ようとするのだ。当たり前の現象がこの作者の頭を通ることによって、たちまち一つの驚異となるのである。

こがらしのこゑ渺茫《べうばう》と山河あり　杉山《すぎやま》岳陽《がくよう》

木枯の声の中、遠くはるかに、山河がかがやいて在る。山好きの作者の、心の中に生きている風景。

獄《ご》門《もん》を出て北風に背《せ》を押さる　秋元《あきもと》不死男《ふじお》

「昭和十八年二月十日夜、迎へにきたる妻とわが家へ帰る」十四句の一。「獄門」は昔の晒首《さらしくび》を聯想《れんそう》させるから、他に言い方がないかと思うが、とにかく丸二年の拘置生活を終えて、保釈出獄した日の吟である。歓《よろこ》びの表情はなく、北風に背を押されるようにして、娑《しゃ》婆《ば》苦《く》の世界へ出てきたという感じだ。とぼとぼとした、元気のない歩みぶりだ。拘置されて職を失った者の、明日からのきびしい生活に直面した表情がある。

虎落《もがり》笛《ぶえ》こぼるるばかり星乾《かは》き　鷹《たか》羽《は》狩《しゅ》行《ぎょう》

冬の烈風が竹垣・矢来などを吹き通るとき、笛のような音を出すのをモガリ笛という。空っ風の吹く夜空が、こぼれるばかりに星をちりばめて美しい。

旅《たび》人《びと》と我《わが》名《な》よばれん初しぐれ　松尾芭蕉

貞享四年(一六八七)十月十一日、帰郷する芭蕉の餞別会《せんべつかい》が、其角《きかく》邸で催され、十吟四十四《よよし》の発句として詠まれた。紀行の前文は、「神無月《かんなづき》の初《はじめ》、空《そら》定めなきけしき、身は風葉《ふうえふ》の行末なき心地して」となっている。

三年前の野ざらしの旅の折の、悲壮な決意と違って、この旅立ちの句は、心の余裕がうかがわれる。西行《さいぎょう》、宗祇《そうぎ》の風雅をしたう芭蕉は、旅人の境涯を何時《いつ》も心に描いていた。そして時雨は、無常迅速なるものの譬《たと》えであり、人生の旅人である芭蕉の心の色であった。「旅人と我名よばれん」には、旅立とうとする芭蕉の心のきおいが感じられる。能の廻国《かいこく》の行脚僧《あんぎゃそう》の姿を自分に擬している気味合いがあり、句の姿そのものからも、芭蕉の心躍《こころおど》りが感得できる。この世は仮の宿であり、人生は旅であるという考えが、中世の乱世の時代に漂泊に身を送った人たちにはあった。

鳶《とび》の羽《は》も刷《かいつくろひ》ぬはつしぐれ　向井《むかい》去来《きょらい》

『猿蓑』初時雨の歌仙の発句に立てられた。芭蕉感銘《かんめい》の句と思われる。「刷」をカイツクロフと訓《よ》むのは、『和漢朗詠集』に先例がある。もともと他動詞だが、自動詞的に使った。初時雨がさっと通り過ぎて、高い樹の枝にとまっていた一羽の鳶の羽も濡《ぬ》れて、自然に、羽を嘴《くちばし》で羽づくろいしたような、引き緊《しま》った形になったのである。初時雨には褒美《ほうび》の心があり、風韻の高い寂色《さびいろ》の水墨画のようなこの句の趣に、一抹の艶《えん》を点じている。

初《はつ》時雨《しぐれ》真昼の道をぬらしけり　吉分《よしわけ》大魯《たいろ》

作者は蕪村の高弟。蕪村門では一番ひらめきを持った作者。「真昼の道」と言ったところに、なかなか近代的な感覚が光る。

しぐるゝや田のあらかぶの黒《くろ》む程《ほど》　松尾芭蕉

元禄三年（一六九〇）、芭蕉は九月二十八日に粟津《あわづ》の無名庵を出て、伊賀へ向かった。詞書「旧里《ふるさと》の道すがら」は、その道中であることを示している。「あらかぶ（新株）」は、刈ったばかりの稲の切株である。その新株が黒くなってくるほど、時雨がしとしとと降っているのである。京都あたりの時雨と違って、ぱらぱらと降って去ってゆくような時雨でなく、蕭条《しょうじょう》と降る伊賀の冬田の風土色を捉えている。さびのきいた句である。

時雨《しぐ》るゝや黒木《くろき》つむ家の窓あかり　野沢《のざわ》凡兆《ぼんちょう》

「黒木」は八瀬《やせ》・大原《おおはら》あたりから京へ売りに来た薪《たきぎ》で、麁朶《そだ》を蒸し、黒く燻《いぶ》したもの。その黒木を冬の用意として軒近く積み上げた間から、窓あかりが薄明るくさし、さむざむと侘《わび》しく時雨が降っている、というのである。

『猿蓑』冒頭には、芭蕉の「初しぐれ猿も小蓑をほしげ也」の句を始め、一門から徴《ちょう》した時雨の句が十三句並んでいるが、「時雨」はこの集の「美目《びもく》」（眉目）との抱負から言えば、この句など芭蕉の句に次いで、和歌とは違った「時雨」の新境地を開いた句と言えよう。

時雨《しぐれ》ふる磐城《いはき》ぞ琵琶《びは》の弾《ひ》きがたり　佐藤《さとう》鬼房《おにふさ》

磐城は福島県の東半。いま、いわき市がある。作者は旅の宿で、盲人の弾きがたりを聴いたのか。東北だから、時雨といっても、鄙《ひな》びた、侘《わび》しい、蕭条《しょうじょう》と降る寒雨である。

いざ子ども走り歩かん玉霰《たまあられ》　松尾芭蕉

霰と言えば、雪あられのこと。雪の結晶に雲の微水滴がたくさんついてできたもの。気温が氷点に近い時で、早朝や夕刻に多い。「玉霰」はその美称。霰のいっせいにた走る道《ばし》を、子供らを促して走ろうとする場面が詠まれる。霰のはねる音に、心の弾むものを感じ取ったからである。

下《しも》京《ぎやう》や雪つむ上の夜の雨　野沢凡兆

『去来抄』の挿話《そうわ》によって、この句は名高い。「この句、初めに冠《かむり》なし。先師をはじめいろいろと置き侍りて、この冠に極《きは》め給ふ。凡兆、あとこたへて、いまだ落ちつかず。先師曰く、兆、汝手柄《なんぢ》にこの冠を置くべし。もしまさる物あらば、我二度《ふたたび》俳諧《はいかい》をいふべからず、となり」。芭蕉の自信の程を思わせる挿話だ。

「下京」は京の三条通以南で、取りすました上流階級の住宅の多い上京に対して、下京は町家の多い、庶民的雰囲気のただよう地域だ。それが、「雪つむ上の夜の雨」という、冬の侘《わび》しい気象現象に、やんわりとしたフレームをかけて、一句の親しさを増すのだが、輪郭の線のはっきりした客観句を好む凡兆には、やや情緒過多と思われたかも知れない。だが、この冠によって、これが京の風土、人情の融け合った、渾然《こんぜん》たる俳諧世界を作り出していることも事実だろう。その境地は、あるいは凡兆には過ぎた世界というべきかも知れない。師の手の加わった一句ながら、『猿蓑』を代表する秀逸の作。

美しき日和《ひより》になりぬ雪の上　炭《たん》太《たい》祇《ぎ》

晴れわたった銀世界の美しさを、ずばりと言い切った。そこに余計な言葉は一つもなく、読む者も一言の付け加える余地もない。淡々とした自足の秀吟。

僧は敲《たた》く月ならねども雪の門　横《よこ》井《い》也《や》有《ゆう》

「僧は敲く」は、唐の詩人賈島《かとう》の故事から出た。あるとき道を歩きながら、「僧敲月下門」と「僧推月下門」と、二句のうち何れを取るべきかに迷い、夢中になって時の権知事韓愈の儀衛に衝突して引き立てられた。そして愈の意見で「敲」の字に決したと言い、これが「推敲」の熟語の起りである。その「月の門」ならぬ「雪の門」を敲いたと俳諧化したのである。作者はこのような軽妙な滑稽味《こっけいみ》に長じていた。

是《これ》がまあつひの栖《すみか》か雪五尺　小林一茶

「十二月廿四日柏原《かしはばら》に入る」と詞書。十四歳のとき離郷した一茶が、父の死後、弟の仙六とのあいだにみにくい遺産争いをやり、ふたたび離れまいという覚悟で郷里柏原（黒姫）に乗り込んだのは、文化九年（一八一二）五十歳の年の十二月二十四日だった。当分は借家住いながら、この雪深い故郷を、自分の終焉《しゅうえん》の地として心に決めた感慨が、この句である。五尺も雪が降り積るようなその底に、自分の身を託すべき「ついの栖」があった。きびしい雪国でも、故郷と言えばそれだけの心の安らぎがあるのだ。

いくたびも雪の深さを尋ねけり　正岡《まさおか》子規《しき》

明治二十九年作。「病中雪」と前書した四句連作の一で、「雪ふるよ障子の穴を見てあれば」「雪の家に寝てゐると思ふばかりにて」「障子明けよ上野の雪を一目見ん」が同時の作であり、この句は第二句めに当たる。

病中の子規の境涯《きょうがい》のにじみ出ている句である。不治という自覚はあったとしても、病気はまだ中期であって、諦念《ていねん》には達するまでにいたらず、起きて外の風景を眺《なが》められないもどかしさもあったであろう。「障子の穴」から雪の降るさまはちらちら見えるのだが、家人の言葉から想像してもよほどの大雪らしい。何度も雪の深さを家人にしつこく尋ねるのである。そしてそのたびに深さを増す積雪量を想像し、わずかに心をなぐさめている。

おそらく子規は、少年のころ物指で雪の深さを量って打ち興じたりしたことを、病床で思い出したのであろう。遠いところから降ってくるこの美しい「使者」は、何か少年時代への郷愁を喚《よ》び起すようなものを持っているのだ。「降る雪や明治は遠くなりにけり」(草田男)「外套《がいとう》の裏は緋なりき明治の雪」(青邨)などは、明らかに少年時代への思慕に裏づけられているし、「限りなく降る雪何をもたらすや」(三鬼)「力なく降る雪なればなぐさまず」(波郷)などは、何かはるかなものへの郷愁とも言うべき気持が揺曳《ようえい》している。

病気の子規の気持は、言わば少年の愚に還《かえ》っているのである。刻々と降り積る雪に、少年のように子規の心は逸《はや》るのである。「いくたびも」と言い、「尋ねけり」と言ったところに、それははっきり表現されている。その心逸りを、病人の気短さからじっと押えていることができない。それが雪の深さについての幾度もの質問となって現れる。もちろん看病や家事に忙しい母や妹は、こんな他愛ないことにかかずらっていられるはずがない。だが、仕方がないとこぼしながらも、一々病人に報告していたのだろう。そういう子規と家族たちとのユーモラスな情景も浮んでくる。だが、子規の気持はユーモラスどころではない。このような一見無意味なことに執着せざるをえないところの充たされない心の翳《かげ》が、ちらとこの句には顔を出しているのである。

日常生活の一記録としての淡々たる表現でありながら、このような病床吟に、子規はもはや芭蕉でも蕪村でもない独特の詩境を開いて行ったのである。「死は近づきぬ。文学はようやく佳境に入らんとす」との嘆きがあったのだ。明治二十九年という年は、日本派の俳句において、虚子や碧梧桐《へきごとう》をはじめ一飛躍のあった年であり、子規個人について言っても、二十六年に『蕪村句集』を発見して以来、意識的に蕪村調を模していた作風が、ようやく個性的な表現を獲得するにいたった年であった。もちろん多作家の彼のことであるから、蕪村模倣の句も並行して数多く存在するが、その中にこの句のような独特の吟詠が散見するのである。

雪に来て美《み》事《ごと》な鳥のだまり居《ゐ》る　原《はら》　石《せき》鼎《てい》

昭和九年作。最晩年の句に、「黄鶲《きびたき》が出れば緋鶲雪の上」というのがあるが、こういう一見無造作の句には、やはり作者の「童心」とも言うべきものが現れているようである。「美事な」という形容も「だまり居る」という打ち止めも、あまりにも明けっぴろげな稚《ち》拙《せつ》さである。このような稚拙な用語を『ホトトギス』の星野立子・池内友次郎・京極杞陽《きよう》などは意識的によく用いるが、石鼎の場合はもっと天真爛漫《てんしんらんまん》である。やはり真似のできない境地だ。

奥《おく》白《しら》根《ね》かの世の雪をかがやかす　前《まえ》田《だ》　普《ふ》羅《ら》

「甲斐の山々」の一句であり、白根三山の遠望である。「かの世の雪をかがやかす」がやはり美しい強い言葉である。概念的な言葉であるが、不思議に生きているのは、やはり強い感動に裏打ちされているからである。こういう句に対して、あまり贅語《ぜいご》を費やしても無駄だ。なお「奥白根」は普羅の造語であって、「奥日光」などという場合に準じて言ったのであろう。

鳥落ちず深雪《みゆき》がかくす飛驒《ひだ》の国　　前田普羅

『飛驒紬』には「鳥飛ぶや」の形で出ている。だが『俳句研究』に発表された時は「鳥落ちず」であって、たいへん感銘した記憶があるし、また『ホトトギス同人句集』(昭和十三年十二月)にもこの形で出ている。してみるとその後推敲《すいこう》されたのであろうが、改悪である。「鳥飛ぶや」ならば、ありふれた雀《すずめ》や鴉《からす》が飛んでいるのでもいっこう構わないわけだ。一句の価値を作者自身必ずしも知っていないことのいい例だ。ことに精神の緊張度の振幅の激しいこの作者などは、よくよくの場合でないかぎり、最初の生々しい感動を尊重したほうがよい。「鳥飛ぶや」でそつのない句とはなったが、それだけのことである。「深雪がかくす」が死んでしまうのだ。

この鳥は飛驒の国を飛びすぎる渡り鳥だ。雪に埋まった飛驒の高地を黙殺して南へ飛んでゆくのである。それを「鳥落ちず」と初五に気魄《きはく》のこもった否定の断定語として置いて、一句に千鈞《せんきん》の重さを加えている。鳥のことを言いながら、雪国飛騨の外見はひっそりと静まりかえった冬の生活のきびしさを言い得ている。この句の調子のきびしさはそれにふさわしいのである。

更《ふ》けゆくや雨降り変はる夜の雪　小沢《おざわ》碧童《へきどう》

「昭和十二年二月一日碧師病歿、通夜」と前書がある。河東碧梧桐が亡くなった通夜の句。時刻の推移と気象現象の変化を言っているだけで、その中に哀悼の意が籠《こも》る。凡兆の「雪積む上の夜の雨」とは反対に降り変ったので、刻々に寒さが加わってくる時間の推移のなかに、師を失った寂しさが深まってくるのだ。

ゆきふるといひしばかりの人しづか　室生犀星

女人に違いない。同座していて、「雪が降り出しました」とばかり言って、後は口数が少ないのである。音もなく降る雪がいっそう辺《あた》りの静かさを増す。そして雪降る中に、匂《にお》うように女人の姿があるのだ。小説の一齣《ひとこま》のような女人図絵である。

しんしんと雪降る空に鳶《とび》の笛　川端茅舎

「鳶の笛」は茅舎が言い出した表現であろうか。ほかに「麗かや松を離るゝ鳶の笛」「灌《くわん》仏《ぶつ》や鳶の子笛を吹きならふ」などの作がある。「鷽《うそ》の琴」「水鶏叩《くひなたた》く」「雉《きじ》のほろろ」などと古来鳥の鳴き声を形容しているが、「鳶の笛」も新造語とは思えぬほど熟している。このような美しい言葉の一つも探し出すということは、やはり詩人の務めであろう。「鳶の笛」などという用語はこれから一般化すると思うが、先人の創意をかりそめに思ってはなるまい。この句、降りしきる雪空に一点鳶の笛を描き出した深い哀愁は余蘊《ようん》がない。

山《やま》鳩《ばと》よみればまはりに雪がふる　　高屋《たかや》窓《そう》秋《しゅう》

窓秋の最傑作は何かと問われたら、この句を挙げるのに躊躇《ちゅうちょ》しない。これは彼の第一句集『白い夏野』（昭和六年〜九年）の中の作品で、彼が『馬酔木』調の最尖端に位置した時代。「山鳩」と名づける四句連作の第三句であり、他は「山鳩のふと鳴くこゑを雪の日に」「鳩たちぬ羽音が耳に冴《さ》えて鳴り」「鳩ゆきぬ雪昏《く》れ羽音よみがへる」である。「山鳩」とは、雉鳩《きじばと》のことだろう。葡萄色《ぶどういろ》をして、「デデッポー、デデッポー」と鳴く鳩である。秋桜子に「山鳩に真間弘法寺は雪を敷く」の作がある。

これは彼の青春の歌声である。彼の青春性を開花せしめたものは、『馬酔木』のリリシズムであるが、彼は当時誰よりも前方を進んでいた。神田秀夫流に言えば、「新興俳句のプロキュオーン」と言ってもよい。この句は全く在来の寂《さび》・栞《しおり》からも、花鳥諷詠《かちょうふうえい》からも、自由な作品であり、十七音のまま短詩の世界へ解消しようという気構えを見せた作品だ。

や・かなに執着した作家たちは、このような清新な「よ」の用法を、まだ一度もしたことはなかった。強《し》いて挙げれば、滝井孝作の「妻よ子よ春日の杜《もり》の冬日和（奈良にきて）」（昭和十年作）というのがやや近いが、これとて窓秋のひたすらなリリシズムに較べれば、非常に生活者的な匂いが強い。窓秋の句は呼びかけでもあり、詠歎《えいたん》でもあり、さらに俳句的な手垢《てあか》のつかない、俳句的表情から自由な、純粋抒情《じゅんすいじょじょう》である。ちらちらする雪の中で一羽の山鳩に呼びかけるのであるが、それ以上声はつづかず、独語となり詠歎となって語尾は、霏々《ひひ》たる雪の中に消えていく。全体としては半ば口語的発想を取り、大胆であり、自由であり、稚拙であり、郷愁があり、何か少年時代の回想に似通った哀感を含んでいる。「山鳩よ」が遠い少年時代を呼び出すと言ってもよい。このような抒情が、これまで俳句に打ち出されたことはなかった。強いて挙げれば蕪村の「花茨《はないばら》故郷の道に似たるかな」がやや似ている。この句も半ば「花茨よ」と呼びかけたげな主情がこもっている。

力なく降る雪なればなぐさまず　石田《いしだ》波《は》郷《きょう》

胸を燃やすような、何か激しいものを求めている者には、力なく降る雪は慰めとはならぬ。この句には、作者の切ない希願がある。生命の叫びがある。これも波郷の言う打《だ》坐《ざ》即《そっ》刻《こく》の歌にほかならぬ。

限りなく降る雪何をもたらすや　西東《さいとう》三鬼《さんき》

「後から後から無限に降りつゞける雪。見ているうちに気が遠くなる。何かが私の心に降って来る。それが何であるか無限に考える私。無限に降る雪」(三鬼百句)。この句はちょっと草田男の「降る雪や明治は遠くなりにけり」に似た感銘がある。降りしきる雪のけ遠くなるような感じを捕えている。中谷宇吉郎は「雪は天からの手紙である」と言った。何か齎《もたら》す——それは倖《しあわ》せであるかもしれない。もちろん「地の果に倖せありと来しが雪」(細谷源二)と言うような、北海道あたりの大雪ではないのである。この句は雪の清浄さそのものに触れた深い詠歎がある。このような句を見ると、三鬼はその即物的・感覚的傾向にさらに何物かが加わったという気がするし、彼の生来の虚無的な性向も深まっている。

人も子をなせり天地も雪ふれり　野見山《のみやま》朱鳥《あすか》

「遺句帖抄」(『全句集』のうち)より。前句と後句と、何も関係なさそうで、つながっている。聖夜のような、雪に清められ、ことほがれての誕生なのか。

衿《えり》干《ほ》して衿のしづくのやうな雪　長谷川《はせがわ》秋子《あきこ》

『鳩吹き』より。干してある衿のしずく。そのしずくのような雪とは、牡丹雪、また綿雪・かたびら雪のような雪であろう。柔らかい情景の感触。

夕影の甘《あま》酸《ず》つぱくて雪のひま　岡本眸

『母系』より。雪のやむまに、しのびよる夕影を、甘酸っぱいと感じ取ったのが面白い。あわい光の中に息づく、作者の呼吸づかいまで感じさせる。

綾《あや》取《とり》の橋が崩れて雪《ゆき》催《もよひ》　佐藤鬼房

『何処へ』より。「橋が崩れて」とは、どきりとさせるが、実は綾取の橋。綾取（糸取）の遊びなど、現代の若者は知っているかどうか。雪催の陰鬱《いんうつ》な日、女の子の室内での遊び。綾取は、二人でも一人でも出来る。

風《かざ》花《はな》のかかりて青き目《め》刺《ざし》買ふ　石《いし》原《はら》舟月《しゆうげつ》

晴天に散らつく雪が風花である。その雪がかかったと言っても、濡《ぬ》らすほどではない。かえって目刺の青さを、鮮やかにきわだたせる。

風花やかなしびふるき山の形《なり》　石《いし》橋《ばし》秀《ひで》野《の》

昭和二十一年作。山陰流寓中、伯耆《ほうき》の末次雨城庵に招かれて訪れた時の作。「船上山麓にて」と前書がある。同時に「雪折の竹裂くるより切通し」「うま酒の伯耆にあれば春寒し」「芹なづな海より暮るゝ国ざかひ」等の作品がある。

「風花」とは晴天にちらつく雪を言うのであるが、少し古風な人からは、日常会話の中でも、「風花が降ってまいりました」などという言葉を聞いて、はっとすることがあるであろう。俳諧《はいかい》では誰でも知っている言葉であろうが、このような言葉を日常会話にきくのは奥床しいものである。彼女には外に「風花や傘に渋刷く小手のさき」の作もある。

船上山は雨城庵から望みることが出来、魁偉《かいい》な山容を持っている。風花のちらつく晴天に、寒々と、やや傾き加減にあたりを威圧してそびえている。「かなしびふるき」とは、もちろん名和長年が隠岐から遷幸された後醍醐天皇を奉戴してこの山に孤立無援のうちに立籠った歴史を回想しているのだ。山容の雄偉さが、遠い悲史の回想を托《たく》すに相応しいのである。

海山の鳥啼《なき》立《たつ》る雪吹《ふぶき》かな　　川合《かわい》乙州《おとくに》

吹雪の中に、海山の鳥が、鷗《かもめ》も鳶《とび》も烏《からす》も、いっせいにけたたましく鳴き立てる。単刀直入に詠み下しただけだが、巧《たくみ》を加えぬ文字通りの景の直叙も、かえって佳《よ》い。

たましひの繭《まゆ》となるまで吹雪《ふぶ》きけり　　斎《さい》藤《とう》玄《げん》

『雁道』より。死に近いころの句。こういう句は、なまじっかな解説の言葉など拒絶してしまう鋭い光がある。虚心に感じ取ってほしい。

寒《かん》雷《らい》や針を咥《くは》へてふり返り　　野見山　朱鳥

寒雷の音に、ふり返った姿の型が、名女方のように、ぴたりと決っている。「針を咥へて」が眼目。

心限《くま》なくぞ覚ゆる冬の山　　椎《しい》本《のもと》才《さい》麿《まろ》

冬山は草木枯れ尽くして寂しく、岩肌などもあらわに見え、また高い雪嶺《せつれい》の遠望などもある。この句も、はからずも冬山を遠望した際のものであろう。自らの心が、翳《かげ》も曇りもないように冴《さ》えわたってくる感じを摑《つか》む。爽《さわ》やかな実感が溢《あふ》れる。

とぢし眼のうらにも山のねむりけり　　木《き》下《のした》夕《ゆう》爾《じ》

「冬山惨淡として眠るが如し」（臥遊録）から、「山眠る」は冬の季語。眼を閉じれば、瞼《まぶた》にうかぶ山もまた眠っている。

薄《うす》目《め》せる山も混りて山眠る　　能《の》村《むら》登《と》四《し》郎《ろう》

『天上華』より。「山眠る」が冬の季題であることを前提として「薄目せる山」と言った。薄目をあけた山も、眠る山々の中に混じっていると、ユーモラスに、軽く言った。この哀歌を主軸とした句集の中に、このような句を混じえているのが面白い。

旅に病《やん》で夢は枯野をかけ廻《めぐ》る　　松尾芭蕉

元禄七年（一六九四）十月八日作。芭蕉は九月二十九日の夜から下痢をおこし、寝ついたが、十月五日に、手狭《てぜま》な之道《しどう》亭から南久太郎町御堂前の花屋仁右衛門方の離れ座敷に移った。八日の夜、介抱に侍《はべ》っていた呑舟（之道の門弟）を召して硯《すずり》をすらせ、この句をしたためた。その後、支考を召して、「なをかけ廻る夢心」と、どちらがよいか、と尋ねたりした。その五文字はどういうのか、と問うこともはばかられて、「旅に病で」が結構だ、と答えた。

旅に病み、夢うつつの中で、彼は枯野をさまよい歩いている自分の姿を見た。五十年の生涯も、言わば枯野の旅のごときものであった。彼は夢においてさえ、何かを求め、歩きつづけている、自分の妄執の深さを見る。何か知らないが、目茶苦茶に駆けめぐっている、思いつめた自分の姿である。死を間近に予期した彼は、枯野の旅人というイメージの中に、象徴的表現を見出す。とくに辞世の句だとは言わなかったが、自分の俳生涯にピリオドを打つつもりで、この句を作ったのは確かだろう。

鷹《たか》の目の枯野《かれの》にすはるあらしかな　内藤丈草

夏の句と冬の句の違いがありながら、「石も木も眼《まなこ》にひかるあつさかな　去来」と、好《こう》一対《いっつい》の詩境である。『淡路島《あわじしま》』に結句「寒さかな」とあるが、「あらしかな」がよく、嵐《あらし》に堪える鷹の姿に、おのずから、寒さに堪える姿は含まれている。炯々《けいけい》ときらめく鷹の目のいさぎよさを、ただ端的に直叙している。

遠《とほ》山《やま》に日の当りたる枯野かな　高浜《たかはま》虚子《きよし》

明治三十三年作、時に虚子は二十六歳であった。

虚子一代の傑作とされているが、何か茫漠《ぼうばく》としてつかみどころのない句である。この句以前の虚子の句は、たとえば、「春雨の衣桁《いかう》に重し恋衣」「蒲団かたぐ人も乗せたり渡舟」「亀《かめ》鳴くや皆愚なる村のもの」「蓑虫《みのむし》の父よと鳴きて母もなし」など、句のおもしろさを誰しもそれと指摘することのできるようなものばかりである。あるいは「怒濤《どとう》岩を嚙《か》む我を神かと朧《おぼろ》の夜」「盗んだる案山子《かかし》の笠に雨急なり」など、今は歴史的意義しか存在しない破調の句である。こういう句はいくらあっても、さして虚子の名を重からしめるものではない。

この句にいたって、虚子ははじめてその本領を発揮した。その意味で、この句は虚子にとって、画期的な意義を持つ。芭蕉でも蕪村でも子規でもない、それこそ虚子の独自の句境である。だが、この句のよさを説き明かすことは至難である。誰しも深く首肯せしめる句でありながら、部分的な措辞の妙所と言うべきものがないし、言ってみれば、パラフレーズを拒むような、不思議な句なのである。言葉づかいは何の奇もない平凡な句である。だが、人はこの平凡な風景句に、何か捨てがたいものを感ずる。「枯野」と「遠山」の取り合わせに、かくべつおもしろみがあるはずもない。すると問題は、この二つの名詞を結ぶ「日の当りたる」という、それ自身として何の妙味もない詩句にあるのだろう。この言葉によって「遠山」が生き、「枯野」が生きるのだ。

満目蕭条《まんもくしょうじょう》たる枯れ野であるが、遠景にぽっかり日の当たった山を置く。同じく枯色ながら、そこだけが太陽の光を受けて、あざやかな姿を見せている。夕景であろうか。寒《さむ》ざむとした冬枯れの景色の中で、日の当たった遠山だけが、なにか心の救い、心の支柱となる。日の当たった遠山によって、枯れ野の全景が生色を取り戻す。遠いかなたの一つの山が、蕭条たる心に灯《ひ》をともす。凡兆風の純客観的な詠みぶりでありながら、凡兆の句のきびしさはなく、むしろほの暖い主観を内にひそめている句である。「ながく〵と川一筋や雪の原」「かさなるや雪のある山只の山」「百舌鳥《もず》なくや入日さし込む女松原」「上行くと下くる雲や秋の天」などの凡兆の句と、比較してみるとよい。

鶏《とり》の嘴《はし》に氷こぼるゝ菜《な》屑《くづ》かな　　加《か》舎《や》白《しら》雄《お》

落ちて凍りついた菜屑を鶏がついばむと、嘴《くちばし》から氷のかけらが光ってこぼれ散る。寒い朝の景色である。

駒《こま》ヶ嶽凍《い》てて巌《いはほ》を落しけり　　前田普羅

飯田蛇笏の山廬《さんろ》を訪ねた時の作。木曾駒でなく、甲斐駒を詠んだもの。これは響きの高い句である。凍てた山容を形容するのに、巌の落下する囂然《ごうぜん》たる響きをもってしている。もちろん山廬の後山からそれが聞えるはずもなく、比喩《ひゆ》と誇張とをもって、山の偉容を詠《えい》歎《たん》したのである。

凍《とう》港《かう》や旧《きう》露《ろ》の街はありとのみ　　山口誓子

大正十五年作。凍結して船の出入りも途絶えた南樺太の港町の、ひっそりと雪の中に静まりかえったさまを「ありとのみ」と言ったのである。「旧露の街」とは帝政ロシア時代に開かれた町であり、それだけにエキゾティックな街の感じを残しているのである。「旧露の街はありとのみ」と半ば言いさすようにして、ツァーの時代に流刑人たちによって建設された小さな北辺の街の歴史への感慨までも、内にこめているのである。

東山晩望

蒲《ふ》団《とん》着て寝《ね》たる姿や東《ひがし》山《やま》　服部嵐雪

嵐雪の句として最も有名であるばかりでなく、京都の姿を代表する句でもある。

花の雲鐘は上野か浅草歟《か》　芭蕉（続虚栗）

涼しさに四つ橋を四つ渡りけり　来山

とともに、三都を代表する句と言ってよかろう。その中でこの句は、京へ行けばいやでも東山三十六峰のなだらかな起伏に誰でも目をとめ、思い出すのが習いである。詞書によって、晩景であることが分り、それが「蒲団」の見立てをいっそう適切なものとする。「蒲団」によって冬の句。

着ぶくれしわが生《しやう》涯《がい》に到り著く　後《ご》藤《とう》夜《や》半《はん》

作者は昭和五十二年九月になくなった。人生の涯においての感慨。「着ぶくれし」に余裕をもったユーモアがある。

外《ぐわい》套《たう》の裏は緋《ひ》なりき明治の雪　山《やま》口《ぐち》青《せい》邨《そん》

草田男のデフォルメぶりを大いに罵《ののし》った彼であるが、この句もいささかデフォルメでないことはない。それに草田男の「降る雪や明治は遠くなりにけり」という高名な句の匂《にお》いもどこか漂っているのである。雪が懐古の情をさそうのである。「明治のころの黒ラシャの外套には緋の裏がついていた、男の子のものばかりではなく、大人のものも、あるいは陸軍の将校のもそうではなかったかと思う」（山雨海風）。明治風のダンディズムか。外套の漆黒《しっこく》、蹴出《けだ》しのようにちらちらする裏地の緋色、降る雪の白が、明治の風俗版画のようなけばけばしい色彩美を奏《かな》で出す。乗合馬車でも走っていそうな風景だ。雪までが明治のものは懐かしかったと彼は言う。彼もまた振り乱した長髪の明治学生だったのであろうか。明治二十五年の生れである。

明日《あす》ありやあり外《ぐわい》套《たう》のボロちぎる　秋元　不死男

三段に切れた変った表現だ。いかにも不死男らしい鈍重な表現であり、彼の善良な楽天家的風貌《ふうぼう》が眼に浮ぶ。ボロ外套にくるまりながら、街頭かどこかで、失望落胆した心境をみずからはげまそうとしているのだ。狐疑逡巡《こぎしゅんじゅん》の果てに「あり」という断定に達したのである。未来への希望をかき立てながら、無意識に手は外套のボロをちぎっているのである。もっとも不死男らしい句と言えるだろう。こういう人間的な暖かい句を作る人が、非情な根源俳句理論に惹《ひ》かれて四苦八苦しているのは悲劇であり、どこまで人がよいのだろうとはがゆくなってくる。不死男に欠けているのは根源精神だという平畑静塔の説に賛成であるが、そういうものが彼にあってほしいとはさらさら思わない。

外套の泥はね一つ灯《ひ》に戻る　細見綾子

昭和二十三年作。夜になって、良人沢木欣一氏が外出先から戻って来た。ぬかるみ道だったと見えて、外套に泥はねを一つ飛ばしていた。わが家の日常を詠んだ一齣《ひとこま》。

別れ路や虚実かたみに冬帽子　石《いし》塚《づか》友《とも》二《じ》

友二の俳句の世界は、飽くまでも私小説的な世界であって作者の生活そのままの強烈な体臭と飄逸《ひょういつ》な風格の中に人の世のペーソスを滲《にじ》ませているところ、独特のものを持っている。この句、女との別れ路《みち》か、友との別れ路か、商用の相手との別れ路か、明言されていない。だが、胸を割ってあからさまには本心をぶちまけていない、お互いに相手の出方をうかがっているような、胸に一物《いちもつ》残した会話をつづけながら、別れる地点まで歩いてきてしまったといった情景が、頭に浮んでくる。思いを残しながら、二人は別れの言葉を言い、冬帽子に手をかける。そのような人間界の一つの心理的な葛藤《かっとう》が、ここには描き出されている。「虚実かたみに」というような、一見ぶっきら棒な、大胆な措辞は、友二独得のものである。このような市井味の勝った、人間臭い、小説くさい用語は、この作者が俳句の上に持ち込んだものだ。

足袋つぐやノラともならず教師妻　杉《すぎ》田《た》久《ひさ》女《じょ》

「ダイヤを捨て、馬車を捨て、芸術家の夫に嫁したが、一枚の画も描かず、田舎教師に堕《お》ちてしまった」とは彼女の日ごろの歎《なげ》きであったと言う（橋本多佳子、久女のこと）。また気負って創刊した『花衣』では「ダイヤも地位も背景も私にはなかった」と言っている。「ダイヤ」という言葉に、私どもはすぐ彼女が乙女時代に読んだであろう明治の小説『金色夜叉』のお宮を思い出す。また「ノラ」と言うと、平塚雷鳥らの「新しき女」や、ノラを演《や》った芸術座の松井須磨子や、大正のノラと騒がれた山口順子やを思い出す。久女も大正はじめのそのような時代に育った新しい女であり、同時に古い女であった。この句は彼女の「虚子嫌ひかな女嫌ひの単帯」などの句とともに、彼女の我の露骨に現れた句である。お茶の水時代に燃やしたであろう青春の夢を捨てて、田舎教師の妻としての日々のなりわいに追われている姿が、そこに浮んでいる。

うすめても花の匂の葛《くず》湯《ゆ》かな　渡《わた》辺《なべ》水《すい》巴《は》

終戦後、最後に近い句。うすい葛湯に匂う塩漬けの桜の花のほのかな感じを詠んで、いかにも淡々と清楚《せいそ》な気に充ちている。「菓子欲しけれど無し句に作る」と前書して、「葛ざくら濡《ぬ》れ葉に氷残りけり」「金玉糖竹箸《たけばし》青き切子かな」「すゝき活けて鷹の羽白し水羊《みずやう》羹《かん》」などと、想像をたくましくした一連の作品もあった。大病の後は好きな酒も止められただろうし、せめてもの甘味も手にはいらぬ不自由な時代だった。「うすめても」と言ったのがあわれに物悲しいのである。

誰かしる今朝雑水《ざふすい》の蕪《かぶ》の味　広瀬《ひろせ》惟然《いぜん》

『喪の名残』に「臘八《らふはち》」と詞書。臘八会《ろうはちえ》は、雪山で苦行していた釈迦《しやか》が、十二月八日未明に悟りをひらいた日として、禅寺では法会を修し、成道会《じようどうえ》ともいう。七日夜か八日朝に、臘八粥といって、茶粥に昆布・串柿《くしがき》など五味を交ぜた粥を喫する。臘八接心と称して、朔《つい》日《たち》からほとんど不眠不休の座禅だから、この朝の粥がことさら腸《はらわた》にしみわたるのだろう。粥と雑炊《ぞうすい》とはやや異なり、米から煮たものが粥、雑炊は残った汁に御飯を入れて煮た、冬の保温食で、「一合雑炊、二合粥《かゆ》、三合飯《めし》」と言われ、米が少なくてすむ。野菜を交ぜた雑炊を常食としているところは、地方に多く、蕪《かぶ》雑炊、葱《ねぎ》雑炊、韮《にら》雑炊、菜《な》雑炊、薯《いも》雑炊などいろいろである。

彼は一所不住の風狂の僧だから、臘八会に座禅修行を行ったとも思えぬが、その日に彼流に、臘八粥を少しずらせて、蕪雑炊の句を作ったのではないか。折から蕪に実が入り、味の出るころで、しみじみこの朝、雑炊の蕪の味を味わっている、と、その境涯の侘《わび》しさの中のよろこびを詠《うた》ったのである。「誰かしる」の冒頭がことに妙で、惟然屈指の名吟。

蕪《かぶら》鮓《ずし》一《ひと》箸《はし》つまみ廓《くるわ》町《まち》　沢《さわ》木《き》欣《きん》一《いち》

「俳句」昭和六十年一月号より。蕪鮓は、蕪に薄切りの鰤《ぶり》の身をはさんで、麴《こうじ》に漬けた金沢の名物。蕪のさわやかさと品格が高度に生かされた漬物。作者は昔の面影の残る東の廓か西の廓の料亭で、蕪鮓を一口つまみ、久しぶりで金沢の町にある身を、嚙《か》みしめている。古い城下町の情趣のあふれた句。

新《あら》巻《まき》の塩のこぼれし賑《にぎ》はひや　角《かど》川《かわ》照《てる》子《こ》

『阿吽』より。師走の厨《くりや》に釣り下げたのか。新巻の塩のこぼれを、「賑はひ」と言ったのは、如何《いか》にもこまやかな心の動きだ。新巻だけに、このささやかな豪華さが生きた。

雪《ゆき》吊《つり》や旅信を書くに水二滴　宇《う》佐《さ》美《み》魚《ぎょ》目《もく》

雪吊といえば、金沢を思う。旅宿の庭前の松か。たぶん、雪も降っているのであろう。「水二滴」というのが、旅情に点睛《てんせい》をほどこしている。

子がへり一《いち》寒《かん》燈《とう》の座《ざ》が満ちぬ　加藤楸邨

『火の記憶』所収。昭和二十年、「一月八日」と前書がある。東京の空襲はようやく熾《し》烈《れつ》をきわめていたころ、おそらく勤労学徒として工場にあった長女の遅い帰宅に、作者夫婦は気をもんでいたのであろう。無事に帰って食卓についた喜びを「座が満ちぬ」の五文字で表現しているのだ。「一寒燈」は寒むざむとした暗い電燈であり、同時に貧しさをも現している。

うづみ火のありとは見えて母の側《そば》　与謝《よさ》蕪村《ぶそん》

埋火《うづみび》のいけ方に、母の想い出がある。「春風馬堤曲《しゅんぷうばていのきょく》」の最後に付けた、友人太祇《たいぎ》の句、「藪入《やぶいり》の寝るやひとりの親の側」が、作者の意識にあったか。「ありとは見えて」などという古典的な言葉の裁ち入れが、これが実景でなく、「ありとは見えて逢《あ》はぬ」空想裏《り》の母恋いの句であることを思わせる。

とつぷりと後《うしろ》暮れゐし焚火《たきび》かな　松本《まつもと》たかし

昭和三年作。似たような作品に「炭をひく後《うしろ》しづかの思ひかな」というのもある。焚火にあたりながらふと気づいた後ろの薄闇《うすやみ》の深さへの驚きである。炭挽《すみびき》の句も、背後が静かであればあるだけ何か気にしないではいられない思いにかられているのだ。共に「かな」止めの伝統的な叙法に拠《よ》りながら、しごく隠微な心のこまかい襞《ひだ》まで詠み出している。このういった芸のこまかさはたかしの生来のものだ。このような心理をもっと露《あら》わに言い切ると「臼《うす》を碾《ひ》きやみし寒夜の底知れず」（誓子）というような句になる。

落葉《おちば》焚《た》きゐてさざなみを感じをり　石原《いしはら》八束《やつか》

句集『操守』の中から拾ったが、この句集は「雲母」で龍太・八束と並称されていた氏の真骨頂を示した集であった。三好達治に親炙《しんしゃ》した氏の句は、どこかに三好的な詩心を感じさせる。どこと指して言えるわけではないが、この落葉焚きの情景に「さざなみ」を持ってきたところなど、これまでの俳句にはなかった詩心である。落葉を焚きながら、そこに空気の波動のようなものが生れている。それを目ざとく発見したのは、作者の詩心の鼓動なのである。

木曾のなあ木曾の炭馬並び糞《ま》る　金《かね》子《こ》兜《とう》太《た》

『少年』より。「木曾のなあなかのりさん、木曾の御嶽さん」の、民謡から発想した。「炭馬並び糞る」で、民謡を脱して俳諧《はいかい》に転じ、諧謔味《かいぎゃくみ》のあふれる調べと化した。太い線のタッチによる、転調の面白さ。

探《たん》梅《ばい》や遠き昔の汽車にのり　山口誓子

昭和二年作。「遠き昔の汽車」とは軽便鉄道である。地方によくある、時代から取り残されたような古風な小さな列車である。それは作者の幼時への回想をもめざますような、明治時代の匂《にお》いのする速力ののろい汽車である。それは探梅行の一場景である。冬の麗《うらら》かな、おそらく日曜日のことである。

竹馬やいろはにほへとちりぢりに　　久保田万太郎《くぼたまんたろう》

意味よりも情緒に訴える句だ。竹馬というからには、作者の少年時代の回想ではないのか。往来で竹馬遊びをしていた子供たちに、夕方が来て、ちりぢりに分れていったと、一応は解されよう。だがこれはむしろ、浅草生れの作者が竹馬の友であった悪童たちが、長じて今は何処へ散ってしまったのか、行方も知れぬと、その哀愁を籠《こ》めて言っているのではないか。「いろはにほへと」と言ったので、何か昔の「大寺学校」の学友たちのような感じが漂う。作者の望郷の詩である。

咳《せき》の子のなぞなぞあそびきりもなや　　中村汀女《なかむらていじょ》

仙台時代（昭和十一・十二年）の作。風邪《かぜ》の子を遊ばせているのであるが、相手になっていると際限がないのである。咳が出るから近所の子とも遊ばせないので、いつまでも母親を離さない。いささか困惑している中にも、手離しの愛情があふれている。

子供を詠んだ句には、外に「おいて来し子ほどに遠き蟬《せみ》のあり」「ひとりでに子は起き橇《そり》は起さるる」「年ごろの似てかへりみて曼珠沙華《まんじゆしやげ》」「歩きもす夜寒の子等の枕上《まくらがみ》」などの作品がある。いずれも日常の哀歓の中に、子への愛情のにじみ出た句である。汀女の句の特色の一つは、こまやかな家族の感情にあくまでも即している点にある。

女人《によにん》咳《せ》きわれ咳きつれてゆかりなし　　下村《しもむら》槐《かい》太《た》

電車の中か、劇場か、どこかの待合室か、とにかく人の集まるところである。ある婦人の咳につられるように、自分も咳きこんだ。風邪のはやる寒い季節である。同じように咳きこむ彼女と私とが、それでいて何のゆかりもない赤の他人であることに、ふと興味を覚えた。見知らぬ人間同士が、咳きつれているという風景も、ほのかな連帯感情の湧くもとではある。「ゆかりなし」とは言ってみれば、「ゆかりあり」ということでもある。

水洟や鼻の先だけ暮れ残る　　芥川龍之介

死の前夜、寝る前に伯母に托して、下島主治医に渡すように頼んだ短冊に、「自嘲《じちよう》」と詞書して、この句が書いてあった。得意の句であったらしく、死の前になってたびたび染筆したらしい。『鼻』の作者にこの句があるのも当然というべきか。水洟《みずばな》を点じた鼻だけが、暮れ残っているとは、眼の前に隆起した鼻という、すこぶる動物的なものが気になって仕方がないのだ。その自意識が自嘲につながる。鼻に托して戯画化した自画像である。

飴《あめ》なめて流《りう》離《り》悴《かじか》むこともなし　加藤楸邨

昭和二十年作、『野哭』所収。『野哭』はすべての戦後の作品を収めてある。「わが家なき露の大地ぞよこたはる」「飢せまる日もかぎりなき帰燕《きえん》かな」「明日いかに焦土の野分起伏せり」「藷《いも》負うて相かへりみし顔は誰」「啄木鳥《きつつき》に俤《おもかげ》も世もとどまらず」。すべて慟哭《どうこく》の悲歌である。野哭というものは杜甫の詩「野哭ノ千家聞《コユ》ニ戦伐ニ一」に出で、野に慟哭することであり、「戦乱の世に処した嘆きの語」である。「野哭は今、遠い異国のことではなくなったのである。自分の今立っているところの声なのだ」（野哭調）と言い、また「人間としての自分の人間悪、自己の身を置く社会悪、こういうものの中で、ほんとうの声をどうして生かしてゆくか、これが今の私の課題だ」（野哭、後記）とも言っている。戦後の庶民生活の窮乏の上に社会秩序の混乱が加わり、さらに楸邨の上にも家を失った者の流離の生活が始まるのである。

志《し》と詞《し》と死《し》と日向《ひなた》ぼこりの中なるや　折《おり》笠《かさ》美《び》秋《しゅう》

『虎嘯記』「教科書〝漢文〟高一用・昭二五刊」より。筋萎縮性の奇病で、作者が動かせるものは唇だけ、その唇の動きを読んで夫人が字にしたという、すさまじいばかりの作品集。少年時代の漢文教科書に、自分の生きざまにつながる、三つのシを思いうかべた。

『日向ぼこり』と言っても、極限の世界。集の題名は、詩人たろうとして虎と化した『山月記』（中島敦）による。

ばせを忌《き》に薄《うす》茶《ちゃ》手《た》向《む》る寒さ哉《かな》　三浦《みうら》樗良《ちょら》

芭蕉忌は、「翁忌《おきなき》」「桃青忌《とうせいき》」とも言う。あたかも時雨月《しぐれづき》であり、芭蕉が時雨に寄せた思いをも偲《しの》んで「時雨忌《しぐれき》」とも言う。三回忌ごろから「芭蕉忌」と言い始められる。陰暦十月十二日。作者が薄茶をそなえた日も、はなはだ寒かった。時雨が降りはじめていたのであろうか。

七五三の飴《あめ》も袂《たもと》もひきずりぬ　原田《はらだ》種茅《たねじ》

七五三の日、母親に手を引かれた七歳の女児。千歳飴の紙袋も、長い袂も、地面を引きずっているという、軽い即興の句。七歳の女児は、帯解《おびとき》といって、これまで紐《ひも》のついた着物であったのを、初めて幅広の帯をしめ、袂の長い衣装を着て、氏神参りをする。

子の臀《しり》を掌《て》に受け沈む冬至《とうじ》の湯　田川《たがわ》飛旅子《ひりょし》

冬至の柚子湯《ゆずゆ》。片手で赤子の尻を受け、自分も湯に浸っている光景。「沈む」は自分が沈んでいるのである。

亡き妹《いも》の現《あ》れて羽子板市なるや　角川春樹

『信長の首』より。浅草観音の羽子板市は十二月十七、八日。不慮の死を遂げた幼い妹を思う切々とした心。年の市の観音詣りに、その心がつのる。

二《に》の酉《とり》や淡《あは》島《しま》堂に人栖む灯　角川照子

『幻戯微笑』より。小さな淡島堂に灯がともり、そこに住む堂守があることを告げる。賑《にぎ》わうお酉さまの近く、忘れられたようにある淡島さまのお堂である。

うなぎやのせまき梯子《はしご》の三の酉《とり》　車谷《くるまたに》弘《ひろし》

東京下町情趣、ぴったりの句。酉の市の帰り、熊手を持って、うなぎやの二階にいる。たまにある三の酉というと、年の瀬も近く、はかないあわれがある。

月《つき》雪《ゆき》や鉢たゝき名は甚《じん》之《の》丞《じよう》　越《お》智《ち》越《えつ》人《じん》

『去来抄』によれば、伊丹の作者（蟻道《ありみち》）の句に「弥兵衛とは知れど憐《あはれ》や鉢叩《はちたたき》」という句があったので、『猿蓑』に入集しなかったと言う。だが、同じく固有名詞を使っていても、別の趣があり、「月雪や」という言葉が、実によく働いている。月にも雪にも、鉢を叩《たた》いて京の街を歩く俗名甚之丞の、侘《わび》しい姿への共感がある。鉢叩は十一月十三日から大晦日《おおみそか》まで。

音たのしもの煮ゆる炉に年を守り　森《もり》　澄《すみ》雄《お》

昭和六十年作。年の夜、物を煮る音を、楽しい音として聴きすましている。物を煮る楽しさを詠んだ句として、「冬来れば大根を煮るたのしさあり」（綾子）の一句を思い出す。反対に物を煮る侘《わび》しさの句として、「大根を煮かへす孤独地獄なれ」（万太郎）をも、合わせて思い出す。こういう淡々と叙した句を見て、私は今さらながら、「俳諧常住、作句肝要」と口のなかでつぶやいてみる。寂しさの底に住しての、句作りびとの心構えとして――。

宵《よひ》ひそと一《いち》夜《や》飾《かざ》りの幣《ぬさ》裁《た》ちぬ　富《とみ》田《た》　木《もつ》歩《ぽ》

大正七年作。大晦日《おおみそか》に鏡餅《かがみもち》や〆飾りを飾ることは、一夜飾りと言って忌むところとなっている。なりわいに追われていて暇がなかったのか、経済的な理由からか、大晦日の宵、ひそひそと飾りつけをしているのだ。幣はお飾りに垂らす白紙である。生活に追い立てられている市井の貧家の年の暮である。

寒《かん》弾《びき》の盲《めしひ》の面《おも》の紅潮す　大橋《おおはし》　桜坡子《おうはし》

寒中の三味線の稽古《けいこ》。まだうす暗い暁のきびしい寒さの中に、弾き習っている盲者のひたむきな面。

鷹《たか》のつらきびしく老いて哀れなり　村《むら》上《かみ》鬼《き》城《じょう》

鬼城の生類への哀憐《あいれん》をうたった数々の作品の中で、私はこの句が好きである。「きびしく老いて」という表現が鋭い把握だと思う。彼には前にも、「鷹老いてあはれ烏《からす》と飼はれけり」「老鷹のむさぼり食へる生餌かな」「老鷹の芋で飼はれて死にゝけり」などの作があるが、この句には及ばぬ。そう言えば、「きびしく老いて」と言うのが適切な老人もよくいるものだ。眼光の鋭い一徹な面構えのままに、どうしようもない老残の影が哀れなのである。

とび下りて弾みやまずよ寒《かん》雀《すずめ》　川端茅舎

昭和九年作。さきに私は「御空より発止《はっし》と鵙《もず》や菊日和」の句を抄したが（二〇七頁）、それが鵙の動作を正確にとらえていたように、この句は寒雀の姿態をよくとらえている。鞠《まり》のように膨《ふく》らんだ寒雀に「弾みやまずよ」の表現はおもしろい。写生の眼の確かさは対象への愛情と表裏をなす。茅舎はことに小動物への深い愛情を持っていた。「寒雀手毬のごとく日空より」の句を作っている。

寒鴉《かんがらす》己《し》が影の上におりたちぬ　芝《しば》不器男《ふきお》

影と実体とが一つになって、寒鴉は地面に降り立つ。離れていた二つのものが完全に一つになり、影が実体にかえった瞬間、そこには地面に降り立った寒鴉の不気味な姿態が、はっきりクローズアップしてとらえられる。蕭条《しょうじょう》たる冬景色。合うべきものが重なり合った時の「あっ」と声をひそめた感動。正確無比の把握である。表現が正確だということは、感動が正確だということだ。微塵《みじん》も曖昧《あいまい》さや誤魔化《ごまか》しのないこの句に、私は三嘆《さんたん》を惜しまないのである。

海くれて鴨《かも》のこゑほのかに白し　松尾芭蕉

貞享元年（一六八四）十二月、熱田《あつた》での句。『野ざらし紀行』に「海辺に日暮《くら》して」と前書。『皺筥物語《しわばこ》』『熱田三歌仙』には「尾張の国あつたにまかりける比《ころ》、人〳〵師走の海みんとて舟さしけるに」と前書を付ける。夕闇《ゆうやみ》の中を、浜から舟を乗り出して遊んだとき詠んだ。

鴨の声をほのかに白いと感ずる特異な知覚は、その姿のさだかに見えない夕闇を媒介として生じた。ここでは、聴覚が視覚に転化されている。鴨の姿が見えないことによって、鴨の声があたかも見えるもののように、暮れて行く海上に浮び出る。それによって、景が立体的に躍動し、いっそう寂寥《せきりょう》の感を深めるのである。その昂揚《こうよう》した内的なリズムが、五・五・七の破調を生かしている。鴨の声が消え、仄白《ほのしろ》いものが消えて行ったあとに、ふたたび果てしもない闇がある。それが「ほのかに白し」の余韻だ。

鴨《かも》とほく泛《う》けり睫毛《まつげ》に風おぼゆ　西垣《にしがき》脩《しゅう》

『西垣脩句集』より。この作者は「四季」派の詩人でもあった。遠く泛く鴨、睫毛の微風を捉えたところ、詩人の感性が見える。

月や霰《あられ》其《その》夜《よ》も更《ふけ》て川ちどり　上田《うえだ》無《む》腸《ちょう》

業平の「月やあらぬ」の歌を「月やあられ」と翻《ひるがえ》したところが俳諧《はいかい》。「其夜も更て」とつづけた奔放な言い廻しで、結句を「川ちどり」と収束した詠みぶりは、如何《いか》にも無腸らしい。昔二人して川千鳥を聞いたが、今は「わが身ひとつ」「もとの身」で、しょんぼり千鳥を聞いている、という意《こころ》がこの句の余響としてあろう。「その夜のふけて」(『去年の板折』)とも伝えるが、「も」の方が俳意が籠《こも》る。無腸とは、『雨月物語』や『春雨物語』の作者、上田秋成の俳号である。

「月や霰」とは、しばらく前には、月も出、さらに月の面をかすめて霰も降っていた、というのである。「霰」と「川千鳥」によって、この句は秋の月でなく、冬季に属する。「時雨」でなく、「霰」を出したのが、この場の寒気を思わせる。几圭門で、蕪村や几董と親しかったから、これは京都での吟だろうか。しかも艶っぽい鴨川のほとりで。「千鳥」は昔から、「千鳥鳴く加茂川」と、枕詞《まくらことば》のように「加茂川」に冠せられたが、和歌・古文に通じていた作者は、もちろんそれは頭に置いていた。荒々しい「月や霰」に、夜更けてひとり静かに川千鳥の声に聴き入っているのが、侘《わび》しいのである。

鳰《にほ》の岸女いよ〳〵あはれなり　石田波郷

「この年九月鶴句会復活、以後毎月二、三回上京した。そのたびに東京はいよいよ敗戦国らしい相を露呈した。十二月上京の折りの所感」(波郷百句)大川端か、お堀端か、異国人と手を組んで歩く日本娘の姿が点々する。潜《かず》いては浮き上がる鳰の動作は、無心に続けられている。だが女も鳰も、お互いはお互い、自分の生活の関心事を持っているのだ。それが女のあわれさをいっそう強調する。彼は敗戦国の女の様相を、リアルに描こうとはしない。「いよ〳〵あはれなり」と投げ出してしまう。「描写のうしろに寝ていられない」といった焦躁《しょうそう》があったろう。それは他人事《ひとごと》ではなかったのだ。

白をもて一つ年とる浮《うき》鷗《かもめ》　森澄雄

昭和四十七年、「いろの浜」の一句。敦賀の種《いろ》の浜で、海上七里の沖にあり、芭蕉が細道の文に記し、「浪の間や小貝にまじる萩の塵」などの句を作ったところ。近江をしばしば訪れた作者は、湖北からちょっと足を伸ばして若狭を尋ねることも多く、この時もいろの浜に渡って、島に歳晩の旅寝の一夜を送ったのである。芭蕉は、「十六日(注、八月)、空霽《はれ》たれば、ますほの小貝ひろはんと、種の浜に舟を走《は》す」と書いているが、森氏も夕暮、「真赭《ますほ》の小貝《こがひ》」を記念に拾おうと、浜へ下りたのである。その時うす暗い浪間に浮ぶ白い鷗の姿が眼に触れた。その夜眠れないままに、夕べに見た鷗の姿が、ほのかに白く浮んで来た。芭蕉の「海暮れて鴨の声ほのかに白し」に似た心象の風景といってよかろうか。「白をもて一つ年とる」を私なりに敷衍《ふえん》して言えば、こんなところだ。作者は「同行の二人の知友との打座即興のうちに出来た」(「私の俳句作法」)という。

三年前、四十四年一月、氏は伊豆湯ケ野今井浜で、「浮寝していかなる白の冬鷗」の一句を得た。いずれも人生漂漂の思いが籠るという。だが伊豆の場合は、杜甫の五言律詩「旅夜昼懐」によるもので、末尾の二句に、「飄飄何に似る所ぞ、天地一沙鷗」が、「いかなる」の表現を呼び起したともいう。その年の暮には、「年立つまであとひとときの餅の白」とも詠んでいる。「白」はしばしば、氏にとって漠々たる感懐の種となるらしい。

鳥共も寝《ね》入《いっ》てゐるか余《よ》吾《ご》の海　斎部《いんべ》路《ろ》通《つう》

芭蕉はこの句を「細みあり」と賞美した。寂《さび》・しをり・細みと、並べて正風俳諧の三つの美的理念であった。「細み」とはいわば、物の本性に、「細き一筋」を通して、こまやかに滲透《しんとう》して行くことである。この句は、余吾の海に寝入っている水鳥たちの上を、生きるものへのなつかしさと悲しさを籠《こ》めて、思いやっているのだ。余吾の海は、琵琶湖の北の山中にたたえた、小さな湖水である。寂しい冬の余吾の水面を眺めながら、その静かさから、見えぬ水鳥たちの眠りを思い描くのだ。このあたりは羽柴・柴田両軍の古戦場で、戦死者の眠る墓も多く、それへの鎮魂の意も籠っていよう。

鮟《あん》鱇《こう》の骨まで凍《い》ててぶちきらる　加藤楸邨

この句も一種の諧謔味《かいぎゃくみ》を湛《たた》えている。『野哭』時代の声を引きしぼるような悲痛な調子が、『起伏』になると底にひそんで、諧謔調があらわに出てきている。これは楸邨の人間味がいっそう豊かに、陰翳《いんえい》深く浮き彫りにされてくるようになったことを物語るものであろう。『起伏』時代は多く病床に親しんでいるのであるが、波郷の『惜命』におけるような暗さへの深まりに対して、むしろ人間的なおおらかさを打ち出してきている。

誓子に「蟷螂《たうらう》の目の中までも枯れつくす」という句があるが、それと比較しても、楸邨のこの句にはおおらかな親しさが感じられる。誓子の句を鋭利な剃刀《かみそり》の切れ味とすれば、楸邨のこの句は鈍刀の切れ味である。感覚的な鋭さはないが、人間的な重量はこのほうにかかっている。「骨まで凍ててぶちきらる」というぶっきら棒な調子が、さながら楸邨の人柄を彷彿《ほうふつ》せしめるのだ。彼の代表句の一。

冬蜂《ふゆばち》の死にどころなく歩きけり　村上鬼城

冬蜂に老残の身の感慨を託しているのである。彼の生物への愛情には、どこまでも自己憐憫《れんびん》の影がつきまとう。こういう点が鬼城の句の小乗性であり、世界の狭さでもあろう。あまりにも諦観《ていかん》に安住しているその生活感情には、やはり或るもどかしさが感ぜられる。例はいくらでもある。「老猿をかざり立てたり猿まはし」「闘鶏の眼つぶれて飼はれけり」「五月雨や起き上りたる根無草」「春寒やぶつかり歩く盲犬」「凍蝶の翅をさめて死にゝけり」「さびしさや音なく起ってゆく蛍」「山寺に子をうむ犬や秋の雨」など。こういう句によって揺り動かされるわれわれの感情は、やはりそんなに高いものとは言えない。彼の句の調子の低さが、すぐものぐさな老醜を感じさせてしまうのだ。

綿虫《わたむし》のはたしてあそぶ櫟《くぬぎ》みち　石川《いしかわ》桂郎《けいろう》

綿虫のいそうな予感に、クヌギ林の道を散策する。うす曇りの夕刻まえ頃か。「はたして」に、かすかながら、作者の心躍りが見える。

ひうひうと風は空ゆく冬牡丹《ふゆぼたん》　上島《うえしま》鬼貫《おにつら》

牡丹は、十分に霜囲《しもがこ》いをしてやって、冬に咲かせることがある。寒《かん》牡丹ともいう。ものみな枯れはてた中に、ただひとり、冬牡丹が咲き誇る豪華さは、ことに見事である。寒さに抗して咲き出るものの凜乎《りんこ》とした威厳があるが、半面、花のあたりに何となく暖か味がただよう。上空は、うなり声をあげて北風が行く。それをよそに、地上の一角で、冬牡丹の花が時めいている。

南《なん》天《てん》よ巨《こ》燵《たつ》やぐらよ淋《さび》しさよ　小林一茶

一茶の句には、雀《すずめ》の子が出たり、蛙《かえる》が出たり、小さいもの、弱いもの、貧しいものへの同情あふれる句があって、人の心を打っている。だが私は、ここではあまり人の気づかない句を挙げることにする。これは三題咄《ばなし》のような句である。三つの名詞を並べたのだが、これは芭蕉の「から鮭《さけ》も空也《くうや》の痩《やせ》も寒《かん》の内」とはだいぶ違う。芭蕉のこの句は抽象画だと私は言ったが、これは略筆画であって、抽象画とは言えない。

「南天」と「巨燵やぐら」と「淋しさ」と、つながるものがある。それは、心でつながるというより、一つの場景としてつながっている。巨燵やぐらを置いただけの、小さな部屋があって、それは一茶の侘住居《わびずまい》なのだろう。障子を開ければ、貧弱な小庭があって、見るものと言ったら、南天の赤い実ぐらいのものだ。南天は庭の隅か、廁《かわや》かつくばいのかたわらに植えられるものだ。作者はやぐら巨燵にあたりながら、庭に目をやり、南天の赤い実などを見ているが、べつにそれが美しいからではない。ほかに見るものがないだけのことだ。無性にさびしさがこみ上げてくる。

これは享和元年（一八〇一）に帰省して、父の死にあい、十三年にわたる、弟仙六との遺産争いが始まったころの句であろう。そのような背景を考えると、この「淋しさ」にも、一茶らしい、一寸《ちよつと》やりきれない色合がついてくるようだ。

山茶花《さざんくわ》の散るや己《おのれ》の影の中　阿部《あべ》宵人《しようじん》

神田明神境内、銭形平次の碑に近く、この句碑が建っている。「己」とは、もちろん山茶花自身。この一句で、山茶花の「あはれ」が浮び出た。ひっそりとした初冬の昼間。

木《こ》守《もり》柿《がき》わが馬鹿を世にさらしゐて　松崎《まつざき》鉄之介《てつのすけ》

『鉄線』より。林火なきのち「濱」主幹をついだ作者の作。作者の人がらを見せた句。木守柿は梢《こずえ》に一個残しておいた今年の柿。来年も実るようにとのまじない。その食い残された一果をわが身にたとえて愚といった。愚の中に心のあたたかさがおのずから籠《こも》る。

木《こ》の葉《は》ふりやまずいそぐないそぐなよ　加藤楸邨

いかにも楸邨らしい句である。病床に倒れた彼は、あらゆる点で焦躁を感じていたであろう。「いそぐないそぐなよ」とは自分に言いきかせているつぶやきであるが、落葉を急ぐ木の葉たちに言いきかせているようでもある。無慈悲な冬の季節の訪れに対して、ひそかに自分の心の準備を整えようとする気持——そこに季節的に感合する気持を捕えたのである。もちろん「いそぐないそぐなよ」は、作者の人生態度そのものであり、何か微笑《ほほえ》ましい感銘をさそうのである。

夜すがらや落葉《おちば》の音にそふこころ　田川《たがわ》鳳朗《ほうろう》

『新古今集』において、落葉が冬の題であることが決る。ただし「木の葉散る」「うづむ木の葉」などと詠《よ》んで、もっぱら「木の葉」であった。連俳《れんぱい》時代に入ると、体言への欲求が暗然のうちに強まり、「落葉」の例が増してくる。この句の「落葉の音」は、木の葉の散る音と、地面に散り落ちた葉と、その双方の寂しい音をさしているのであろうか。

塩買《かう》てかへる径や落葉時　岩間《いわま》乙二《おつに》

作者は奥州白石の修験者。生涯の発句は、大方奥州の旅中吟である。この句、蕪村の「葱買うて枯木の中を通りけり」に似ている。清雅な作風に一抹通ずるものがあり、影響を考えることも出来よう。簡素な草庵のひとりぐらしのさまが見える。ささやかな買物だが、それが「塩」であることが、落葉時という時節と、微妙に照応し合って、冷えびえとした景情をかもし出している。

街路樹《がいろじゅ》の夜も落葉をいそぐなり　　高野素十《たかのすじゅう》

秋桜子の「啄木鳥《きつつき》や落葉をいそぐ牧の木々」とどちらが先であろうか。そういうことも気になってくるのである。単純化の点では素十の句のほうが進んでいる。「夜の落葉」の発見がこの句の眼目である。彼の句としては若々しいであろう。彼にはこのような都会風景の句は少ない。

落葉《おちば》宿《やど》ひと夜を人の生きてをり　　中島月笠《なかじまげつりゅう》

『月笠句集』より。何か人生の寂寥感《せきりょうかん》が、ひしひしと感ぜられる。作者の意図はいろいろに忖度《そんたく》できようが、落葉の降る夜のしじまの宿のうち、かさこそと人の気配が感ぜられるので、それを「生きてをり」と言ったのだろう。芭蕉の「秋深き隣は何をする人ぞ」に似通った詩境。

戸を立てし吾が家を見たり夕落葉《ゆふおちば》　　永井龍男《ながいたつお》

冬は夕方になると早ばやと雨戸を立ててしまう。それとも、これは戸じまりして外出して、夕方帰って来たところだろうか。どちらにしても、戸を立てたわが家を、外からながめているのである。わが家ながら、自分から隔てられた、よそよそしい存在としてそれはある。四辺の夕落葉の景色から、それは取り残されたさまにある。自分の家から離れて、その家を一つのものとして見る不思議さ。それが「見たり」という強調の中に籠っている。

手が見えて父が落葉の山歩く　飯田龍太

昭和三十五年作。山廬《さんろ》常住の作者には、家族を詠んだ句がまことに多い。こういう点にも、龍太・澄雄両氏の、句材・句柄・句境の違いがあろう。ここに描かれた「父」は、最晩年の姿である。「早春の午下がり、裏に散歩に出ると、渓向うの小径を、やや俯向き加減に歩く姿が見えた。／この季節（注、二月）になると、楢《なら》はもちろん、遅い櫟《くぬぎ》の枯葉もすっかり落ちつくして、梢にはひと葉もとめぬ。乾いた落葉がうずたかく地につもる。しかし、川音でそれを踏む足音はきこえない。明るい西日を受けた手だけが白々と見えた。くらい竹林のなかから、しばらくその姿を眺めただけで、私は家に引き返した」（自句自解）。

これは龍太氏にとって、父蛇笏の存在を詠んだ、記念すべき一句であるだろう。境川村、小黒坂、狐川など、父が終《つい》の栖《すみか》とした自然を「借景」（作庭用語を仮に使うと）として、蛇笏の姿をそこに置く。ただしその全き姿は隠して、その手だけを点出する。自然と人間蛇笏との境界をまぎらかし、融かしこんでしまうのが、「借景」の極意である。

落葉踏む足音いづこにもあらず　飯田龍太

昭和四十年作。「十月二十七日母死去　十句」のうち。外に「生前も死後もつめたき箒の柄」「遺書父になし母になし冬日向」「母逝きしのちの肌着の月明り」「白襖幼児笑へば亡母来る」など。いささか注解を加えれば、母がいつも使っていた竹箒《たけぼうき》が、庭の老松の幹のうしろにたてかけてあって、気付いたのは、一か月も経ってからだった。この竹箒を作るのは、氏の得意技の一つで、一時に数本作っては、母に喜ばれたという。子が作って母が使うという一本の竹箒の柄に、何時かうすうすと霜が降り、遺されて冷たくなっているが、その風景に、人に語りえない黙契が秘められているので、句の奥を深くしているのである。別に「亡き母の草履《ぞうり》いちにち秋の風」の句があり、母の足音が身辺から消えてしまったことが、心に沁《し》み透る寂しさなのだ。その母子のつながりを意識させるものが、大地を踏む足音であることが、この句の眼目である。

なお「肌着の月明り」の句について、河盛好蔵氏が面白いことを言っているので、紹介しよう。「余談であるが、関西では、人が死ぬと、その人の寝巻を物干竿《ものほしざお》に通して、いちばん高いところまで掲げ、死出の道を仏に指し示す習慣がある。その寝巻が月明りに一つだけ高く掲げられている光景は悲愁の極みであるが、母逝きしのちの肌着で、そのことを思い出した」（百戸の谿の詩人）。

寝てよりの落葉月夜を知つてをり　森　澄雄

昭和六十年作。これも多弁を要しない句だ。「知つてをり」が、若干の諧謔《かいぎゃく》を含んで、何もかも知っている、明鏡止水のような心のうちを見つめている。こういう句が近作には多い。

冬《ふゆ》木《こ》立《だち》月骨《こつ》髄《ずい》に入《いる》夜《よ》哉　高井几董

この句を発句として巻いた歌仙に、師の蕪村は「此の句老杜が寒き腸《はらわた》」と脇句《わきく》を付けて、この句を絶讃した。老杜とは杜甫《とほ》である。杜甫の哀韻にも比すべき詩趣を、ここに見出した。冬木立とは、木の葉も散りつくして、枝々の骨組もあらわに見せた枯木立である。その上に、冬の月が冴《さ》えわたって、骨身に沁《し》むようなさむざむとした光を放って、木立はじめ下界のくさぐさをくっきりと照らし出しているのだ。

寒《かん》林《りん》の一《いち》樹《じゅ》といへど重《かさ》ならず　大《おお》野《の》林《りん》火《か》

「寒林」という季語は、近ごろたいそう俳人たちの間にはやっている。冬木立・枯木立などという季語より、新鮮な感じがするらしい。カンリンという音の感じからも、葉を落し尽くしてしまった落葉樹の冬の林の蕭条《しょうじょう》としたさまが、ただちに浮び出るようだ。その落葉樹の一樹といえども、影がうち重ならない。一本ずつがはっきり見え、その透き間から、向こうの冬空が透けて見える。寒林の姿をまことによく見つめた句である。

猫下《ねこお》りて次第にくらくなる冬木　佐藤鬼房

さきほどまで、猫は冬木の上にあった。猫がいる冬木のさまは、作者の意識にはっきり刻まれていた。時間が経過し、冬木のめぐりは次第に暗くなり、今や猫はいない。そのあいだのある一刻に、音もなく猫は木を下りて、姿を消したにちがいない。眼の前にあるのは、ただの冬木でなく、猫が下りていなくなったところの冬木である。猫の不在という、ぽっかり穴のあいたような空虚感が、暗くなった冬木をめぐる空間に漂うのである。

妻《つま》急《きふ》変《へん》冬木一列帰《き》路《ろ》一《いつ》途《と》　松崎鉄之介

『鉄線』より。心不全で、妻急変の報せに、あわただしい帰途。往来も街路樹も、急変した様相で、作者の瞼《まぶた》を過ぎて行く。

望遠鏡かなし枯枝頻にふるゝ　石橋秀野

昭和十五年、「十日会」句会で発表したもの。その時横光利一の賞讃を受け、「俳句にしてしまうのは勿体《もったい》ない。小説にお書きなさい」と言われたという。作者やや得意の作品であった。

放送局が愛宕《あたご》山の上にあった頃だが、山には望遠鏡が一台備えつけてあって、東京市中を一望の下に望みみることが出来た。彼女はその望遠鏡を覗《のぞ》いたのである。すると近くの立木の冬枯の枝がレンズの視野をさえぎって、近々と頰《ほお》に触れんばかりに拡大されて映ったのだ。単刀直入に「かなし」と言い、「ふるゝ」と断定したところが、この句のヤマであろう。

父《ふ》母《ぼ》の亡《な》き裏《うら》口《ぐち》開《あ》いて枯木山　飯田龍太

昭和四十一年作。これは龍太氏独特の「軽み」の句と言ってもいいのではなかろうか。「父母の亡き」と「裏口開いて」との間に、何か因果関係を考えようとすると、この句の景情は空無に帰する。何もないところ、何もつながらないところを言葉でつなぐ妙諦《みようてい》は、鎔接《ようせつ》に散る火花であろう。その火花を「いのち」という。詩における酸素のごときものである。「命というものを抜きにして、〈軽み〉〈軽み〉といってもなるほど正体不明だ。〈軽み〉はそれだけを意識して出そうとして生れるものではないでしょうからね」（現代の俳句、飯田龍太・森澄雄・山本健吉鼎談）。この句より少し後の、龍太氏の発言である。

そう言ってみて、この句をもう一度凝視してみると、「父母」と「裏口」とが、よく移り合っている。「亡き」と「開いて」とが、よく響き合っている。そして全体として、

「枯木山」の匂《にお》いと色とが、よく滲《し》み透っている。

千曲《ちくま》川《がは》磧《かはら》の先《さき》の桑《くは》も枯る　森　澄雄

歌や句に土地の名を用いるときは、それだけの作者の思いが籠っているはずだ。千曲川と言ったとき、私たちは川中島の戦いや、小諸城址や、藤村の詩などいろいろのことを思い出すだろう。この場合作者も、懐古の情に胸を充たされている。それは「千曲がはかはらの」と言葉を重ねた荘重な調べに籠っている。たぶん懐古園の上から、眼下をうねり流れる千曲川を眺めているのだ。そして磧の先の桑畑の営みに、冬枯れの色を見出して、遊子の懐古と旅情は、ぴたりと焦点を捉えることができたのである。

冬菊のまとふはおのがひかりのみ　水原《みずはら》秋桜子《しゅうおうし》

冬菊と寒菊とは少し違う。寒菊は花も葉も小さく、冬に咲く黄色い品種だが、冬菊はもっと大ぶりの菊、つまり秋咲く菊と同じ品種で、花期のやや遅れたものと見てよいだろう。この句は私は白菊のように思う。日ざしのうすい冬の日、外光にあたって照りかがやくというより、おのれの持つ光そのもので、鮮やかに光を放っていると見た。外界の風景の光と翳《かげ》とをえがくことに長《た》けた往年の外光派作家が捉えた、内光外光の交叉《こうさ》する微妙な世界であった。

枯菊と言ひ捨てんには情あり　松本たかし

枯菊の美しさの再発見と言ってもよい。おそらく鎌倉のたかし庵庭前の嘱目吟《しよくもくぎん》か。虚子が「枯菊に尚或物をとどめずや」と詠んだのは、この句の影響である。枯れたと言っても、そこにはある花やかさの余韻が残っていないわけでもない。それすら思い捨てないのが、花鳥諷詠の徒の心だましいである。観念的な詠みようのようで、ぴたりと決った形があり、その中に具象の世界が生きている。作者快心の一句と言うべきだろう。

日輪のがらんどうなり菊枯るゝ　橋本《はしもと》鶏二《けいじ》

にぶい光の冬の日を、「がらんどう」と言った。下界には蕭条《しようじよう》とした冬の庭。それを象徴する景物は、枯菊。

枯《かれ》鶏《けい》頭《とう》種《たね》火《び》のごとき朱《しゆ》をのこす　馬《ば》場《ば》移《い》公《く》子《こ》

『峡の雲』より。「種火のごとき」に、ただの比喩《ひゆ》ではない、作者の思いが漂っている。松本たかしの「枯菊と言ひ捨てんには情あり」につながる、冬枯の風情への、俳句作者らしい愛惜。

水仙は童《どう》女《ぢよ》の覚めしごとくなり　角川照子

『幻戯微笑』「遊行の一ッ火」より。童女というと、作者には薄命のわが娘への思いが漂うようだ。一輪の水仙へ寄せる思いが美しい。

葱《ねぎ》白く洗ひたてたるさむさ哉　松尾芭蕉

元禄四年(一六九一)十月十日ごろ、京津を立って江戸へ向かう途中、美濃国不破郡垂井《たるい》の土山閣本龍寺《ほんりゆうじ》の住職規外《きがい》を訪ねて、この句を詠んだ。垂井は葱もよく、水もよいところで、土地の名物を詠みこんで、規外への挨拶《あいさつ》句としたのである。葱を洗い立てたそのきわやかな純白さを、一本の棒のように詠み下し、単純さの極致において、「寒さ」の本質を把握した句である。垂井の清水で洗い立てられた、目にしみるような白さが、芭蕉の賞美の対象となった。

寒さのくるのが早い関ヶ原の近辺としては、「寒さ」の真髄において句を詠むことも、土地への褒美《ほうび》の意味となろう。真蹟自画賛に、「ねぶかしろく洗あげたる寒さかな」とあり、初案の形かも知れぬが、私は「ねぎ」と詠む方を好む。

葱《ねぎ》買《かう》て枯《かれ》木《き》の中を帰りけり　与謝蕪村

『題苑集』に座五「帰るかな」とあるのが、初案か。もちろん「帰りけり」がよい。「ネギカヒテ」とも訓《よ》めるが、軽く音便の形に訓むのがよい。

蕭条《しょうじょう》とした枯木道に、葱という一点の生色を点じたのが、見事である。それは同時に、隠遁者《いんとんしゃ》めいた生活の中に投げこまれた一点の卑俗なものでもある。葱の一語で、句全体が生彩を得た。

この句には、私は何か、文人画中の一景を感じてしまう。葱をぶら下げて、枯木の中を帰る景色など、彼の文人画に描かれているとも思えないが、この場景は、彼の文人画の筆致の中で思い描くのが、好ましい。それは、たとえば漢詩や山水画の題目とされる「晩寺僧帰図」めいた一齣《ひとこま》も思い出させる。葱を買って帰る人物が、別に僧だというのではない。むしろそれは「葷」(なまぐさもの)の一つなのだから、俗界の隠者でもあるだろう。私はこの句が、画人蕪村の最高の詩心をにじみ出させたものと思われる。夏木立には酒十駄を、枯木立には葱を、蕪村の選択の確かさを見せている。

夢の世に葱《ねぎ》を作りて寂しさよ　永《なが》田《た》耕《こう》衣《い》

作者は自家用に少しばかりの葱を作っているのであろう。作者がはたしてこの世を「夢の世」と観じているかどうかは問題でない。だが「葱を作りて」というのが、何と「夢の世」という語感とよく照応していることだろう。試みにここに、「芋を作りて」「米を作りて」などと置き換えてみても、少しも寂しくないばかりか、滑稽《こっけい》であろう。葱は主食として口腹の慾を満たすものではない。朝晩の汁の実やお菜に一本二本引き抜くというだけの、姿もしなしなと美しい、はかない食物だ。それを作るということも、はかない現世の所業である。季節が冬であることも、合わせ考えて味わうべきだろう。何か人生の寂寥《せきりょう》を噛《か》みしめている仄《ほの》かな主情がある。

流れ行く大根の葉の早さかな　高浜虚子

昭和三年十一月十日、九品仏《くほんぶつ》吟行の時の作。「……フトある小川に出で、橋上に佇《たたず》んでその水を見ると、大根の葉が非常な早さで流されている。これを見た瞬間に今までにたまりたまって来た感興がはじめて焦点を得て句になったのである。その瞬間の心の状態を言えば、他に何物もなく、ただ水に流れて行く大根の葉の早さということのみがあったのである。流れゆくと一息に叙したところも、一にその早さにのみ興味が集中されたからのことである。今もなおその時の早く流れる大根の葉っぱがいちじるしい強い印象をもって目に残っている」(句集虚子序)。

早撮り写真のように、印象明瞭、受け取る感銘もすばやい。詠《うた》われているのは大根の葉だけであるが、そこからこの川が郊外の小川であること、そのやや川上で大根を洗ったりするなりわいが営まれていること、水がきれいであることなど連想される。だが作者の興味は、流れてゆく大根の葉の早さに集中する。作者の心は、瞬間他の何物もない空虚さが占領する。よく焦点をしぼられた写生句であり、「ホトトギス」流の写生句の代表作とされるゆえんであるが、その場合この写生句が、精神の空白状態に裏付けされていることを認めねばならぬ。

俳句的写生の一つの典型を示している作品であると言えよう。

死にたれば人来て大根《だいこ》焚《た》きはじむ　下村槐太

誰かが亡くなった家。ひっそりとした中に、誰かが来て黙々として大根を焚く。その一点の動作に、この喪の家のすべてを描きつくす。

きしきしと帯を纏《ま》きをり枯るゝ中　橋本《はしもと》多佳子《たかこ》

きしきしと帯を纏く、という表現に、ひとりの女人の姿態が遺憾なく描き尽されている。それは室内であり、彼女はいま外出しようとしている。きしきしと硬い音を立てながら纏いているのは、丸帯かと思う。そのきしるような乾燥音が、「枯るゝ中」という外のからびた景色と照応し、交響しあう。彼女と言ったのは、もちろん作者自身である。誓子の「枯園に向ひて硬きカラア嵌《は》む」によりながら、原句よりよい。才色兼備を称された作者の句には、どの句にも女性らしい艶《えん》があり、女性的なものの誇示があり、この句もその例外ではない。

草々の呼びかはしつつ枯れてゆく　相生垣《あいおいがき》　瓜人《かじん》

『微茫集』より。作者の蛇笏賞の祝辞に、教え子という木下恵介氏がこの句を挙げていたので、印象に残った。冬に入る草々に対する、作者の「あはれ」の思いが滲《し》み透っている。

枯色として華《はな》やげるものもあり　稲畑《いなはた》　汀子《ていこ》

『汀子句集』より。年尾氏の娘として、作者は「ホトトギス」の新しい主宰者。虚子、年尾、立子等の、高浜一家の作風を継いでいる。庭前嘱目《しょくもく》か。単純さの中に一点の心が灯る。

枯蘆の日に〳〵折て流れけり　高桑《たかくわ》　闌更《らんこう》

この句によって、作者は「枯芦《かれあし》の翁」と言われ、すこぶる有名な句であった。水辺の芦が、冬になって枯れ、「枯芦」は「枯芒」などとともに、冬の季題である。毎日、枯芦が折れては流れ、折れては流れる。作者はその水辺に近いところに住んで、毎日その景色を見ている。かくして昨日も暮れ、今日も暮れて、枯芦の川辺も押移って行く、と詠歎したのである。

芭蕉翁悼

なき骸《がら》を笠《かさ》に隠すや枯《かれ》尾《を》花《ばな》　榎本其角

陰暦十月十二日、松尾芭蕉は大阪御《み》堂《どう》筋《すじ》の花屋方で、元禄七年（一六九四）に没する。享年五十一。近江粟津《あわづ》の義仲寺《ぎちゆうじ》に葬られる。枯尾花は、穂も葉も枯れ果てた薄《すすき》のことである。薄の穂は白くほうけて、美しくかがやいていたものと思われる。薄に覆われた芭蕉翁の亡《なき》骸《がら》が目に浮んでくる。

義仲寺

枯《かれ》〳〵て光をはなつ尾《を》花《ばな》哉　高井几董

其角の『枯尾《かれお》花《ばな》』（芭蕉翁終焉記）が頭にある。枯尾花そのものを、端的に捉えて、さむざむとした冬の野外の大景を描いている。

四時も五時も同じ暗さに冬芒　松原《まつばら》地《じ》蔵尊《ぞうそん》

四時を過ぎると、冬の日はとっぷりと暮れる。四時と五時の暗さの差を、作者は大胆に抹殺して、枯芒《かれすすき》の白くうかぶ一様の暗黒として描き出す。

さびしさの眼の行く方《かた》や石蕗《つは》の花　大島《おおしま》蓼太《りょうた》

庭すみ、石のほとりなどに、ひっそりと咲く花。さびしさの眼路の焦点として、ふと心にとまる花。『蓼太句集』より。

石蕗《つは》の花炊煙《すいえん》いつもぬかるみへ　沢木欣一

石蕗の花の黄色が庭隅に見える露地うら。夕べの炊煙がぬかるみを這《は》う。「いつも」に、この市井のちまたに住む者の生活感情がある。

新年

薦《こも》を着《き》て誰《たれ》人《ひと》います花の春　松《まつ》尾《お》芭《ば》蕉《しよう》

元禄三年歳旦の作。「都ちかきあたりにとしをむかへて」と詞書。日本では昔からよく、乞食の境涯に徹した高僧の話を、伝えている。花の下の乞食に、芭蕉は一瞬、かくされた尊貴、あるいは過ぎ去った栄光を思い描いた。瞬間的な想像力の働きである。「花」は、桜でありながら春の花全体の象徴である。正月だから、もちろん桜ではないが、桜の花のような華やかなイメージは、この乞食の句の中にただよっている。『真蹟草稿』より。

年《とし》踏《ふん》で越《こし》の白《しら》山《やま》明けにけり　松《まつ》木《き》淡《たん》々《たん》

八十八歳という長寿をきわめた享保期（一七一六〜三六）の俳人。「年踏で」とは、あまり見かけない用語だが、加賀の白山の荘厳な威容を描き出して妙。白山は富士、立山《たてやま》と並ぶ天下三名山の一。初白山ともいうべき詠草《よみくさ》。

去《こ》年《ぞ》今《こ》年《とし》貫く棒の如きもの　高《たか》浜《はま》虚《きよ》子《し》

昭和二十五年十二月二十日作。ただし新年放送のために作られたもので、「去年今年」は新年の季語である。あわただしく年去り年来る意である。

旧年・新年を通しての一つの感慨が、「貫く棒の如きもの」という表現を生んだ。新年と言って、別に改まった喜びがあるわけではない。老いの感慨である。一見無造作な表現の中に、的確なものをつかんで、大胆にずばりと言ってのけたところがよい。作者の感慨が、一本の棒のようなものとして、具体的なイメージとして提出される。去年も今年も、変りはないのである。ただ、一本の棒のように、かくべつの波瀾《はらん》もない過ぎゆく月日が存在するだけである。老虚子快心の作であろう。

去年《こぞ》今年《ことし》闇にかなづる深山川《みやまがは》　飯田《いいだ》蛇笏《だこつ》

虚子の名句で知られる「去年今年」の季語。除夜から元日へ、闇《やみ》にせせらぐ深山川に、初茜《はつあかね》のさす刻限が、刻々と近づきつつある。黙々とした歳の推移の中の、はりつめた気息が感ぜられる。

元日やくらきより人あらはるゝ　上島《うえしま》鬼貫《おにつら》

『鬼貫句選』より。早朝、暗い中から、人は起き出て、若水をつかい、元日の仕度をする。すがすがしい句。

元日や手を洗ひをる夕ごころ　芥川《あくたがわ》龍之介《りゅうのすけ》

大正十年作。何も手をひどく汚《よご》すほどの仕事を元日からやったわけではあるまい。たとえば厠《かわや》に立った帰り、手を洗いながら庭樹のさまなど眺めやる心境を言ったものであろう。元日を常に意識の上での標識として、年の瀬は過ぎて行ったのであるが、その元日もたちまち夕べとなってしまったのである。そのような微《かす》かな哀愁が、この句を陰翳《いんえい》深いものにしている。

お降《さが》りや竹深ぶかと町のそら　　芥川　龍之介

『点心』（大正十年）の「御降り」という小品文の最後に置いてあるが、『我鬼句抄』には「お降りや町ふかぶかと門の竹」（九年）とある。だからこの竹は門松の竹である。「竹ふかぶかと」だから、小枝をたくさんつけた竹であろう。町の塵埃《じんあい》に煤《すす》けた葉の色も見えるようだ。

初富士のかなしきまでに遠きかな　　山口《やまぐち》　青邨《せいそん》

遠く小さく、雪の日に映えた、清らかな山容を見出したのである。「かなしきまでに」に深い感情が籠《こも》っている。

輪《わ》飾《かざ》りや竈《かまど》の上の昼淋《さび》し　　河東《かわひがし》　碧梧桐《へきごとう》

家の厨《くりや》にタタキがありカマドがあった明治時代の句。カマドの神にも輪注連を飾る。お節料理は前日に作ってしまい、元日の竈は閑散としている。「昼淋し」が利いている。

わらんべのおぼるるばかり初湯かな　　飯田蛇笏

昭和六年作。諧謔味《かいぎゃくみ》がある。端厳な氏の句の中に、このような句は多くないかもしれぬ。だが「わらんべ」と言い、「おぼるるばかり」と言い、格調は決して軽くはない。作者の心の弾《はず》みがそのまま調子に現れている。一幅の幼童嬉戯《きぎ》の図である。

膝《ひざ》に来て模様に満ちて春著《はるぎ》の子　　中村《なかむら》草田男《くさたお》

子への讃歌をうたうことは、草田男の独擅場《どくせんじょう》である。正月新調の晴着をきて、父の膝にやってくる娘。「模様に満ちて」新春の華やかさを、まのあたりに繰り拡げる。『来し方行方』より。

一軒家《いっけんや》より色が出て春着《はるぎ》の児《こ》　　阿波野《あわの》青畝《せいほ》

『甲子園』より。一軒家から華やかな色彩の児が現れ出たのが、意外だった。「色が出て」がその驚きである。

羽子板の重きが嬉し突かで立つ　長谷川《はせがわ》かな女《じょ》

高浜虚子の周囲に女流の句作者が集まってくるようになって、大正から昭和にかけて、女流俳句の未曾有《みぞう》の隆盛を示した。そのさきがけとなったのはこの作者である。長谷川零余子の妻で、原石鼎に「あるじよりかな女が見たし濃山吹」という句がある。この句は、かな女の代表作だが、ほとんど解を要しない。この重い羽子板は、もちろん役者の押絵を貼《は》ったもの。突くのが勿体《もったい》ないようで、他の子たちが追羽子を突いている時に、ひとり大事そうに手に持ったまま立っているのである。

東《ひがし》山《やま》静かに羽《は》子《ね》の舞ひ落ちぬ　高浜虚子

京の春。祇園あたりを想像してもよい。空高くあがった羽子を見つめる目に、布団着てねた姿の東山が、くっきりと捉えられるのである。『五百句』より。

夢はじめ現《うつつ》はじめの鷹《たか》一つ　森《もり》澄《すみ》雄《お》

夢はじめとは初夢。古来「一富士、二鷹、三茄子」と言って、初夢にこの三つのものを見たら、縁起がよいとされている。芭蕉にかつて、「鷹一つ見つけてうれし伊良古崎《いらござき》」の句があった。作者は芭蕉に私淑している人だから、芭蕉の句が頭にひそんでいたかと思う。芭蕉が嬉《うれ》しいと言った一羽の鷹が翔《と》んでいる景色は、この作者にも嬉しい景色であったろう。だが、そのイメージを思いかえしてみても、それは年頭の夢だったのか、現《うつつ》だったのか、さだかでない。とは言え、作者の心のうちには、はっきり存在した景色だった。

人《じん》日《じつ》の厨《くりや》に暗き独《ひと》言《ごと》　角《かど》川《かわ》源《げん》義《よし》

人日は正月七日、ななくさの日。七くさがゆの香ばしい暗いくりや。現代風の明るいキッチン風景ではない。

足《た》袋《び》底《ぞこ》のうすき汚れや松の内　三《みつ》橋《はし》鷹《たか》女《じょ》

「うすき汚れ」といって、かえってある艶《えん》なるものがただよう。「三ケ日」でなく、「松の内」なのがよい。

やまかはをながるゝ鴛《を》鴦《し》に松過ぎぬ　飯田蛇笏

『霊芝』より。山川に二羽の鴛鴦が浮びながら、静かに流れる景色に、もう松の内も過ぎてゆくという感慨を託した。あわただしく過ぎ去った時間への感慨が、ささやかな景色に触れて発せられた。

七種《ななくさ》や唱哥《しやうが》ふくめる口のうち　立花《たちばな》北枝《ほくし》

「唱哥」とは元来、雅楽用語で「声歌」とも書き、楽器の学習に調子を取りながら楽譜をくちずさむことだ。それから広く、楽に合わせて歌を歌うことで、小学唱歌にまで到る。これは、六日の夜に俎板《まないた》の上で七種の菜を叩《たた》きながらはやす文句を、小さい声で口の中に含むような低音で唱っている。それを「唱哥ふくめる」と言った。その文句は、もとその年の豊作を予祝する鳥追唱らしく、「七種薺《なずな》、唐土《とうど》の鳥が、日本の土地に、渡らぬ先に」云々という。何ということもないが、何か淡く匂《にお》い出てくるような感じの句である。

薺《なづな》粥《がゆ》むさし野の雪消えぬまに　渡《わた》辺《なべ》桂《けい》子《こ》

七草の日の朝粥。百人一首、光孝天皇の「君がため」の歌を、踏まえていよう。若菜摘と春の雪間とは、みやびの極致。その景色を思い描きながら、薺粥の膳《ぜん》につく。

初《はつ》若《わか》菜《な》うらうら海にさそはれて　長谷川かな女

初若菜は正月の七種粥《ななくさがゆ》の料として摘む、セリ・ナズナその他。海辺の初春の、光まばゆいばかりの麗《うらら》かな景色が浮び上がってくる。

すずなすずしろなつかしきものみなむかし　林原《はやしばら》耒井《らいせい》

春の七種《ななくさ》の中に数えられた蕪《かぶ》、大根。野草としての昔の称呼が「すずな」「すずしろ」。こういう句は、ほのぼのと暖かく、文句なくよい。

獅《し》子《し》舞《まひ》やあの山越えむ獅子の耳　久保田《くぼた》万太郎《まんたろう》

『冬三日月』、詞書「いまはむかしの、忠七よ、半平よ、喜代作よ……」。昭和二十二年、正月の獅子舞が回想をさそう。「あの山越えむ」に童謡のような詩情がある。耳をふる獅子に興じての一句。ともに遊んだそのころの悪童たちの、今は四散した行方を思っている。

初《はつ》弁《べん》天《てん》窈《えう》窕《てう》と蓮《はす》枯れにけり　安《あ》住《ずみ》敦《あつし》

『柿の木坂雑唱』より。上野不忍池の弁天さまへの初詣。一月初巳の日。「窈窕」とは、女の奥ゆかしい美しさの形容。弁天にひかれて、蓮もなまめかしく枯れていると見た。枯蓮や枯菊に艶なる風情を見るのが、俳句作者の発想。

十《とを》日《か》戎《えびす》浪《な》花《には》の春の埃《ほこり》かな　岡《おか》本《もと》松浜《しようひん》

十日戎は大阪の新春の行事。宝恵《ほい》籠《かご》の走る、華やかにも威勢のいい景。「春の埃」とよんだのが、かつての浪花情緒をしのばせる。

宝恵《ほい》籠《かご》の髷《まげ》がつくりと下り立ちぬ　後藤《ごとう》夜半《やはん》

大阪今宮の十日戎に、南の新地の芸者や舞妓が、晴着を着て、紅白に飾った駕籠《かご》に乗り、にぎやかに練りこんで、参詣することを宝恵籠と言う。この句は、今まさに駕籠から降り立ったところで、「髷がつくりと」と言ったのが、巧みな写生である。

繭《まゆ》玉《だま》やそよろと影もさだまらず　長谷川《はせがわ》春草《しゅんそう》

紅白の餅花《もちばな》のほか、縁起のよいものを吊《つ》るした枝を、小正月の飾物にする。そのなよなよとしなったさまを、「影もさだまらず」と言った。

繭《まゆ》玉《だま》の影濃《こ》く淡《あは》く壁にあり　高浜《たかはま》年尾《としお》

さりげなく詠まれ、そこはかとない影を心に落す句。繭玉は柳の枝などに紅白の丸い小さい餅を取りつけた、小正月(十五日)の飾り物。

どんど焼《やき》どんど〻雪の降りにけり　小林《こばやし》一茶《いっさ》

『七番日記』より。どんどは、小正月の夜の火祭行事。子供中心の行事で、高い柱を立てて松や注連飾《しめかざり》を結わえて焼き、この煙にのって正月様はお帰りなさると考えている。折からの雪に、はやし立てる子供たちの口拍子が、そのまま出たような句である。

玉《たま》の緒《を》のがくりと絶ゆる傀儡《くぐつ》かな　西島《にしじま》麦南《ばくなん》

傀儡師《かいらいし》は傀儡《くぐつ》廻しとも言い、人形を廻しながら予祝《よしゆく》をして歩く正月の門付け芸の一つである。説経節や古浄瑠璃《こじようるり》の詞曲を唱えながら、前面の開いた箱を首にかけ、その中で小さな人形を踊らせる。栃木・埼玉・千葉の諸県には、手人形・豆人形・帛紗人形などと言って、二尺余りの人形の裾《すそ》から手を入れて操るものがある。その他諸国にいろいろの形のものが、廃《すた》れながらも残っているだろう。傀儡師の古い詞曲には、陰惨な死の場面が非常に多い。鮨屋《すしや》の権太《ごんた》でも合邦《がつぽう》の玉手御前でも、否もっと鄙《ひな》びた素朴な詞曲でもいいが、これまで喜怒哀楽の情を示していた人形が、がっくり前のめりになって落ち入り、激しい動きがぴたりと止まるのである。深傷《ふかで》を負ってからもくどきやしぐさが長々とつづく、そのような人形ぶりの写生であって、「がくりと絶ゆる」がいかにも人形らしい。「玉の緒」という古風で大げさな言い方も、傀儡には似つかわしいのだ。格調正しく、人形のしぐさの型を彷彿《ほうふつ》と浮び出させる。

明《あく》る夜《よ》のほのかに嬉《うれ》しよめが君　榎《えの》本《もと》其《き》角《かく》

「よめが君」とは、正月三が日の鼠の忌詞《いみことば》である。鼠は大黒様のお使いと言われ、何か神とかかわりありとされ、そのため軽々しく口にしてはならぬとしたのであろう。地方によっては、嫁さま、姉さまなどと言い、正月に鼠の年取りなどと言って、餅《もち》を与える風習もあった。そのような俗信、俗習をもとに、「嫁が君」という季題が定着した。『風俗文選《ふうぞくもんぜん》』の去来《きょらい》の「鼠賦」に「鼠、一ッの名はよめが君、又よめ」ともある。この句、露伴の『評釈続猿蓑《ぞくさるみの》』に「娵《よめ》といふ詞に因みて、ほのかと辞措きたるが俳味なり」と言ったのに尽きる。

雪《ゆき》山《やま》の照り楪《ゆずりは》も橙《だいだい》も　森澄雄

『鯉素』より。旅の正月か。正月飾りの楪と橙とが、窓から見える雪山の照りに映発し合う。

解説

比類なき鑑賞批評

俳人・評論家
平井照敏

俳諧《はいかい》と俳句に関するもっとも基本的な文献となる『俳文学大辞典』(角川書店)が刊行されたのは、平成七年のことである。何年も準備が重ねられ、その上で項目の執筆が慎重におこなわれていったが、この領域の最大の批評家である山本健吉という大項目は私の担当となって、これは大変なことになったぞと、大いに緊張したものである。山本氏は昭和六十三年に逝去されていた。御存命であれば、当然監修者として全体を統括するはずの方であった。生前親しくさせていただいていたので、懸命にその責を果たそうと努めたのを思い出す。

その項目を書くための重要な第一歩は、山本氏の仕事の中で、何と何がもっとも代表的なものとなるかの見きわめであった。編集委員全員でそのことを話し合ったのだが、一に

『現代俳句』、二に歳時記、三に挨拶《あいさつ》、滑稽《こっけい》、即興という俳句の基本性格をえぐり出す評論ということになった。山本氏のレパートリーはきわめてひろく、ほかにも、芭蕉研究、詩の自覚の歴史探究、短歌論、文学論などとすこぶる多岐にわたるのだが、俳人の立場から見ると、右の三つがもっとも顕著な業績であり、山本氏はやはり俳句に主力をそそいでおられたということになった。右の三つを、ことばを変えれば、選句鑑賞、歳時記、俳句本質論ということになる。それにしても、山本氏の仕事のトップに選句鑑賞が来るとは当然すぎてちょっと気がつかぬ体《てい》の事実なのだった。『現代俳句』という著書がその中心的な仕事になるのだが、この本を俳句を学ぶ最初のきっかけとした人が多いなかで、例えば上田五千石などは、弟子達に、この本の例句を全部暗記することを課したとも聞いているのである。実際、よい句を覚えることのほかに、俳句上達の道はないのだ。

『現代俳句』はこのようにひろく愛読された著書なので、刊行後だんだんに拡大増加して、今日にいたった。

1、角川新書版（上・下）（昭和26、27）上巻14俳人、下巻24俳人
2、角川文庫版一巻（昭和39）42俳人
3、山本健吉全集版第七巻（昭58—60、講談社）42俳人
4、角川選書版（上・下）（平成2）上巻26俳人（再版時27俳人）、下巻21俳人
5、角川選書定本版一巻（平成10）48俳人

右のうち、とりわけロング・セラーとして多数の読者をあつめたのは角川文庫版で、私も大学の講義に教科書として長く採用したものであった。

山本氏の没後、その業績を銘記するため、角川書店から、『山本健吉俳句読本』全五巻の刊行があった。ただ各巻三百ページ強で五巻の分量ではとても全業績をカバーできず、全集は別にあるので、いきおい選り抜きの著作集という形になり、この五巻は、「俳句とは何か」「俳句鑑賞歳時記」「現代の俳人たち」「俳諧の心と方法」「俳句の周辺」という見出しを立てて、選び出された文章を整理配列するものとなった。名著『現代俳句』が配置されたのは『俳句鑑賞歳時記』の中であった。そしてその中においてみると、『現代俳句』は正岡子規から石塚友二、永田耕衣にいたる作者、作品という、限られた領域の鑑賞にすぎない。いっそ、古典から現代までの選り抜きにひろげようという方向に企画がすすんだのであろう。幸い、山本氏には鑑賞類が多く、現代を中心とした、「週刊新潮」連載の『句歌歳時記』(新潮社、昭和61)、俳句古典の鑑賞をあつめた『完訳日本の古典』(小学館)別巻『古典詞華集』二巻(昭和63)がある(ほかに「現代の秀句」〈『ことばの季節』、文藝春秋、昭和55〉、『身辺歳時記』〈「新撰百人一句」「花鳥風月十二か月」、文藝春秋、昭和59〉、「現代俳句鑑賞」〈『俳句研究』、目黒書店、昭和25〉など)。これらから、秀句を選抜し、配列法は歳時記式にゆこうということになった。『現代俳句』は独立した名著として愛読されればよい。これはまた別のいのちを得て、新しい名句鑑賞の源泉になればよい。そのように編集部は考えたのであろう。その結果、平成五年七月十日、近世五十六名の二百十五句、近現代百八十七名の六百二句をおさめる『俳句鑑賞歳時記』が刊行されたのである。芭蕉の句、蕪村の句を、虚子の句や秋櫻子、草田男、龍太、澄雄の句と一緒に読み味わえるというのは、たしかに魅力的な、別趣の好著となるといえるだろう。事実、このスタイルは好評をかち得て、角川文庫に入ることになった。残念なのは、文庫版なので、さらにスペースが減って、かなりの句数を鑑賞文とともに切り落さねばならなくなったことである。私などは、山本氏の鑑賞の魅力にとらえられているので、「山本健吉俳句鑑賞全集」のようなものさえほしいほどなのだが、これは限られたスペースなので、それも致し方なし、せめては、できるだけ多くの人に読んで味わってもらいたいと願うのである。

山本氏の鑑賞の魅力、それは選句のうまさ、ひろい教養に支えられた正統的で鋭敏な感覚、そして何よりも、その文章の甘やかさにあるのである。この最後の文章のよさについては、森澄雄が「文章のおいしさ」と指摘する通りで、この上なく平明率直でありながら、大胆直截《ちょくせつ》な重大発言を含みもち、しかも読後感がきわめて芳醇という比類なき文章なのである。その魅力が忘れられないので、一句でも読みもらしたくないとさえ思うのである。

たとえば、巻頭の芭蕉の句、「春なれや名もなき山の朝がすみ」を、山本氏がどう味わっているかたしかめてみよう。

これは大和路《やまとじ》の春である。萬葉びとが、春霞《はるがすみ》の情趣を味わい取ったのも、大和盆地においてであった。春の大和路を歩くと、「たたなづく青垣《あをがき》」をなしていると詠まれた四方《よ》《も》の山並が、すべて霞にぼやけて、三山《さんざん》も二上《ふたがみ》も三輪《みわ》山もうすい帳《とばり》に覆われ、すこし遠くからだと姿を隠してしまう。古代の日本人が発見した霞の情趣は、大和地方へ来てみると、なるほどと納得できるのである。

句より大和路の春を感じ、ふかぶかとひたり、やがて「霞」というものの情趣にいたる。つねに感興の切っ先にいるような、刺激的な鑑賞なのである。山本氏がいつもそこにいる、鼓動のきこえる鑑賞なのである。だから時には、作者以上に一句の主導権を持つ、おそろしい鑑賞者となるのである。

第二句を見よう。水原秋櫻子の「蟇ないて唐招提寺春いづこ」が次にくるのだが、秋櫻子が「俳句になる風景」で、「この句は山吹のほかに何ひとつ春らしい景物のない講堂のほとりを現わし得ているつもりであるが、『春いづこ』だけは感傷があらわに出すぎていけないと思っている」と書いているのにたいして、山本氏は、

「春いづこ」の詠歎《えいたん》が一句を統一ある感銘にさそうのである。春らしい景物のない講堂のほとりに佇《た》って、作者は春の行方を尋ねているのだ。そして南都の春の情趣は、作者

の惜春の情趣は、一句に横溢《おういつ》しているではないか。ぶざまな蟇の声が、ものさびしさを倍加する。景物の乏しさの中に、作者は一匹の蟇を点じて、暮春の本意を探り出している。作者の考えとは反対に、私は、「春いづこ」の座五を動かぬと見るのである。

と記すのである。これに類する記述は他にもしばしば見られるのだが、山本氏は、作品は作者を離れて自立するものと考えているのだ。その作品は、作者によって作られたものにはちがいないが、また読者によって仕上げられてゆくものでもある。それが批評家の仕事なのだ。山本氏は読者として、作者に一歩もゆずらない。『現代俳句』の中の、虚子の「帚木に影といふものありにけり」を虚子にさからって名句とし、波郷の「雪はしづかにゆたかに早し屍室」を波郷にさからって屍室内での句とする例は、『俳句鑑賞歳時記』には採られていないが、その代表的な例なのである。そのことを考えると、山本氏の鑑賞は、自分というものを持つ、節を守った、男心の、勇猛な鑑賞なのであった。

もう一つ指摘しておきたい山本氏の鑑賞の特質に、時代の指導的評論家としての鋭い知見が、時折はらりとこぼれだして、きわめて啓示的であることがある。

かなはもっともヴォリュームのかかった切れ字であり、一句の感動の重さを支えるに充分な貫禄《かんろく》が要請されるのだ。それは治定であり大断定であるとともに、感動であり詠歎である。

一句に重量感を与えるものは、季感ではなく、季語そのものなのである。

眼前の嘱目を詠み入れるのは、挨拶句のきまりであった。

生命の機微に参入するのに、一草一木で足りるのが俳句なのだ。

何もつながらないところを言葉でつなぐ妙諦《みょうてい》は、鎔接《ようせつ》に散る火花であろう。その火花を「いのち」という。詩における酸素のごときものである。

鑑賞文から突然おどりこんでくるこれらのフレーズは、何ともすばらしい指摘ではないか。山本氏は自分ではわずかしか作句しなかったが、この鑑賞、批評は、いかにも作家のものであり、それが根元からわれわれをゆさぶったのであった。

ハンディーな文庫の中に、俳人必読の一書がうまれた。どこからでも、何度でも読んで、俳句の正しいいのちのあり方をわがものにしていきたい。それが現代俳句の進路を定めてくれると私はそう信じているのである。

初句索引

本文中に鑑賞作品として掲げた句の初句を現代かなづかいの五十音順に配列した。解説文中の句は含まない。（ ）内は作者名。

【あ】

【き】

【く】

【け】

【こ】

【み】

作者別索引

本文中の鑑賞作品の作者名と頁数を掲出した。配列は現代かなづかいの五十音順。

俳《はい》句《く》鑑《かん》賞《しょう》歳《さい》時《じ》記《き》

山《やま》本《もと》健《けん》吉《きち》

平成12年 2月25日 初版発行
令和6年 12月15日 27版発行

発行者●山下直久

発行●株式会社KADOKAWA
〒102-8177 東京都千代田区富士見2-13-3
電話 0570-002-301(ナビダイヤル)

角川文庫 11388

印刷所●株式会社KADOKAWA
製本所●株式会社KADOKAWA

表紙画●和田三造

●お問い合わせ
https://www.kadokawa.co.jp/ (「お問い合わせ」へお進みください)
※内容によっては、お答えできない場合があります。
※サポートは日本国内のみとさせていただきます。
※Japanese text only

ISBN978-4-04-114906-5 C0192

角川文庫発刊に際して

角川源義

第二次世界大戦の敗北は、軍事力の敗北であった以上に、私たちの若い文化力の敗退であった。私たちの文化が戦争に対して如何に無力であり、単なるあだ花に過ぎなかったかを、私たちは身を以て体験し痛感した。西洋近代文化の摂取にとって、明治以後八十年の歳月は決して短かすぎたとは言えない。にもかかわらず、近代文化の伝統を確立し、自由な批判と柔軟な良識に富む文化層として自らを形成することに私たちは失敗して来た。そしてこれは、各層への文化の普及滲透を任務とする出版人の責任でもあった。

一九四五年以来、私たちは再び振出しに戻り、第一歩から踏み出すことを余儀なくされた。これは大きな不幸ではあるが、反面、これまでの混沌・未熟・歪曲の中にあった我が国の文化に秩序と確たる基礎を齎らすためには絶好の機会でもある。角川書店は、このような祖国の文化的危機にあたり、微力をも顧みず再建の礎石たるべき抱負と決意とをもって出発したが、ここに創立以来の念願を果すべく角川文庫を発刊する。これまで刊行されたあらゆる全集叢書文庫類の長所と短所とを検討し、古今東西の不朽の典籍を、良心的編集のもとに、廉価に、そして書架にふさわしい美本として、多くのひとびとに提供しようとする。しかし私たちは徒らに百科全書的な知識のジレッタントを作ることを目的とせず、あくまで祖国の文化に秩序と再建への道を示し、この文庫を角川書店の栄ある事業として、今後永久に継続発展せしめ、学芸と教養との殿堂として大成せんことを期したい。多くの読書子の愛情ある忠言と支持とによって、この希望と抱負とを完遂せしめられんことを願う。

一九四九年五月三日

＊ビギナーズ・クラシックス＊

●古事記
神々の時代から推古天皇の時代までの歴史を雄大に語るわが国最古の書。
角川書店編

●万葉集
いにしえの様々な階層の人々が自分の心を歌ったわが国最古の歌集。
角川書店編

●竹取物語（全）
五人の求婚者を破滅させ、帝の求婚にも応じないかぐや姫の真実。
角川書店編

●蜻蛉日記
美貌と歌才に恵まれながら、はかない身の上を嘆く藤原道綱母の二十一年間の日記。
角川書店編

●枕草子
清少納言の独特の感性による宮廷生活の活写。機知に溢れる珠玉の随筆集。
角川書店編

＊ビギナーズ・クラシックス＊

● 源氏物語
世界初の長編ロマン。平安貴族の風俗と内面を描き、いつまでも新しい傑作。
角川書店編

● 今昔物語集
インドや中国、日本では北海道から沖縄に及ぶスケールの大きな説話大百科。
角川書店編

● 平家物語
六年間に及ぶ源平の争乱と、その中の人間の哀歓を描く一大戦記。
角川書店編

● 徒然草
知の巨人、兼好が見つめる自然や世相。たゆみない求道精神に貫かれた随想。
角川書店編

● おくのほそ道（全）
旅が生活であった芭蕉の旅日記。風雅の誠を求め続けた魂の記録。
角川書店編

角川ソフィア文庫ベストセラー

俳句とは何か　山本健吉
「挨拶と滑稽」「女流俳句について」など、著者の代表的な俳論と俳句随想、ゆかりの俳人の作品鑑賞を収録。本格的俳句入門書。解説＝平井照敏

定本 言語にとって美とは何かI　吉本隆明
言語、芸術、そして文学とは何か――。詩歌をはじめ、文学史上のさまざまな作品を取り上げて具体的に分析する、独創的言語論。解説＝加藤典洋

定本 言語にとって美とは何かII　吉本隆明
構成論、内容と形式、立場の各章で、言語、文学、芸術とは何かを考察。戯作の成り立ちを能・狂言を通じて展開した論考でもある。解説＝芹沢俊介

大塚ひかりの義経ものがたり　大塚ひかり
平安末期の武将・源義経の波乱に富んだ生涯を綴った室町期の『義経記』を、古典エッセイストの著者が流暢に現代語訳した義経ファン必見の書。

新編 日本の面影　ラフカディオ・ハーン　池田雅之＝訳
ハーンの代表作『知られぬ日本の面影』を新訳・新編集した決定版。「神々の国の首都」をはじめ、日本の原点にふれ、静かな感動を呼ぶ11篇を収録。

新編 日本の怪談　ラフカディオ・ハーン　池田雅之＝編訳
「耳無し芳一」「ちんちん小袴」をはじめ、ハーンが愛した日本の怪談を叙情あふれる新訳で紹介。ハーンによる再話文学の世界を探求する決定版。

禅とは何か　鈴木大拙
国際的に著名な宗教学者である著者が自身の永い禅経験でとらえ得た禅の本質をわかりやすい言葉で語る。解説＝古田紹欽

角川ソフィア文庫ベストセラー

新版 遠野物語 付・遠野物語拾遺
柳田国男

日本民俗学を開眼させることになった「遠野物語」。民間伝承を丹念にまとめた本書は、日本の原風景を描き出し、永遠に読み継がれるべき傑作。

数学物語
矢野健太郎

動物は数がわかるのか、人類の祖先はどのように数を理解していったのか。数学の誕生から発展の様子までを優しく説いた、楽しい数の入門書。

氷川清話付勝海舟伝
勝部真長編

幕末維新の功労者で生粋の江戸っ子・海舟が、自己の体験、古今の人物、日本の政治など問われるままに語った明晰で爽快な人柄がにじむ談話録。

古典文法質問箱
大野晋

古典を読み解くためだけでなく、短歌・俳句を作る時にも役立つ古典文法Q&A84項目。高校現場からの質問に、国語学の第一人者が易しく答える。

源氏物語のもののあはれ
大野晋編著

『源氏物語』は、「もののあはれ」の真の言葉の意味を知ることで一変する。紫式部が「モノ」という言葉に秘めたこの物語世界は、もっと奥深い。

海山のあいだ
池内紀

自然の中を彷徨い風景と人情をかみしめる表題作をはじめ、山歩き、友の記憶……を綴るエッセイ。第10回講談社エッセイ賞受賞作。解説=森田洋

読みもの 日本語辞典
中村幸弘

今では一つの単語として定着した身近な言葉（100項）を分解してみると…。古語から現代語へと変身する、その由来と過程が見えてくる。

角川ソフィア文庫ベストセラー

悪女伝説の秘密
田中貴子
セクハラでバッシングされた称徳天皇、スキャンダルにまみれた染殿后……。説話に登場する悪女を通して、悪女伝説の謎を解く。解説＝水原紫苑

アジア家族物語
トオイと正人
瀬戸正人
旧日本兵とタイ人との子、トオイ。日本に渡り正人となったトオイは、タイ・ベトナム・日本と自分探しの旅に出る。アジアに生きる家族の物語。

能のドラマツルギー
友枝喜久夫仕舞百番日記
渡辺保
名人の繊細な動きを通して語られる登場人物の心情、時間や空間の移り変わり等を丁寧に解説。所作に秘められたドラマを描き出す刺激的能楽案内。

進化論の挑戦
佐倉統
進化論を通して自分自身を知る！　生命の歴史である進化論の歴史的背景を振り返り、人類文明がたどってきたさまざまな領域を問い直す。

マンガ韓国現代史
コバウおじさんの50年
金星煥
植村隆
韓国を代表する時事漫画「コバウおじさん」。韓国の庶民生活を映し出した「コバウおじさん」の視線を通して韓国の現代史を知る。

光さす故郷へ
よしちゃんの戦争
朝比奈あすか
敗戦後の満州から故郷へ帰ろうと決意したよしは、娘を抱いて日本を目指した。大叔母が体験した四百日余りの逃避行を綴る感動作。解説＝玉岡かおる

地名のたのしみ
歩き、み、ふれる歴史学
服部英雄
現地に足を運び、地元で地名を聞く。聞き取った地名を地図に落とし、その土地に関わる生活を叙述する。待望のコンパクト版地名研究入門書！